D1923724

2

NIE WAR ES SO SCHWIERIG, GEFÜHLE GEHEIM ZU HALTEN.

Megan hat sich Hals über Kopf verliebt.
Für Aston sind Gefühle dämlicher Weiberkram.
Eine Nacht ändert alles. Nur keiner darf es wissen.

Nicht mal im Traum hätte Megan mit dem Gedanken gespielt, eine Beziehung mit dem unglaublich attraktiven Aston anzufangen. Er ist ein Frauenheld der Marke Arschloch hoch zehn. Doch plötzlich entdeckt sie hinter Astons cooler Fassade einen gefühlvollen Jungen, der eine schwierige Vergangenheit vergessen will. Kann ihre Liebe ihm helfen, ohne dass die Freunde aus der Love-Games-Clique etwas mitbekommen?

Aston wollte Megan eigentlich nicht an sich heranlassen – nicht mal für eine Nacht. Sie ist die Einzige, die durch seinen sorgfältig aufgebauten Schutzwall brechen kann. Das muss er verhindern – auch wenn sie verdammt sexy ist.

Endlich das zweite Buch der Love-Games-Serie – die Fortsetzung, auf die alle nach Spiel ohne Regeln gewartet haben. Jetzt noch aufregender!

Der New-York-Times- und USA-Today-Bestseller.

Weitere Titel der Autorin:
›Love Games – Spiel ohne Regeln 1‹ lieferbar bei FISCHER Taschenbuch (ISBN 978-3-596-03044-6)

Emma Hart schreibt nachts und am liebsten über Magie, Küsse und heiße Typen mit schwarzem Humor. Sie ist gern und viel beschäftigt – außer die Beschäftigung hat mit dem Abwasch zu tun, obwohl ihr dabei oft die besten Ideen kommen.

Weitere Informationen, auch zu E-Book-Ausgaben, finden Sie bei www.fischerverlage.de

Emma Hart

Love Games – Das Spiel geht weiter

Roman

Aus dem Amerikanischen von
Tanja Hamer

FISCHER Taschenbuch

FSC
www.fsc.org
MIX
Papier aus verantwortungsvollen Quellen
FSC® C083411

Erschienen bei FISCHER Taschenbuch
Frankfurt am Main, Dezember 2014

Die amerikanische Originalausgabe erschien 2013
unter dem Titel ›Playing for Keeps‹
im Verlag CreateSpace Independent Publishing Platform
© 2013 by Emma Hart
Für die deutschsprachige Ausgabe:
© S. Fischer Verlag GmbH, Frankfurt am Main 2014
Satz: Pinkuin Satz und Datentechnik, Berlin
Druck und Bindung: CPI books GmbH, Leck
Printed in Germany
ISBN 978-3-596-03045-3

Spiel, Satz und Sieg

1. Kapitel

Megan

Es gibt im Leben immer Entscheidungen, die uns besonders schwerfallen. Ich bin jetzt neunzehn und muss zugeben, dass die wahrscheinlich schwerste Entscheidung meines Lebens folgende ist: Soll ich die Tatsache ausnutzen, dass Braden dieses Wochenende nicht da ist – sprich, dass ich tun und lassen kann, was ich will.

Dieses *Was*, oder eher derjenige, mit dem ich gern etwas tun würde, sitzt mir gerade in der Küche gegenüber. Er macht wie immer seine Späße mit den Jungs, sein Blick ständig abgelenkt, wenn wieder so eine aufgetakelte Tussi vorbeistolziert. Jetzt kräuseln sich seine Lippen zu seinem typischen sexy Grinsen, und er schaut zu mir rüber, als hätte er meinen Blick gespürt.

Sein Mund zuckt leicht, er zieht eine Augenbraue hoch. Der Gesichtsausdruck drückt Arroganz aus, was er mit der lässigen Art und Weise, wie er auf dem Stuhl hängt, noch unterstreicht. Nachdenklich kratzt er sich am Kinn, in seinem Blick scheint eine Frage zu liegen.

Ich hebe mein Glas, umschließe mit den Lippen den Strohhalm, während ich trinke. Mein Fuß wippt zum Beat der Musik, die aus dem anderen Zimmer schallt. Dabei erwidere ich seinen Blick – auch meinerseits mit einer Frage in den Augen.

Ich weiß, was ich will – ich will die Frau sein, die er mit nach oben nimmt, statt immer nur die zu sein, die ihm dabei zuschaut, wie er andere abschleppt. Ich weiß nur nicht, ob mir eine Nacht reicht.

Ich bin jetzt seit drei Monaten in ihn verliebt. Seit drei Monaten, einer Woche, fünf Tagen, zwanzig Stunden und siebenunddreißig Minuten – nur ganz grob geschätzt. Aber ich hab nie etwas zu ihm gesagt. Und das habe ich auch in Zukunft nicht vor.

Er hört auf zu grinsen, und ich zwinge mich, woanders hinzuschauen. Kyle steht am anderen Ende der Bar hinter der Theke und lacht mit Lila und Kay über irgendwas. Anstatt ihn zu mir rüberzurufen, stochere ich stumm mit dem Strohhalm in den Eiswürfeln meines leeren Glases herum.

Manchmal, nur manchmal, wünschte ich, ich wäre nie nach Berkeley gekommen, sondern woanders hingegangen – irgendwohin, wo Braden nicht ist. Irgendwohin, wo ich nicht dauernd befürchten muss, dass Braden jemandem in den Arsch tritt, nur weil diese Person mich eine Sekunde zu lang angeschaut hat.

»Ich glaube nicht, dass ich dich hier jemals allein gesehen hab.« Astons Stimme ist plötzlich ganz nah an meinem Ohr. Ich drehe den Kopf, er setzt sich auf den Barhocker neben mir.

»Es passiert ja auch nicht oft. Dasselbe könnte ich aber auch über dich sagen.« Ich schaue ihm tief in die grauen Augen.

»Tja, ich bin halt ein geselliger Typ.« Ein schiefes Grinsen stiehlt sich auf sein Gesicht.

»Was machst du eigentlich hier? Wieso bist du nicht in irgendeiner dunklen Ecke mit deiner jüngsten Eroberung zugange?«

»Autsch, Megan. Höre ich da etwa Bitterkeit in deiner Stimme?«

»Wohl eher Ekel«, murmle ich und wende den Blick ab. »Nicht zu verwechseln, Aston.«

»Ich glaub, du machst dir was vor«, bemerkt er. Dann lehnt er sich nach vorn, seine Knie berühren meine. »Zehn Minuten, Megan.«

Ich schüttle ganz leicht den Kopf, als er aufsteht und hinter mir verschwindet. Kyle nimmt mir wortlos das Glas aus der Hand und füllt es wieder auf.

»Du bist heute so still.« Er stützt sich auf dem Tresen auf.

»Das kommt schon mal vor.« Ich lächle zaghaft.

»Ist komisch, dass Maddie und Braden nicht da sind, oder?«

Ich zucke mit den Schultern. »Ein bisschen vielleicht. Wenigstens haben die beiden ihren Scheiß geklärt, so dass wir uns zur Abwechslung mal auf unser eigenes Leben konzentrieren können.«

Kyle schnaubt. »Allerdings! Braden hat hier alle runtergezogen, als sie nach Brooklyn abgehauen ist. Das war so, als würde man mit ner Frau mit übelster PMS unter einem Dach leben. Dabei bin ich genau deshalb von zu Hause ausgezogen, um das nicht mehr ertragen zu müssen.«

»Ach ja? Typen, die nicht genug Sex haben, sind ja wohl genauso schlimm wie Frauen vor oder während ihrer Periode«, entgegne ich trocken.

Er grinst. »Solche gibt's hier aber nicht.«

»Da hast du wahrscheinlich sogar recht.«

»Du jedoch siehst so aus, als hättest du definitiv nicht genug Sex.«

»Grad als ich dachte, du wärst ein netter Typ, sagst du so was und machst alles kaputt.« Ich verdrehe in gespielter Empörung die Augen. »Ihr seid doch alle gleich.«

»Hey, ich meinte ja nur.« Er hebt beschwichtigend die Arme. »Du hättest auf jeden Fall eine große Auswahl, besonders jetzt, wo der eifersüchtige Neandertaler nicht hier ist.«

Ich beiß mir auf die Lippe, um ein Grinsen zu unterdrücken. »Bezeichnet ihr ihn jetzt auch schon als Neandertaler?«

»Klar, so was von.« Kyle zwinkert mir zu.

Wieso, verdammt nochmal, verlieb ich mich nicht in Kyle? Er sieht doch nicht schlecht aus, mit seinen wuscheligen dunklen Haaren und den braunen Rehaugen. Er ist auch nicht schlecht gebaut – nicht so auffällig gut wie Braden, aber er hat schon 'ne gute Figur. Er wäre eine super Ablenkung – wenn ich nicht schon so von Aston abgelenkt wäre.

Ich kippe den Rest meines Getränks runter und schieb ihm das Glas rüber. »Sag Lila, dass wir uns morgen sehen, ich mach mich mal auf den Heimweg.«

Kyle nickt und räumt die Bar ab.

Ich schaue mich möglichst unauffällig um und husche aus dem Raum. Mit einem Anflug von Paranoia drängle ich mich durch die Menschenmenge im Wohnzimmer in Richtung Treppenhaus. Nervös fahre ich mir durch die Haare, zupfe an meinem Kleid. Dann steige ich die Stufen hoch – zu Astons Zimmer. Heute Nacht riskiere ich es.

Eine Hand packt mich am Arm und dreht mich, so dass ich mit dem Rücken an die Wand gedrückt werde. Mein Schrei verstummt, als sich Lippen auf meinen Mund pressen. Mein Versuch, dem Täter ein Knie zwischen die Beine zu rammen, wird von einer schnellen Bewegung des anderen abgewehrt.

»Das ist kein Überfall«, murmelt Aston an meinem Mund. »Außer, du willst es.«

»Du bist ein Schwein.«

»Und doch bist du hier.«

»Offensichtlich«, erwidere ich leise und senke den Blick.

Er nimmt mein Gesicht in die Hände und hebt meinen

Kopf vorsichtig an. Seine Lippen berühren wieder meinen Mund, ich schließe die Augen. Ich lasse meine Hände über seine Arme zu seinem Hals gleiten, kralle mich in seinen Kragen und drücke meinen Körper an ihn. Er saugt an meiner Unterlippe, so dass ich innerlich erschaudere.

Aston greift hinter mich und steckt den Schlüssel ins Schloss. Er drückt die Tür auf, seine andere Hand ruht auf meinem Rücken. Ich lasse zu, dass er mich in sein Zimmer zieht. Er kickt ein paar Klamotten zur Seite, die auf dem Boden verteilt liegen, und schließt die Tür hinter uns.

Er zieht meinen Körper fest an sich, ich spüre seinen Atem auf meiner Wange. Meine Augen wandern zu seinem Mund, dann küssen wir uns. Er schlingt die Arme um mich und umfasst mit den Händen meine Pobacken.

Ich lege ihm eine Hand an die Hüfte. Meine Finger wandern unter sein Polo-Shirt und finden seine warme Haut, ich fahre mit dem Daumen über die festen Bauchmuskeln. Er lässt mich kurz los, zieht sich das T-Shirt über den Kopf und betrachtet mein Gesicht.

Ich kaue auf meiner Unterlippe, mein Blick wandert über seinen Oberkörper. Ich hab schon andere Typen und auch ihn oben ohne gesehen, aber so aus der Nähe sieht er einfach krass gut aus. Seine Brust ist muskulös, ohne aufgepumpt zu wirken. Das Schattenspiel lässt die Einbuchtungen seines Sixpacks wie gemeißelt erscheinen. Ich frag mich echt, wieso er so durchtrainiert ist. Soweit ich weiß, ist das unregelmäßige Footballspielen mit den Jungs sein einziger Sport. Aber eigentlich ist mir das grad voll egal.

Ich mache einen Schritt nach vorne und hauche ihm einen Kuss auf die Brust. Er legt eine Hand an meinen Hinterkopf und küsst mich aufs Ohrläppchen. Dann wandert sein Mund zu meinem Hals und weiter zu meiner nackten Schulter. Er streift meine Brust, ich stöhne leise auf. Der Träger meines Kleides ist heruntergerutscht. Meine Hände zittern vor Erregung, als ich ihm über den Rücken streichle. Seine Hände gleiten sanft meinen Körper hinab, er greift den Saum meines Kleides und zieht es mir über den Kopf. Der Stoff fällt zu Boden, und er schiebt mich in Richtung Bett.

Ich falle rückwärts auf die Matratze. Noch stehend reißt er sich die Jeans runter und beugt sich über mich. Als er sich an mich presst, ist er hart und bereit. Ich schlinge meine Beine um seine Taille, mein Mund sucht seinen. Er fährt mit der Zunge meine Lippen ab, und ich öffne bereitwillig den Mund. Er stöhnt kehlig und verstärkt den Griff um meine Hüfte. Seine Zunge tanzt in meinem Mund, erkundet dort jeden Winkel. Ich halte seinen Kopf umschlungen, meine Finger tief in seinen Haaren vergraben. Seine Hände massieren meine Haut, hinterlassen eine Spur aus Gänsehaut. Meine Bauchmuskeln ziehen sich zusammen, mein Unterleib vibriert vor Verlangen nach ihm.

Ich stöhne auf, halb aus Ungeduld, halb aus Begierde; er knurrt und lässt seinen Mund über meinen Körper wandern. Seine Lippen flattern über meine Haut. Ehe ich mich versehe, hat er die Finger in meine Unterhose gehakt und sie mir in einer schnellen Bewegung runtergezogen. Seine Hand verweilt dort unten. Als seine Fingerspitzen meine Klitoris berühren, zuckt meine Hüfte unkontrolliert, und mein Atem geht schneller. Sein Daumen macht kleine, kreisende Bewegungen, und ich drücke den Rücken durch: Ich recke mich ihm entgegen.

Aston saugt leicht an meinem Hals, auch sein Atem geht nun stoßweise. Ich spanne alle Muskeln an, kann aber das Stöhnen nicht unterdrücken, das jetzt lauter aus meinem Mund kommt. Es muss wie ein Betteln nach mehr klingen.

Ich kann nicht verhindern, dass ein überwältigendes Lustgefühl meinen Körper überrollt wie ein Tsunami.

Er streckt einen Arm aus und wühlt in seiner Nachttischschublade. Er findet ein Kondom, reißt es mit den Zähnen auf und streift es sich über.

»Ich will dich schon so lange«, flüstert er heiser in mein Ohr. Ich hebe die Hüfte an, und er gleitet in mich hinein. Dann schnappe ich nach Luft und grabe die Finger in seinen Rücken. »So. Verdammt. Lange. Megan.«

Ich schreie auf und kralle mich in seine Haut. Wir bewegen uns in einem Rhythmus, unsere Körper eng aneinander. Ich spüre jede seiner Bewegungen in mir.

»Jetzt hast du mich«, keuche ich.

Er hält mich an sich gedrückt, seine Finger graben sich in meinen Rücken. Er seufzt an meinem Hals, ganz anders als der Aston, den ich kenne.

»Ja«, haucht er. »Ja, ich hab dich.«

2. Kapitel

Aston

Ich sollte die letzte Nacht bereuen. Ich sollte den Kopf hängen lassen und mich schuldig fühlen. Dafür, dass ich meinen Freund so enttäuscht habe. Mit einer Frau zu schlafen, die praktisch seine Schwester ist … Das ist echt unterste Schublade, selbst für meine Verhältnisse. Ich sollte mich wie der letzte Idiot fühlen.

Und das tue ich auch – ich fühle mich wie der letzte Idiot, aber nicht aus dem Grund. Ich bereue es nicht, und ich kann den Kopf nicht hängen lassen für etwas, das ich tun wollte. Ich fühle mich wie der letzte Idiot, weil ich mir von den zwanzigtausend Studentinnen auf dem Campus genau diese eine aussuchen musste.

Ich hatte Megan.

Die einzige Frau, die mir wirklich gefährlich ist. Die einzige, die mir meine Scheiß-drauf-Einstellung austreiben und mir zeigen könnte, wie erbärmlich ich eigentlich bin. Sie hat die Fähigkeit, die Mauer zu durchbrechen, die ich so mühsam um mein Inneres errichtet habe. Ich hätte mich von ihr fernhalten sollen.

Aber das habe ich nicht.

Und jetzt weiß ich, wie sich ihre Haut auf meiner anfühlt, wie süß sie schmeckt. Weiß, wie eng sie ist, wenn ich in ihr bin; weiß, wie sie ihre Fingernägel in meinen Rücken krallt und wie sich ihr Atem an meinem Hals anfühlt; kenne ihr süßes Stöhnen, das mich so erregt. Und ich weiß jetzt, dass es ein verdammtes Wunder braucht, um mich weiterhin von ihr fernzuhalten.

Meine Hand, die nach dem Handy greift und zu Megans Nummer runterscrollt, beweist, dass mir letzte Nacht mehr bedeutet, als mir lieb ist: *Siehst du, ich kann mehr als Mau-Mau spielen.* Ich drücke auf Senden und grinse beim Gedanken an unseren Trip nach Las Vegas, auf den ich mich beziehe. Ich will sie zum Lachen bringen, wenn sie die SMS liest. Beim Lächeln leuchtet sie irgendwie von innen heraus und ist dann noch schöner als sonst.

Hast wohl was von den großen Jungs in Vegas gelernt, was?, erwidert sie prompt.

Ich grinse und schreib zurück: *Sag du es mir, Babe. ;-)*

Ich rolle mich im Bett auf die leere Seite. Die Seite, auf der sie lag, ehe sie sich heute Morgen irgendwann aus dem Staub gemacht hat. Ich schiebe den Kalender zur Seite, bemerke dabei notgedrungen das Datum, obwohl ich es am liebsten ignoriert hätte. Diese Woche – die ist immer am härtesten. Es ist die Woche, die mein Leben zum Besseren verändert und das von meinem Großvater für immer zerstört hat. Des einen Freud ist des anderen Leid.

Obwohl es noch so früh ist, schwinge ich mich aus dem Bett, streife mir wahllos ein paar Klamotten über und schnappe mir den Autoschlüssel vom Nachttisch. Der alte Mann wird mir wahrscheinlich eins mit seinem Gehstock verpassen, weil ich vor dem Mittagessen aufkreuze, aber das ist immer noch besser, als hier allein im Zimmer rumzusitzen und in Scheißselbstmitleid zu versinken.

Ich schlüpfe unbemerkt aus dem Verbindungshaus und steige in mein Auto. Das Haus meines Großvaters ist nicht allzu weit entfernt. Auf sein Drängen hin haben wir San Francisco verlassen, und so bin ich jetzt hier in Berkeley auf dem College. In San Francisco lauern zu viele Erinnerungen, zu viel Scheiße, als dass ich dahin je zurückgehen wollte.

Ich parke vor dem Haus, die Sonne kriecht bereits über das Dach, was wohl bedeutet, dass ich den Tag mit Gartenarbeit verbringen werde. Ich öffne die Haustür und bin sofort vom vertrauten Geruch nach Zigarrenrauch umhüllt. Ich verziehe das Gesicht und setze wie jeden Sonntag zu meiner üblichen Begrüßung an. Unsere Routine gibt mir ein Gefühl von Sicherheit und hat irgendwie etwas Tröstliches.

»Ich wünschte, du würdest aufhören, diese verdammten Dinger zu rauchen, Opa.«

Sein tiefes, kratziges Lachen hallt durchs Haus. »Das sagst du mir jede Woche, Junge. Ich wünschte, du würdest aufhören, mir wegen dieser verdammten Dinger in den Ohren zu liegen.«

Ich grinse und lasse die Tür hinter mir ins Schloss fallen. Opa sitzt im Wohnzimmer an seinem angestammten Platz am Fenster. Der geblümte Sessel ist wahrscheinlich so alt wie er selbst – allerdings ist das Möbelstück wesentlich schlechter in Schuss.

»Ich weiß. Ich werd's dir trotzdem immer wieder sagen.« Ich lasse mich achselzuckend auf dem Sofa gegenüber nieder.

Er schmunzelt, seine dunkelgrauen Augen sind eingerahmt von Lachfalten. »Wenn du meinst, Junge. Wieso bist du eigentlich schon so früh hier und nervst mich?«

Ich schaue aus dem Fenster. »Hatte nix Besseres zu tun heute Morgen.«

Er kichert. »Wahrscheinlich hattest du gestern Nacht genug zu tun.«

»Du solltest in deinem Alter nicht mehr solche Kommentare abgeben, finde ich.«

»Wieso denn nicht? Nur weil ich alt und faltig bin? Wenn es beim Freitags-Bingo mal 'ne Nette gäbe, dann würde ich dich locker in den Schatten stellen, mein Junge. Das kannst du aber glauben!« Er zieht ein letztes Mal an der Zigarre, dann drückt er den Stummel im Aschenbecher aus.

»Uuuah, Opa! Das ist eine üble Vorstellung. Ganz böse.« Ich schüttle den Kopf.

»Also, jetzt mal raus mit der Sprache. Wen hast du dieses Mal belästigt?«

»Wer sagt denn, dass ich jemanden genervt hab?«

»Du tauchst hier freiwillig um halb zehn auf, da muss doch was faul sein. Normalerweise bewegst du deinen faulen Hintern sonntags nie vor Mittag aus dem Bett.«

»Ich hab niemanden genervt! Außerdem wusste ich, dass du meinen ›faulen Hintern‹ heute gern in deinem Garten sehen würdest.«

Mein Großvater sieht mich wissend an. Minuten vergehen, während er mich stumm mustert und seine eigenen Schlüsse zieht. Ich kann es ihm ansehen.

»Ich weiß, was du sagen wirst, aber du liegst falsch«, komme ich ihm zuvor.

Seine Stimme ist weich, als er spricht: »Du hast nie über sie gesprochen.«

»Ich will auch nicht über sie sprechen. Ich hab dazu *nichts* zu sagen.«

»Ich denke schon. Denn du redest dir nur ein, dass du nichts dazu zu sagen hast.«

Ich schüttle den Kopf und schaue weg. »Und ich glaube, dass du mich verarschen willst. Ich versteh schon, du vermisst sie und würdest gern über sie reden. Aber ich nicht, okay? Ich hab nie so eine Beziehung zu ihr gehabt wie du. Sie war niemals, und ich meine wirklich *niemals*, so wichtig für mich.«

»Du kannst deine Mutter nicht ewig hassen, Junge.«

»Ich hasse sie ja gar nicht«, widerspreche ich. »Ich hab

Mitleid mit ihr. Es ist schade um das Leben, dass sie uns bis zu ihrem Tod aufgedrückt hat, bis du mich zu dir genommen hast.«

»Hast du in der Schule und auf dem College nicht gelernt, zu vergeben und vergessen?« Sein warmer Tonfall berührt mich.

»Vergeben und vergessen sind zwei ganz verschiedene Dinge, Opa. Man kann vergeben, und man kann vergessen, aber nur selten passiert das gleichzeitig. Ich kann meine Kindheit nicht vergessen. In dieser Zeit habe ich einiges gelernt, und ich kann diese Bilder und Erinnerungen nicht aus meinem Gedächtnis löschen. Und aus diesem Grund kann ich auch nicht vergeben. So einfach ist das.«

Ein Schatten der Enttäuschung und Traurigkeit huscht über sein Gesicht. Ich verspüre die üblichen Schuldgefühle – weil ich die Person hasse, die er liebt.

»Opa –«

»Schon gut.« Er lässt den Blick wieder aus dem Fenster und über den Garten schweifen. »Ich wünschte nur, ich würde dich verstehen, Junge.«

»Da gibt es nichts zu verstehen«, erwidere ich. »Ich mach einfach weiter, weil ich keine Lust habe, mich mit dem Mist aus meiner Vergangenheit auseinanderzusetzen. Weder jetzt noch irgendwann.«

»Da drüben beim Gemüsegarten müsste mal wieder Unkraut gejätet werden. Wenn das erledigt ist, könntest du vielleicht noch ein paar Löcher ausheben, für die Büsche, die ich diese Woche geliefert bekomme.«

Ich bin dankbar für den Themenwechsel. Das machen wir beide immer so, wir schlucken hinunter, was wir eigentlich sagen sollten. Was wir gern sagen würden.

»Was für Büsche?«

»Hortensien. Für deine Oma. Sie wollte immer nur Hortensien«, murmelt er mehr zu sich selbst. »Sie stehen für Hingabe und Einfühlungsvermögen. Davon können wir alle etwas gebrauchen.«

Ich nicke, obwohl er gar nicht in meine Richtung schaut. Der Garten ist seine Art, sich an sie zu erinnern. Ich frage mich, ob er froh ist, dass Oma nicht mehr erlebt hat, was mit ihrer einzigen Tochter passiert ist. Und ich frage mich, was diese Frau, an die ich nur noch vage Erinnerungen habe, heute von mir denken würde.

Ich hole mir den Handspaten aus dem Schuppen und knie mich ins Gemüsebeet. Oma wäre wahrscheinlich angeekelt von mir. Es gibt wirklich nicht viel, auf das man stolz sein könnte.

3. Kapitel

Megan

Niemand weiß etwas davon. Das muss ich mir immer wieder klarmachen. *Niemand weiß davon.* Trotzdem hilft nichts gegen das krasse Gefühlschaos, das in mir tobt. Es ist das alte Klischee – Kopf gegen Herz.

Mein Kopf sagt mir, dass ich ein furchtbarer Mensch bin. Ich hab meinen besten Freund betrogen, indem ich mit *seinem* besten Freund geschlafen habe. Mein Herz sagt mir, dass ich mir zum ersten Mal in meinem Leben das genommen habe, was ich wollte, ohne über die Konsequenzen nachzudenken.

Bedeutet das, dass ich rücksichtslos und kaltherzig bin? Okay, kaltherzig ist vielleicht ein bisschen übertrieben, aber rücksichtslos? Ein kleiner Teil von mir denkt das schon, aber dann ist da auch der Teil in mir, der überzeugt ist, dass ich kein furchtbarer Mensch bin. Die Gedanken wirbeln in meinem Kopf umher wie ein Tornado. *War letzte Nacht ein Fehler?*

Ich habe getan, was ich nie tun wollte. Mit dem besten Freund eines besten Freundes schlafen. Ja – der Plan ist also ordentlich nach hinten losgegangen. Mein Vorsatz entstand in dem Moment, als mich Aston mit seinen magischen stahlgrauen Augen angesehen hat. Das war am ersten Tag auf dem College, und mir war sofort klar, dass irgendwas zwischen uns passieren würde. Manchmal weiß man das einfach.

Vielleicht musste es so kommen, dass ich mich in ihn und sein überhebliches Lächeln verliebt habe, obwohl ich alles versucht habe, um mich von ihm und seinem hyperaktiven kleinen Freund fernzuhalten. Immerhin macht sein Frauenverschleiß Braden wirklich Konkurrenz. Und auf so etwas stehe ich eigentlich gar nicht. Am liebsten würde ich die ganzen falschen Haare, falschen Fingernägel und falschen Wimpern von all den Tussis, mit denen er immer schläft, auf einen Haufen werfen und verbrennen.

Ich meine, jetzt mal ehrlich. Was ist denn so schlimm an echten Titten und einer lässigen Out-of-Bed-Frisur? Okay, vielleicht hab ich leicht reden, immerhin hab ich von Natur aus große Brüste, aber trotzdem … Wofür gibt es denn Push-up-BHs?

Ich bin nicht so dumm, mir etwas auf die Nacht einzubilden. Es war nur eine Nacht, und ich weiß, dass es allein um Sex ging. Aston kann nicht anders.

Maddie hat sich auf etwas Ähnliches eingelassen. Sie war überzeugt, Braden könnte sich nicht verlieben – aber sie lag falsch. Er hat sich doch in sie verliebt. Aber Bray und Aston sind doch noch mal ganz verschieden. Wenn Braden sich von Frau zu Frau gehangelt hat, dann sprintet Aston von einer zur anderen. Bin ich deshalb dumm?

Nein. Ich hatte nie irgendwelche anderen Erwartungen. Ich bin vielleicht eine hoffnungslose Romantikerin, die sich gern in heißen Liebesromanen verliert, aber ich bin nicht so naiv zu glauben, dass diese Dinge in Wahrheit passieren. Manche Leute haben das Glück, diese Art von Liebe zu finden, die Männer zum Staunen und Frauen zum Seufzen bringt. Aber eben nicht jeder.

Liebe ist eine unbeständige Sache. Nur weil es hypothetisch einen Menschen gibt, der dir Komplimente macht, dein Gemüt beruhigt und dein Feuer schürt, heißt das noch lange nicht, das derjenige mit dir eine Beziehung führen wird. Vielleicht trifft man diese Person ja nie. Oder man trifft denjenigen – aber es ist eben nicht der richtige Zeitpunkt.

Ich bin jetzt neunzehn. Ich kenne Liebe, und ich kenne Leidenschaft. Ich kenne auch den Unterschied – und ich glaube, dass Aston aus irgendeinem seltsamen Grund, derjenige ist, der mein Gemüt beruhigt und mein Feuer schürt. Allerdings weiß ich auch, dass es unter den jetzigen Umständen mit uns nicht funktionieren kann. Vielleicht kann es das nie.

Bislang war das okay für mich. Aber nach letzter Nacht bin ich mir nicht mehr sicher …

Ich öffne die Tür und betrete den Klassensaal. Nach einem kurzen Blick, atme ich erleichtert auf. Weder Braden noch Aston sind zu sehen, und ich eile schnell zu meinem Platz. Dort lasse ich frustriert den Kopf auf die Tischplatte sausen, als mir einfällt, dass ich eigentlich mit Braden für diesen Kurs den Platz getauscht habe, damit er und Maddie zusammensitzen können.

»Mistkacke«, murmele ich.

Der Stuhl neben mir wird zurückgeschoben. »Wenn du versuchst, dich zu verstecken, Babe, dann gelingt dir das nicht sehr gut, ich kann dich nämlich sehen.«

Astons Worte streichen über mich hinweg wie eine Berührung. Mein Mund ist plötzlich ganz trocken, und ich höre mein Blut in den Ohren rauschen.

»Wieso sollte ich mich verstecken wollen?« Ich richte mich auf und schaue nach vorn, wild entschlossen, ihm nicht in die Augen zu sehen. Er zuckt gleichgültig mit den Schultern und dreht einen Stift zwischen Daumen und Zeigefinger. Ich verfolge jede seiner Bewegungen aus dem Augenwinkel. Sein Blick ruht auf mir und bettelt darum, dass ich mich ihm zuwende.

»Bist du so verrückt nach mir, dass du es nicht erträgst,

mich anzuschauen«, fragt er in einem dramatischen Tonfall, in dem auch ein Hauch seiner üblichen Arroganz mitschwingt.

Ich setze mich noch aufrechter hin. »Anscheinend hat mal wieder jemand dein Ego überfüttert«, erwidere ich trocken. »Ich glaube nämlich nicht, dass ich verrückt nach dir bin.«

Sein Oberarm streift meinen, als er sich nach vorn lehnt. »Ach ja?« Seine Stimme ist tief und kaum zu hören.

Ich kämpfe gegen das Bedürfnis an, meinen Kopf auch nur einen Millimeter zu bewegen. »Allerdings.«

Eine Fingerspitze fährt mir an der Rückseite des Arms entlang, ich kann gerade noch ein Schaudern unterdrücken.

»Ich glaub, da liegst du falsch«, flüstert er. »Weil ich mir nämlich ziemlich sicher bin, dass du Samstagnacht gesagt hast, dass du verrückt nach mir bist – kurz bevor du dich mit deinen Fingern in meinen Rücken gekrallt und deine süßen Beine hier um meinen Bauch geschlungen hast.«

Mein Kopf schnellt herum, unsere Gesichter sind nur wenige Zentimeter voneinander entfernt. Er hat die Lippen zu einem leicht süffisanten Lächeln verzogen, und ich könnte mich verfluchen, dass ich zuallererst auf seinen Mund schauen muss. Ich zwinge mich, den Blick von seinen Lippen zu lösen, und tappe in die nächste Falle: seine rauchgrauen Augen.

Mir wird klar, wieso ich ihn nicht anschauen wollte. Seine Augen verzaubern mich. Das silberne Funkeln in seiner Iris zieht mich in seinen Bann, hält mich gefangen. Ich weiß plötzlich auch wieder, wieso ich mich ihm hemmungslos hingegeben habe.

Ich mache den Mund auf, um etwas zu sagen, aber Bradens Stimme durchschneidet den Nebel, den Aston in mir verursacht hat.

»Nervt dich der Idiot mal wieder?«

Meine Augen wandern von Aston zu Braden. »Das ist sogar für deine Verhältnisse eine total dumme Frage, Bray. Aston nervt immer.«

Braden grinst und boxt Aston an die Schulter. »Behalt bloß deine dreckigen Finger bei dir, Mann. Ich hab dich in Vegas gewarnt. Megan ist nicht eines deiner üblichen Betthäschen.«

»Das weiß ich doch«, erwidert Aston.

Ich schau schnell weg, um nicht über die Ironie dieser Unterhaltung laut loslachen zu müssen. Klar, hab ich mehr Klasse als seine üblichen Betthäschen. Ich werde nicht um mehr betteln. Egal wie gern ich es auch tun würde.

Maddie sieht zu mir rüber und lächelt. »Kaffee?«, formt sie lautlos mit den Lippen.

Gott, ja! Ich nicke begeistert. Ich bin eh ganz neugierig darauf, wie ihr Wochenende mit Braden und seinen Eltern war. Ich weiß zu gut, dass seine Mom exzentrisch sein kann.

»Ich geh davon aus, er weiß nichts?«, raunt Aston mir zu und stupst meinen Fuß an.

Ich zucke zusammen und schaue mich hastig um. Braden ist weg. »Nein, natürlich nicht. Das ist auch nicht unbedingt das Erste, was man mal eben so erwähnt, oder?«

»Eher nicht.« Er reibt sich mit dem Daumen über den Mund. »Außerdem –«

»Lass mich raten«, unterbreche ich ihn ungerührt. »Dein Gesicht ist zu schön, um es von ihm zu Brei schlagen zu lassen?«

Er hält für einen Moment inne und grinst dann. »Das wollte ich zwar nicht sagen, aber es ist nett, dass du mein Gesicht schön findest.«

»Nimm dich in Acht! Braden ist nicht der Einzige, dessen Faust in deinem Gesicht landen könnte.«

»Uuh, ich steh auf angriffslustige Frauen.«

Ich senke die Stimme. »Du stehst darauf, sie nach einem schnellen, bedeutungslosen Fick abzuservieren. Also ist es eigentlich völlig egal, was für Charaktereigenschaften du bei Frauen magst, oder?«

Er stutzt, ich schaue weg. Meine Worte treffen mich selbst. Niemand wird gern benutzt. Niemand wird gern von jemandem benutzt, für den man mehr empfindet.

»Ich hab nie gesagt, dass du ein schneller, bedeutungsloser Fick für mich bist, Megs«, flüstert Aston, als die Stunde beginnt. Er beugt sich vor, dreht immer noch den Stift zwischen den Fingern. »Man kann mir ja vieles vorwerfen, aber ich bin kein Lügner. Und es wäre gelogen zu sagen, dass das, was zwischen uns passiert ist, nichts bedeutet.«

Ich schlucke den Kloß in meinem Hals hinunter, für Emotionen ist jetzt nicht der richtige Moment. Ich würge beinahe an den Worten, die hier ebenfalls keinen Platz haben, weil in ihnen zu viel Wahrheit liegt. Also beschränke ich mich darauf, ihn zu ignorieren, und konzentriere mich auf den Unterricht. Oder besser gesagt, versuche ich, ihn zu ignorieren. Was ziemlich schwierig ist, wenn ich jede seiner Bewegungen mitbekomme, seine Blicke auf mir spüre.

Er streckt die Beine unter dem Tisch aus, sein Fuß berührt meinen. Ich ziehe die Füße sofort unter meinen Stuhl und lasse meine Haare wie einen Vorhang zwischen uns fallen. Ich kann ihn nicht dauernd aus dem Augenwinkel sehen. Das macht mir zu sehr bewusst, was für Gefühle er in mir auslöst.

Ein Ziepen an meinen Haaren reißt mich aus meiner erzwungenen Konzentration, mein Kopf schnellt herum.

»Was?«, zische ich.

Er kaut auf seinem Stift herum. »Gehst du mir aus dem Weg?«

»Ich sitze doch genau neben dir, du Idiot. Wie soll ich dir da bitte aus dem Weg gehen?«

»Würdest du auch hier sitzen, wenn du es nicht müsstest?«

»Nein, würde ich nicht. Aber das ist immer so. Also bilde dir bloß nicht ein, heute wäre was Besonderes.«

»Du hältst mich für ein Arschloch.«

»Und ob. Hat ja lang genug gedauert, bis du es geschnallt hast.« Die Stunde ist vorbei, ich stopfe meine Sachen in die Tasche und stehe auf.

»Vergiss nicht, Megan«, haucht er mir von hinten ins Ohr, »wer am Samstag zu wem gekommen ist.«

Fuck. Fieser kleiner Sack.

»Bist du so weit?« Maddie hält mir die Tür auf, ich werfe Aston einen letzten bösen Blick zu, als er an mir vorbeigeht.

»Klar, bloß weg von diesen Arschlöchern hier.«

»Was hat er denn jetzt wieder gemacht?« Maddie ist bemüht, sich das Lachen zu verkneifen.

»Ach, er ist einfach Aston«, meine ich achselzuckend. »Du weißt schon, sein typisches Gesülze á la ›Ich bin ein Geschenk für alle Frauen dieser Welt‹.«

»Oje. War er das ganze Wochenende so?«

»Keine Ahnung. Hab ihn kaum gesehen«, höre ich mich lügen, obwohl ich innerlich zusammenzucke. Oh, ich hab nicht nur ihn, ich hab alles von ihm gesehen.

»Wahrscheinlich war er genauso«, meint Maddie und streicht sich die Haare aus dem Gesicht. »Braden ist dieses Wochenende fast durchgedreht, weil er dich hier in Berkeley mit seinem – Zitat – ›Alles-Ficker-Freund‹ zurückgelassen hat.«

Ich schüttle den Kopf. »Ehrlich, Braden könnte schon etwas mehr Vertrauen in mich haben.«

Ups, hab ich das jetzt wirklich gesagt?

Maddie zuckt mit den Schultern. »Du kennst ihn doch. Dann hat seine Mom auch noch mitbekommen, wie er ›vulgäre‹ Schimpfwörter benutzt hat, und das musste er ordentlich ausbaden.«

Ich muss laut lachen. »O Mann, das hätte ich gern gesehen!«

»Es war megalustig.« Sie kichert. »Seine Mom hat mich die ganze Zeit gefragt, ob er sich auf dem College auch so schlecht benimmt.«

»Und, was hast du gesagt?« Ich studiere die Aushangtafel im *Starbucks*. »Ein Caramel Macchiato, bitte.«

»Ich hab nein gesagt und unauffällig genickt.«

»Verdammt, Süße, du kennst Braden schon fast so gut wie ich.«

Sie grinst und bestellt ihren üblichen Kaffee plus Muffin. »Ich bin mir ziemlich sicher, dass ich ihn sogar noch etwas besser kenne als du.«

»Was das angeht, lege ich auch keinen Wert darauf, ihn zu kennen«, murmele ich und nehme meinen Kaffeebecher von der Theke.

»Aber jetzt mal im Ernst, ich dachte, Bray bringt seine Mom irgendwann um, so oft, wie die ihn bloßgestellt hat.« Maddie kichert, und wir machen es uns in zwei Sesseln gemütlich. »Er ist ständig rot geworden. Das hatte ich vorher nie gesehen«

»O ja, Braden wird rot.« Ich grinse, der Karamellduft aus meinem Becher steigt mir in die Nase. »Wenn du es richtig anstellst, wird er rot wie ein Schulmädchen, das gerade festgestellt hat, dass ihr Rock den ganzen Tag schon hinten in ihrem Höschen feststeckt.«

Maddie prustet los. »Kein Wunder bei den Geschichten, die seine Mom ausgepackt hat. Er hat also wirklich eine Katze rasiert?«

Ich verschlucke mich an meinem Kaffee und bringe gerade noch ein Nicken zustande. »Ich wollte so gern einen Pudel. Er hat gedacht, er hilft mir und rasiert einfach die Katze seiner Mutter.« Ich zucke mit den Achseln. »Die Katze sah überhaupt nicht wie ein Pudel aus, und er hatte für zwei Wochen Hausarrest.«

Sie nickt. »Das hat mir seine Mom auch erzählt. Und dass er die meiste Zeit damit verbracht hat, aus seinem Fenster zu schreien, damit sie ihn irgendwann genervt rauslässt.«

»Stimmt.« Ich muss wieder kichern. »Das hat er wirklich gemacht.«

Sie lehnt sich in ihrem Sessel zurück und seufzt leise. »Und wie war es hier so? Irgendwas Spannendes passiert, als wir weg waren?«

»Ach, nur das Übliche.« Ich verlagere mein Gewicht auf die andere Armlehne. »Nichts Aufregendes.«

»Mit anderen Worten, Kay hat zu viele Shots getrunken und wild rumgeflirtet, Lila hat sich mit Ryan irgendwohin verkrümelt, und Aston hat ein Mädel abgeschleppt.«

»Ungefähr so«, stimme ich zu, ohne meine Rolle weiter auszuführen.

»Und du hast wie immer alle Anmachen an dir abprallen lassen und bist allein nach Hause gegangen. Stimmt's?« Sie zieht eine Augenbraue hoch, wobei sie leicht misstrauisch wirkt.

»Stimmt.«

»Braden war nicht da und hat Wachhund gespielt …« Sie lehnt sich etwas nach vorn. »Hast du das nicht ausgenutzt?«

»Nö.«

»Wow.« Sie legt den Kopf schief und lächelt. »Du brauchst echt mal wieder Sex.«

»Wow.« Ich äffe ihre Bewegung nach, bemüht, nicht loszuprusten. »Du verbringst echt zu viel Zeit mit Braden.«

Sie macht den Mund auf, hält inne und schließt ihn wieder. Dann lächelt sie. »Wahrscheinlich hast du recht. O Gott, ich mutiere zu einem weiblichen Verbindungstyp!«

»Warum trittst du nicht einer Frauenverbindung bei?«, schlage ich achselzuckend vor.

Maddie schürzt die Lippen. »Ich glaub nicht, dass ich der Typ für so was bin. Und mal davon abgesehen, haben wahrscheinlich die meisten Mädels in der Verbindung mit meinem Freund geschlafen und hassen mich, weil ich ihn domestiziert habe.«

»Das wäre tatsächlich etwas seltsam«, überlege ich.

»Mhmmm.«

»Wo ist Braden eigentlich? Ich muss sagen, ich bin überrascht, dass er dir überhaupt von der Seite gewichen ist«, necke ich sie.

Sie verdreht die Augen. »Er wollte noch was Dringendes erledigen. Was heißt, er wird sich Aston vorknöpfen, um rauszufinden, ob er nicht doch noch bei dir gelandet ist.«

4. Kapitel

Aston

»Verdammt nochmal, zum hundertsten Mal, ich hab letztes Wochenende nicht mit Megan geschlafen. Ich hab es nicht einmal versucht.«

Braden mustert mich misstrauisch. »Sie war heute irgendwie noch genervter von dir als sonst.«

Ich zucke möglichst gelassen mit den Schultern. »Wahrscheinlich deshalb, weil ich sie am Samstag zu sehr geärgert hab.«

Ryan grinst. »Ja, die sah echt aus, als würde sie dir gleich den Kopf abreißen.«

»Selbst wenn, es wär mir wohl kaum schwergefallen, jemanden zum Trösten zu finden, oder?«

»Fuck, Mann.« Braden schüttelt den Kopf und nimmt sich einen Stuhl. »War ich auch so ein Arschloch vor Maddie?«

Ryan wirft sein Handy in die Luft und fängt es wieder auf. »Yep.«

»Der Unterschied zwischen mir und dir ist nur«, stelle ich klar, »dass ich zugeben kann, dass ich ein Arschloch bin. Du dagegen hast dich für 'nen scheiß Jesus gehalten oder so.«

»Das liegt daran, dass ich das auch bin – hinter verschlossenen Türen.« Braden grinst wie ein arroganter Macker. »Wenigstens hast du es nicht bei Megan versucht.«

»Ich frag mich echt, was dein Problem ist, Mann. Megan hat doch viel zu viel in der Birne, als dass sie sich mit diesem Flachwichser abgibt.« Ryan deutet mit dem Daumen in meine Richtung, und ich zeig ihm den Stinkefinger.

»Labert ruhig weiter, ich bin trotzdem der Einzige hier,

der noch frei ist. Eure Frauen haben euch doch total an den Eiern«, erinnere ich die zwei.

»Und Lila hat echt magische Hände.« Ryan lacht dreckig.

»Was? Hattest du etwa vor Lila noch keine anderen magischen Hände?«, schleudere ich ihm entgegen. »Ich schätze, ich bin echt gesegnet.«

»Gesegnet mit der Fähigkeit, dich in jedes beliebige Bett zu schleimen«, erwidert Braden.

»Und du hast die Fähigkeit etwa nicht?«, entgegne ich.

»Eines Tages, Aston, wirst du genauso enden wie wir.«

»Wenn ich jemals zu soner Pussi mutiere, dann schlagt mich, bitte.« Ich schnaube. »Aber dazu wird es nicht kommen, das könnt ihr mir glauben.«

Zu einer Pussi zu mutieren bedeutet, Gefühle zuzulassen – und das mache ich nicht. Das kommt für mich einfach nicht in Frage. Und die einzige Frau, die mich meine Einstellung überdenken lassen könnte, ist eh außer Reichweite.

Und das ist gut so. Dann kann ich auch keine Gefühle für sie entwickeln. Wenn ich keine Gefühle entwickle, kann ich ihr auch nicht weh tun. Denn darauf würde es früher oder später hinauslaufen. Früher oder später würde ich meine Mauern wieder hochziehen und sie verstoßen, bis ich wieder allein bin mit den einzigen Gefühlen, die wirklich zählen.

Den körperlichen.

Du bist genau wie sie. Das ist alles, wozu du gut bist.

»Hey, Mann?« Ryan klatscht in die Hände. »Bist du da?«

»Klar.« Ich tauche aus meinen Gedanken auf. »Hab gedacht, ich hätte was gesehen.«

»Du denkst jetzt vielleicht, dass du nie jemanden findest, aber das wirst du auf jeden Fall«, fährt Braden fort. »Vertrau mir. Und es wird eine Frau sein, die genug Eier hat, um dich und deinen Schwanz in eure Schranken zu weisen.«

»Wenn es da draußen echt 'ne Frau gibt, die mich zähmen kann, würde ich es drauf ankommen lassen.« Ich lehne mich zurück. »Aber das soll erst mal eine probieren. Dafür müsste man allerdings Gefühle haben, und ich hab nie Gefühle, außer in dem Moment, wenn 'ne heiße Braut in meinem Bett liegt.«

»Ich hatte auch nie Gefühle. Dann kam dieses Spiel mit Maddie dazwischen.« Braden hält inne, fährt sich mit der Hand durch die Haare und schaut mich ernst an. »Manche Dinge sind einfach zu echt, um sie zu ignorieren.«

Ich schnaube verächtlich. »Wie ihr meint, Leute. Habt ihr eigentlich nichts Besseres zu tun, als hier rumzusitzen und von der Liebe zu schwafeln?«

»Wahrscheinlich schon.« Ryan grinst. »Aber das hier ist viel lustiger.«

»Was ist lustiger?« Lila kommt ins Zimmer geschlendert und schaut Ryan fragend an.

»Aston ärgern.« Er streckt den Arm aus, nimmt ihre Hand und zieht sie auf seinen Schoß.

Sie stöhnt genervt. »Euch ist schon klar, dass ein verärgerter Aston sich mit Sex tröstet, was bedeutet, dass wir uns bald wieder das Gejammer irgendeiner Tussi anhören müssen?«

»Echt?« Ich setze mich aufrecht hin. »Die Frauen machen so was?«

Lila dreht sich zu mir, und ihre Stimme ist angepasst. »Ja, allerdings. Die glauben, nur weil ich Ryans Freundin bin, hab ich irgendwie 'nen VIP-Pass zu eurer exklusiven Gruppe hier. Was nicht der Fall ist, Gott sei Dank, aber das checken die nicht. Stattdessen werde ich dauernd gefragt, wieso du nicht zurückrufst.«

»Hey, ich verspreche nie, dass ich anrufe.«

Lila zieht zweifelnd die Augenbrauen hoch, und die Jungs lachen.

»Wirklich!«, versichere ich. »Es ist also nicht meine Schuld. Verdammt, wie soll ich denn jemanden anrufen, wenn ich nicht mal die Nummer hab?«

»Vielleicht erwarten die Mädels, dass du sie danach fragst?«

»Aber dann würden sie doch erst recht erwarten, dass ich anrufe.«

»Und wo liegt das Problem?«

»Ich will nicht anrufen. Wenn ich nach der Nummer frage, macht ihnen das nur falsche Hoffnungen.«

Sie seufzt kopfschüttelnd. Dann sieht sie Ryan an, der ganz offensichtlich ein Grinsen unterdrückt. »Könnt ihr ihm nicht irgendwie ein Warnschild umhängen oder so?«

»Was denn für eins, Babe?«, bringt Ryan mühsam hervor.

»Sexabhängiges Arschloch, das sich nie wieder meldet, also versucht es erst gar nicht?«

»Das würde meinem Ruf aber ernsthaft schaden!«, protestiere ich.

Lila verdreht die Augen und erhebt sich von Ryans Schoß. Auf dem Weg zur Tür bleibt sie noch mal stehen und wirft mir einen Blick über die Schulter zu. »Dein Ruf ist sowieso alles andere als glänzend, Aston. Was du brauchst, ist mal 'ne *anständige* Frau. Wer weiß – vielleicht würde es dir gefallen oder sogar deine Arschlochperspektive verändern.«

»Äh, damit könnte sie recht haben.« Braden zuckt mit den Achseln.

»Wichser.« Ich stehe auf und verlasse ebenfalls das Zimmer. Immer zwei Stufen auf einmal nehmend, sause ich die Treppe hoch.

Ich hab echt genug von dem Gelaber. Ich hatte eine Nacht

mit 'ner anständigen Frau. Und diese verfluchte Nacht hat mich kaputtgemacht, weil ich mir gerade nicht vorstellen kann, jemals eine andere vögeln zu wollen.

Die Jungs sehen immer nur den Aston, den sie sehen wollen. Sie sehen aber nicht die kaputte Scheiße in mir drinnen – nicht den wahren Aston. Ich hab nicht vor, mein wahres Ich zu zeigen. Niemals.

Du bist einen Scheißdreck wert.

Ich werfe die Zimmertür hinter mir zu, verdränge die Stimme in meinem Kopf. Ich weiß, ich bin einen Scheißdreck wert. Dazu brauche ich keinen Geist aus der Vergangenheit, der mich daran erinnert.

Ich saß zusammengekauert in der Ecke. Die dünne Decke, die ich um mich geschlungen hatte, konnte die Kälte nicht abhalten, die durch das geöffnete Fenster in mein Zimmer drang – durch das Fenster, das ich mit meinen sechs Jahren noch nicht allein zumachen konnte.

Sie hatte versprochen wiederzukommen. Aber es dauerte zu lange, da war er losgegangen, um sie zu finden. Seinen Namen kannte ich nicht, aber er hatte ihr gedroht, dass sie dieses Mal fällig wäre. Er war wütend.

Ich rieb mir den Oberschenkel, versuchte, nicht zu weinen, obwohl es so weh tat. Es war immer meine Schuld. Dieses Mal war es, weil Mommy so lang brauchte und ich geweint hatte. Ich wusste nicht, wer er war, aber ich konnte ihn nicht leiden. Er tat mir mehr weh. Er war wie der Letzte, nur hatte er größere Hände, mit denen er mich besser schlagen konnte.

»Mommy?«, flüsterte ich in die Dunkelheit. Ich hatte Angst und ich war allein. Wo war Mommy? Wieso war sie noch nicht zu Hause? Ich rieb mir die Augen, um das Weinen zu unterdrücken. Ich wünschte mir so sehr, dass sie vor ihm nach Hause kommen würde. Wenn er als Erster nach Hause käme, würde er mich wieder schlagen.

»Mommy?«

5. Kapitel

Megan

»Das ist echt ein Arschloch«, meint Kay, als sie Aston im Garten erblickt.

Er steht vor einem Mädel, das mehr Highlights hat als mein E-Reader und sich die größte Mühe gibt, ihren Busen möglichst weit in Astons Gesicht zu schieben. Er lächelt leicht und stützt sich mit ausgestrecktem Arm an einem Baumstamm neben ihr ab. Sie dreht eine Haarsträhne um ihren Finger und setzt ein Lächeln auf, das wohl schüchtern wirken soll.

»Ich sehe, er hat sich unser Gespräch vor zwei Tagen zu Herzen genommen«, meint Lila.

»Was denn für ein Gespräch?«, fragt Maddie.

»Ich hab ihm gesagt, er solle sich mal eine anständige Frau suchen.«

»Ihr habt offenbar unterschiedliche Vorstellungen von dem Wort ›anständig‹«, bemerke ich, etwas zu bissig. »Das einzig Anständige, das sie tun kann, ist, sich zu verpissen.«

Kay prustet los. »Ich liebe es, wenn ihr eifersüchtig werdet.«

Mein Kopf schnellt herum. »Wer sagt denn, dass ich eifersüchtig bin?«

»Du bist so grün vor Eifersucht, dass du fast wie das Gras aussiehst, auf dem du sitzt.«

»Klar, das ist so was von unwahrscheinlich, dass ich wegen Aston eifersüchtig werde.«

Und doch bin ich eifersüchtig. Rasend eifersüchtig. Angeekelt. Und noch wütender bin ich auf mich selbst, dass ich überhaupt so etwas empfinde. Ich wusste doch genau, dass er wieder in seine alten Muster zurückfallen würde. Aber es mit eigenen Augen zu sehen ist wie ein Schlag in die Magengrube. Ihn mit einer anderen Frau zu sehen, wo er doch mir gehört hat – wenn auch nur für eine Nacht –, fühlt sich an, als würde mir jemand das Herz aus der Brust reißen.

»Ich sag ja gar nicht, dass du wegen Aston eifersüchtig bist …«, setzt Kay an.

»Äh, doch, tust du«, quakt Maddie dazwischen.

»Klappe, Stevens. Ich sage nicht, dass du wegen Aston eifersüchtig bist, Megs, ich sage nur, dass du eifersüchtig bist, weil alle um dich rum jemanden zum Vögeln haben!«

»O mein Gott!«, rufe ich entnervt und schlage die Hände über dem Kopf zusammen. »Warum seid ihr alle so auf Sex fixiert?«

Kay grinst. »Weil wir alle Sex haben und weil der mehr Spaß macht als langweilige Hausarbeiten für die Uni.«

»Aber jetzt mal im Ernst, Sex ist ja wohl nicht das Wichtigste auf der Welt, oder?«

»Nein, aber er versüßt das Leben eindeutig.« Lila zuckt mit den Schultern.

»Ich bin nicht eifersüchtig auf die Tatsache, dass alle außer mir Sex haben.«

»Klingt, als wäre das genau das richtige Gespräch für mich.«

Aston lässt sich neben mich aufs Gras fallen. Passiert das gerade wirklich?

»Was ist los? Musste Barbie ihre Implantate checken lassen?«, zische ich und rutsche etwas von ihm weg.

»Sie ist nicht mein Typ«, meint er beiläufig.

»Wow. Du hast einen Typ?« Kay tut geschockt. »Oh, warte, das muss der Typ billiges Flittchen sein.«

»Fuck, Kay, warum so zynisch? Hast du dieses Wochenende nicht genug von deinen eigenen Flittchen bekommen?«

Kay mustert ihn angewidert und steht auf. »Ich hab schon mehr Muschis gesehen als du, Aston. Zumindest mehr anständige Muschis, wenn man sich so anschaut, was du da mit auf dein Zimmer schleifst.« Damit dreht sie sich um und marschiert zurück zum Haus.

Lila seufzt. »Dir ist doch alles egal, solang sie nur weiblich sind, oder? Megan ist schon dauernd sauer auf dich; Kay würde dir gern die Eier abreißen – und mit den vielen Frauen auf dem Campus, die dich am liebsten hängen sehen würden, brauchen wir gar nicht erst anzufangen.«

»Ich hab es dir doch erklärt, es ist nicht meine Schuld, wenn die denken, ich ruf sie an.«

»Ich halt mich da raus«, murmelt Maddie und rappelt sich hoch. »Ich muss eh zum Unterricht. Bis später.«

»Die sind überrascht, dass er nicht anruft?« Ich ziehe die Augenbrauen hoch und zupfe am Gras neben meinem Knie. »Ehrlich?« Ich schaue Aston an. »Verdammt, du vögelst echt die dümmsten Schlampen.«

»Muss wohl so sein, oder?« Er dreht langsam den Kopf in meine Richtung, seine grauen Augen scheinen mich herauszufordern.

»Ja, anscheinend.« Ich spiele mit einem langen Grashalm, den Blick weiter auf ihn gerichtet. »Ich an ihrer Stelle wäre überrascht, *wenn* du mich anrufen würdest – hey, ich wäre schon überrascht, wenn du mir 'ne SMS schreiben würdest. Ich meine, die Frau, mit der du am nächsten Tag Kontakt hast, nachdem ihr miteinander Sex hattet, müsste ja echt was Besonderes sein, oder?«

»Kommt darauf an, wann wir Kontakt hätten«, erwidert er gleichmütig.

»Sagen wir … gleich am Morgen danach?« Ich nehme die Herausforderung an, die ich in seinem Blick gesehen hab, und erwidere sie mit meiner eigenen Botschaft an ihn.

Du hast mir gesagt, es bedeutet dir was. Ich ruf dich an … scheiß drauf!

»Wenn ich mit ihr gleich am nächsten Morgen Kontakt hab, dann bedeutet das, dass sie mehr ist als nur ein schneller Fick. Dann würde sie mir wirklich etwas bedeuten.«

Ich hab verloren.

Mein Herz hämmert schmerzhaft gegen meinen Brustkorb, während das, was ich nie haben werde, direkt vor meiner Nase sitzt. Wir sitzen hier, und alle könnten es sehen, aber sie werden es nie erfahren.

»Dann ist es wohl gut, dass noch keine in den Genuss eines morgendlichen Anrufs von dir gekommen ist, was?«, frage ich, bemüht, nicht zu weich zu klingen.

Sein Blick wandert zu meinen Lippen, was mich zwingt, den Mund einen Spalt zu öffnen und tief Luft zu holen. Aston reibt sich das Kinn und lässt mich nicht aus den Augen.

»Ja, das ist es wohl, oder?«, erwidert er, genauso ruhig wie ich.

Lila hustet, ich wende schnell den Blick von Aston ab. Ihre Augen wandern zwischen uns hin und her, ich schnappe mir meine Tasche.

»Ich muss mal los, hab gleich Vorlesung. Bis später.« Ich stehe auf und gehe davon, ohne mich noch mal umzudrehen.

Lila ist ein wahrer Sherlock Holmes, wenn sie mal einen Verdacht hat. Sie lässt nicht locker, bis sie alles herausgefunden hat. Wenn wir nicht vorsichtig sind, haben Aston und ich sie bald an der Backe.

Als ich zum Haupt-Campus zurückgehe, kann ich nicht anders, als darüber nachzudenken, was er gesagt hat. Er meinte, dass ich ihm etwas bedeute, dass ich mehr für ihn bin als ein One-Night-Stand – aber was heißt mehr?

Es ist eigentlich egal, es kann eh nichts werden. Diese eine Nacht hätte schon nicht passieren dürfen. Was, wenn das ›mehr‹ würde? Was, wenn wir beide mehr wollen? Was würde dann passieren?

Damit, dass ich ihn will, kann ich umgehen. Aber ich kann auf keinen Fall damit umgehen, wenn er mich auch will.

*

Maddie und Lila haken sich bei mir unter, und es ist klar, dass wir in Richtung *Starbucks* gehen.

»Wieso nehmt ihr mich so in die Klemme?«, grummele ich.

Maddie zuckt die Achseln. »Keine Ahnung, wie kommst du darauf?«

»Mhm, lasst mich mal überlegen, vielleicht wegen der Tatsache, dass ihr mich hier grad abführt wie eine Gefangene und zum *Starbucks* schleift?« Ich schaue Lila misstrauisch an. »Und dass Lila einen ganz seltsamen Ausdruck auf dem Gesicht hat, der nichts Gutes bedeuten kann.«

»Okay.« Lila seufzt und drückt die Tür zum Café auf. »Setz dich da hin, ich hol uns Kaffee.«

»Das klingt nicht gut«, murmele ich in mich hinein. »Was ist passiert?«

»Nein, nein.« Maddie drückt mich in einen Sessel und setzt sich dann mir gegenüber. »Sie *hat* gar nichts gemacht.«

»Dann wird sie etwas machen, und wenn sie schon freiwillig Kaffee holt, werde ich es wahrscheinlich nicht mögen.«

»Tja, es gibt nur zwei Möglichkeiten.« Sie tippt sich ans Kinn. »Entweder wirst du es lieben, oder du wirst es hassen, aber ich glaub, es ist eh egal …«

»Weil ich es sowieso mache«, flötet Lila und stellt ein Tablett vor uns auf dem Tisch ab.

»Okay, Leute, langsam macht ihr mir Angst.«

»Sag es ihr einfach, Lila!«, fordert sie Maddie auf. »Sonst wirft sie gleich die Tasse nach dir.«

Ich nehme demonstrativ meinen Becher in die Hand und ziele in Lilas Richtung.

»Okay, okay. Also, ich hab nachgedacht«, setzt sie an.

»Das geht ja gut los«, unterbreche ich sie.

»Ruhe. Also, mir ist aufgefallen, dass du die Einzige bist, die gerade solo ist – außer Kay, und mit der würde ich das nie machen.«

»Oha, dir ist also aufgefallen, dass ich solo bin?«

»Sie ist ja immer mit irgendwelchen, ähm, Mädels unterwegs; ich hab Ryan, und Maddie hat Braden. Nur du bist allein.«

»O nein.« Ich ahne, was sie vorhat.

»Also, hab ich mir gedacht, du brauchst einen Mann –«

»Nein.«

»Damit du nicht mehr so allein bist. Aston kommt ja schon mal nicht in Frage …«

Ha.

»Und Braden macht dir die Hölle heiß, wenn du versuchst, sie mit einem aus dem Verbindungshaus zu verkuppeln«, stellt Maddie fest.

»Aber es gibt außerhalb von diesem Haus noch unglaublich viele süße Typen auf dem Campus. Ich meine, seht euch mal um.« Lila schaut verstohlen um sich und beugt sich dann nach vorn. »Habt ihr in letzter Zeit mal James Lloyd gesehen? Verdammt, ist der heiß! Er ist bei mir im Mathekurs.«

»Bin vergeben«, erinnert sie Maddie seufzend. »Der

Punkt ist, Megs, wir wollen nicht, dass du dich ausgeschlossen fühlst.«

»Hab ich je gesagt, dass ich mich ausgeschlossen fühle?« Ich schaue die beiden an.

»Na ja, nein, aber …«

»Aber wir haben das Gefühl, dass du es tust«, setzt Lila nach. »Und das möchte ich nicht. Weißt du, im Namen der Freundschaft und weiblicher Loyalität, es ist wirklich nur zu deinem Besten, wenn ich dich mit einem süßen Typen verkupple.«

»Zu meinem Besten oder zu eurem Besten?« Ich ziehe zweifelnd eine Augenbraue hoch.

»Zu deinem Besten natürlich.«

»Und was, wenn ich nein sage?«

»Oh, das ist egal.«

»Du hast sie doch nicht mehr alle!«

»Doch, hat sie.« Maddie nickt.

»Du hast morgen ein Date für Marks Party.« Lila grinst.

6. Kapitel

Aston

Die Zeit vergeht zu schnell, verdammt viel zu schnell. In den sechs Tagen seit das mit Megan war, hab ich mich immer mehr in mich zurückgezogen. Erinnerungen wüten in meinem Kopf und hinterlassen Spuren, die für immer unauslöschlich sind. Jede Erinnerung hat ihre eigene Form, ihre eigene Bedeutung, ihren eigenen Schmerz. Und jede Erinnerung ist ein Zeichen dafür, dass ich Megan nicht geben kann, was sie verdient.

Gebrochen. Kaputt. Nicht richtig.

Das sind die ersten Worte, die mir einfallen, um mich selbst zu beschreiben.

Nutzlos. Wertlos. Nichts.

Das sind die nächsten. Diese Worte wurden mir viel zu lange und allzu oft eingehämmert. Solche Worte gehen einem unter die Haut, finden ihren Weg ins Herz, nisten sich dort ein. Ein gutes Wort verweilt vielleicht ein wenig, aber ein schlechtes geht nie wieder weg.

So ähnlich ist es mit den Worten, die mein Leben zerstört und mich gleichzeitig gerettet haben.

Sie ist tot.

Ich reibe mir mit den Handballen über die Augen, beuge mich nach vorn und atme tief durch. Dann stehe ich abrupt auf und stürme aus dem Zimmer. Ich werfe die Tür hinter mir zu und sause die Treppe hinunter, der Musik entgegen. Irgendein Zweitsemester, ich glaube, er heißt Mark, schmeißt heute eine Party.

Ich angele mir eine Flasche Bier aus dem Kühlschrank und

öffne sie am Tresen. Ich nehme einen tiefen Schluck, das Bier rinnt mir kalt die Kehle hinab. Ich muss vergessen. Es ist mir egal, mit wem ich vergesse, ich will einfach nur die ganze Scheiße vergessen.

Es wäre natürlich um einiges leichter, wenn diese verdammte Megan Harper mir nicht die ganzen Tussis vermiest hätte. Wenn ich nicht ständig ihre rosa Lippen vor mir sehen würde oder ihre Augen, die so endlos blau sind, dass alle anderen Augen daneben verblassen. Ja, es wäre tatsächlich einfacher, wenn das mit uns nie passiert wäre.

Ein Mädchen am anderen Ende der Küche fällt mir auf. Ihre dunklen Augen sind auf mich gerichtet, sie schnickt ihre schwarzen Haare zurück, die Lippen kräuseln sich zu einem Lächeln. Ich stütze mich auf der Bar ab und mustere ihre schlanke Figur. Schon kommt sie zu mir rübergeschlendert und lächelt mich selbstbewusst an.

»Was kann ich für dich tun?« Ich grinse und drehe die Bierflasche zwischen den Handflächen.

Sie kommt noch näher, mein Blick wandert tiefer. Ihre Brüste quellen schon fast aus ihrem engen Trägertop, schwarze Spitze lugt unter dem Stoff hervor.

»Weiß auch nicht«, meint sie in einem verführerischen Tonfall. »Aber ich bin mir sicher, dass ich was für dich tun kann.«

Sie fährt mit dem Zeigefinger über meinen Unterarm und lehnt sich zu mir. Wohow – ich steh ja auf Frauen, die wissen was sie wollen, aber die Tussi hat kein Gefühl für Intimsphäre.

Ich weiche unwillkürlich etwas zurück. »Und an was hast du da so gedacht?«

»Das wüsstest du wohl gern, was?« Sie leckt sich mit der Zunge über die Lippen, was sie wahrscheinlich für sexy hält. Bei mir zieht das heute Abend allerdings gar nicht.

Mein Blick schweift über den Raum und bleibt an einem blonden Haarschopf hängen. Megan kippt gerade irgendwas Hochprozentiges runter und knallt das leere Schnapsglas vor sich auf den Tisch. Sie schaut zu uns rüber, ihr Blick bleibt an der Dunkelhaarigen vor mir hängen. Der Typ neben Megan sagt etwas zu ihr, und ich höre sie laut lachen, was mich sofort nervt. Sie lehnt sich nach vorn, fährt sich durch die Haare. Ihre Beine hat sie überschlagen, der enge schwarze Rock ist kurz und verdeckt nicht viel von ihren glatten Oberschenkeln. Diese Oberschenkel, die ich am liebsten um meinen Hals oder meine Hüfte gewickelt hätte.

Ich nehme einen Schluck Bier, ignoriere die Tussi vor mir und beobachte Megan, wie sie an einem Strohhalm zieht. Mit diesen Lippen, die ich auf meinem Mund spüren will.

Sie fährt sich mit der Hand durchs Haar, verwuschelt es ein bisschen und lässt es locker in ihr Gesicht fallen. Mit dieser Hand, auf der ich mich abstützen will, während sie unter mir liegt und ich ihre Haare auf meine Weise durcheinanderbringe.

Ihr Blick ist eisig, als er auf meinen trifft. Sie lächelt, aber es wirkt nicht echt. Dann dreht sie sich weg, sagt etwas zu dem Typen neben sich und verschwindet in der Menge. Das ist doch ein verdammtes Spiel! Sie spielt mit mir, als wäre ich eine Gitarre, und sie zupft die Saiten.

Ich wende mich der Tussi vor mir zu, ohne sie wirklich zu sehen. »Hör mal, das wird heut nichts mehr mit uns. Versuch es doch mal bei dem Typen da vorn. Der sieht so aus, als könnte er auch etwas Hilfe gebrauchen.« Ich nicke in Richtung des Typen, bei dem Megan bis eben noch gesessen hat. Dann mache ich mich schnellstens vom Acker, das Meckern der Tussi höre ich gar nicht mehr.

Draußen ist es frisch, auch in Berkeley geht es langsam

auf den Winter zu. Ich lasse das Verbindungshaus hinter mir, überquere die Straße in Richtung Campus – und in Richtung Mädchenwohnheim. Da Megan mit Lila in einem Zimmer wohnt, kenne ich das Gebäude und ihre Zimmernummer. Und sie wird in ihrem Zimmer sein. Davon bin ich überzeugt. Sie hat mich dort, wo sie mich wollte.

Ich denke nicht darüber nach, was ich tue. Ich denke nicht daran, wen ich verletzen könnte oder was danach passiert. Mein einziger Gedanke ist Megan und dass sie mir helfen kann zu vergessen. Denn, wenn ich sie schon nicht vergessen kann, dann muss ich heute Nacht wenigstens meine Vergangenheit einen Moment vergessen können. Mit den Folgen, die das vielleicht hat, werde ich mich morgen beschäftigen.

Ich zwinkere den Mädels zu, die gerade aus dem Wohnheim kommen und mich ins Gebäude lassen, und nehme zwei Stufen auf einmal bis zu Megans Stockwerk. Bei ihrem Zimmer angekommen, klopfe ich zweimal kurz und lehne mich dann lässig an den Türrahmen.

»Niemand zu Hause«, ruft sie laut.

Ich klopfe wieder. »Öffne die verdammte Tür, Megan, oder ich muss sie eintreten.«

Der Schlüssel dreht sich im Schloss, und die Tür geht auf. »Kein Grund, gleich auszurasten. Was zum Teufel machst du hier?«

Ich schiebe sie rückwärts ins Zimmer, schließe die Tür hinter mir. Ihr Zimmer ist aufgeräumt. Im Gegensatz zu meinem Saustall sieht das alles sehr nach Megan aus. Auf ihrem Schreibtisch stapeln sich die Bücher, sowohl für die Uni als auch irgendwelche Romane, dich ich nicht kenne. Obwohl sie versucht hat, sie zu verstecken, entdecke ich die Kuscheltiere unter ihrem Bett. Über einen Stuhl in der Ecke sind Kleider geworfen, daneben steht Lilas gemachtes Bett.

»Halloooo? Was machst du hier?«, wiederholt sie.

Ich schaue sie an. »Ehrlich gesagt, ich hab keinen Plan.«

»War die Frau etwa nicht *dein Typ*? Waren dir ihre Titten nicht groß genug?« Megan zieht die Augenbrauen hoch.

»Eifersucht steht dir nicht, Megs.« Ich drehe mich um und drücke sie mit dem Rücken an die Tür.

Sie legt den Kopf in den Nacken und schaut mich trotzig an. Ihr Shirt rutscht ihr leicht von der Schulter.

»Ich bin nicht derjenige, der auf der Party grade so aussah, als würde er am liebsten jemandem den Kopf abreißen.«

Ich stütze mich mit den Handflächen rechts und links von ihrem Kopf an der Tür ab und komme ihrem Gesicht näher. Meine Augen schauen tief in ihre blauen. »Und ich bin nicht diejenige, die aussah, als wollte sie jemandem die Extensions rausreißen«, erwidere ich ruhig. »Wer ist denn hier bitte eifersüchtig, Megan?«

»Du«, flüstert sie. »Ich hab keinen Grund eifersüchtig zu sein.«

»Du hast recht.« Ich lege ihr eine Hand an die Taille.

Sie verschränkt die Arme vor der Brust und starrt mich weiter an.

»Du hast keinen Grund, eifersüchtig zu sein, weil ich hier bin und nicht dort«, fahre ich fort.

»Und wieso genau bist du eigentlich hier?«

Ich erwidere ihren Blick und halte die Luft an. Trotzdem kann ich nicht verhindern, dass sich die Worte ihren Weg nach oben bahnen und schließlich aus mir heraussprudeln.

»Weil ich dich brauche. Ich muss dich wieder spüren. Einmal reicht mir nicht. Einmal ist nicht genug.«

Sie öffnet leicht den Mund, ihr Körper entspannt sich ein wenig. Ihr Brustkorb hebt sich, als sie einen tiefen Atemzug nimmt. »Du …« Sie schluckt. »Du solltest nicht hier sein.«

»Sollte ich nicht, bin ich aber.«

»Das ist nicht richtig.«

»Stimmt.«

Sie hält inne und schließt einen Moment lang die Augen. Als sie sie wieder öffnet, brennt ein Feuer darin. »Aber das ist mir scheißegal.«

»Mir auch.« Meine Lippen sausen auf ihren Mund nieder, sie schlingt die Finger um meine Schultern. Ihr Körper drückt sich an meinen, passt sich meiner Form an. Ich küsse sie heftiger, meine Jeans spannt, so erregt bin ich.

Ich lasse meine Hand gierig über ihren Körper gleiten. Es ist, als wäre ich am Verhungern, was ich auch bin. Ich berühre, halte, streichle und packe sie, erkunde und kitzle. Ich schiebe ihr meine Zunge in den Mund, ganz tief, und erforsche jeden Winkel ihres Mundes. Sie lehnt den Kopf zurück gegen die Tür und stöhnt leise auf.

Ihre Unterlippe ist weich und geschwollen zwischen meinen Zähnen. Ich ziehe sanft daran und lasse ihre Lippe mit einem atemlosen Stöhnen wieder los. Sie öffnet die Augen, ihre Augenlider sind schwer. Mein Blick ist fest, aber meine Hände zittern, als ich die Finger unter ihr Shirt gleiten lasse. Ich muss mich beherrschen, um ihr nicht den Stoff vom Leib zu reißen. Ihr Atem geht schwer.

»Megan«, flüstere ich, mein Herz klopft wie wild.

Ich weiß, dass das hier nicht gut ist. Es kann nur schlecht ausgehen. Vor drei Tagen hat sie mich noch verflucht, mich gehasst, und jetzt stehen wir hier, eng aneinandergepresst. Ich verkörpere doch alles, was sie hasst.

Ich schiebe den Gedanken schnell beiseite. Das alles ist mir im Moment scheißegal. Ich brauche sie. Ich brauche sie so dringend, dass es mir schon Angst macht.

Sie streicht mir über die Schultern, legt die Hände in

meinen Nacken und vergräbt die Finger in meinen Haaren. »Wir sollten das nicht tun. Das ist nicht richtig. Aber ich kann nicht anders. Ich kann nicht aufhören«, haucht sie.

Ich atme hörbar aus und bedecke ihren Mund mit meinem. Ihre Zunge gleitet über meine Lippen, ich lasse meine dazukommen, unsere Zungenspitzen berühren sich. Ich streiche ihr über den Rücken, ziehe sie einige Zentimeter von der Tür weg.

Ihr Kuss wird fordernder, sie sagt mir, was sie möchte. Und ich kann ihr nicht widerstehen. Ich will ihre Wünsche erfüllen.

Ihre Hüfte presst sich gegen meinen Körper und ruft damit ein Urbedürfnis in mir wach. Ich unterbreche unseren Kuss, ziehe ihr in einer hastigen Bewegung das Shirt über den Kopf und lasse meinen Blick genüsslich über ihren Körper gleiten. Ihr Brustkorb hebt und senkt sich in schnellem Rhythmus, und ich atme selbst tief ein.

Sie ist nicht perfekt. Ihr Bauch ist nicht superflach, ihre Taille nicht winzig, aber sie hat den besten Arsch, den ich je berührt habe – und sie ist wunderschön, so, wie sie ist. Was sie als Makel sehen würde, macht sie für mich erst wunderbar.

Meine Augen wandern nach oben, und unsere Blicke treffen sich. Ich sehe ihre Unsicherheit, ziehe sie weiter von der Tür weg und schiebe sie rückwärts zum Bett. Die Unsicherheit verwandelt sich in Leidenschaft, ihre geröteten Lippen öffnen sich einen Spalt. Ich presse mich an sie, ihr fast nackter Busen prallt gegen meinen Oberkörper. Ich küsse sie wieder, die Hände in ihren Haaren. Dann streiche ich mit den Händen ihren Körper hinab, umfasse ihre Arschbacken; sie greift mich um die Hüfte, ihre Nägel bohren sich in meine Haut.

Ich fahre mit den Fingern in ihren Rock, massiere ihre weiche Haut. Sie stöhnt leise, hält sich an mir fest. Ich küsse ihren Hals, ihr Kopf fällt zurück, und sie stöhnt wieder auf. Auf dem Bett liegend küsse ich ihr Schlüsselbein, lasse die Zunge über ihr Dekolleté und weiter nach unten über ihren Bauch gleiten. Vor dem Knopf an ihrem Rock verharre ich, dann öffne ich den Verschluss und zieh ihr den Rock aus.

Sie schaut mich mit ihren großen blauen Augen an, und es liegt nichts Verspieltes darin. Ihr Blick, umrahmt von langen Wimpern und schweren Lidern, ist voller Leidenschaft. Das Blut pumpt wild durch meinen Körper. Fuck, wenn sie mich weiter so anschaut, bin ich schon fertig, bevor wir überhaupt angefangen haben.

Ich lege ihr eine Hand in den Nacken, die andere lasse ich in ihre Unterhose gleiten. Sie schnappt nach Luft, als ich sie da berühre, wo sie heiß und feucht ist. Ich lasse meine Finger sanft über die Hügel gleiten, bevor ich mit einem Finger in sie hineinfahre. Sie stellt die Beine auf und hebt die Hüfte an. Sie ist so feucht und bereit, ich weiß nicht, wie lange ich mich noch beherrschen kann.

Ihr weicher Körper unter meinem, ihre Wärme an meinem Finger, und ihre Zähne, mit denen sie an meiner Unterlippe nagt … Jedes Mal, wenn sie mit ihrer Zunge an meiner entlangfährt, stelle ich mir vor, wie sie dasselbe bei meinem Schwanz macht – das ist zu viel für mich.

Megans Hand gleitet in meine Hose, ihre Fingerspitzen berühren meine Eichel. Ich küsse ihr Kinn und bewege meinen Finger in ihr.

»Aston«, haucht sie atemlos. »Aston, bitte.«

Ich stehe auf, zerre meine Hosen runter, entledige mich auch meiner Boxershorts und streife hastig ein Kondom über. Ich beuge mich über sie, fahre mit der Hand ihren Oberschenkel hinauf und ziehe ihr die Unterhose aus.

»Leg dich neben mich«, flüstert sie. Ich lege mich wie befohlen auf den Rücken, und sie setzt sich auf mich.

Wenn ich nicht schon megasteif wäre, hätte ich spätestens jetzt einen Ständer bekommen. Sie fasst zwischen ihre Beine und legt die Finger um meinen Schwanz. Ich zucke kurz zusammen, und sie lehnt sich nach vorn. Ihre Haare fallen wie ein Vorhang um unsere Gesichter, als sie ihre Stirn an meine legt. Dann senkt sie sich auf mich.

Sie atmet schwer, ich packe sie an den Hüften, um nicht so heftig in sie hineinzustoßen, wie ich es am liebsten tun würde. Sie nimmt ihre Hand weg und lässt mich ganz in sich hineingleiten, ihre feuchte Enge verschlingt mich. Als ihre Finger über meine Brust wandern, sind ihre Augen geschlossen.

Sie bewegt die Hüfte in Wellenbewegungen auf und ab, ihre Muskeln spannen sich an. So was hab ich noch nie erlebt, und als ihre vor Erregung harten Brustwarzen über meinen Oberkörper streifen, grabe ich meine Finger tiefer in ihre Hüfte.

Ich will noch tiefer in sie eindringen. Ich will die zarte Schicht aus Schweiß auf ihrer Haut schimmern sehen, ihren Atem auf mir spüren. Ich will sie auf dieses Bett drücken und sie so heftig kommen lassen, dass sie ohnmächtig wird. Und dann will ich sie halten, bis sie wieder zu sich kommt.

Megan schreit auf, und ich presse die Kiefer aufeinander. Ihr Schrei geht mir durch und durch. Ihre Muskeln ziehen sich zusammen, und ich halte es nicht mehr länger aus.

Ich packe ihre Hüften und bewege sie so, wie ich es mir wünsche. Schnell, wild, verzweifelt. Ich stoße immer wieder in sie hinein, bis ich spüre, wie sich ihr ganzer Körper auf mir anspannt. Sie fasst mir in die Haare, drückt das Gesicht in meine Schulter und schreit lauf auf. Ich spüre, wie es auch in mir aufsteigt, und halte sie ganz fest. Ihre Muskeln um meinen Schwanz ziehen sich zusammen und entspannen sich dann. Mein Orgasmus überwältigt mich.

Ich lasse los, murmele ihren Namen und lockere meinen Griff um ihren Körper. Danach streiche ich ihr über den Rücken, der feucht ist vom Schweiß, und küsse ihr auf den Hals, einmal, zweimal, dreimal. Sie vergräbt ihr Gesicht an meinem Hals, und ich kann spüren, wie sie lächelt.

»Mmmh«, macht sie.

Ich lache leise, unfähig, sie loszulassen. Selbst als sie sich umständlich aufrappelt, will ich meine Arme nicht wegnehmen. Letztendlich entwindet sie sich, grinst mich an. Langsam sammelt sie ihre Kleidung vom Boden auf und geht in Richtung Badezimmer.

Ich stütze mich auf dem Ellenbogen ab, lasse den Kopf für eine Sekunde hängen und finde mich mit der Realität ab. Nämlich damit, dass ich wirklich gefickt bin – nicht nur im wörtlichen Sinn. Ich bin in jederlei Hinsicht gefickt.

Ich stehe seufzend auf, ziehe das Kondom ab und werfe es in den Mülleimer. Ich wische mich mit einem Taschentuch ab und bücke mich nach meinen Klamotten. Als ich mir das T-Shirt über den Kopf streife, höre ich, wie eine Tür geöffnet wird und Megan zurückkommt.

»Wir müssen wieder zurück und so tun, als wäre nichts, oder?« Sie schaut mich ernst an. »Wir müssen so tun, als wäre das alles nie passiert. So wie beim letzten Mal, stimmt's?« Sie senkt den Blick.

Ich gehe zu ihr und atme tief ein. »Ja. Das wäre wohl am geschicktesten.«

Sie seufzt und lässt die Türklinke zum Badezimmer los. »Das hatte ich mir schon gedacht.«

»Aber das heißt nicht, dass wir uns gänzlich meiden müssen.« Ich fasse sie an der Taille, ehe sie weggehen kann, und sie schaut mich mit gerunzelter Stirn an.

»Was?«

»Ich hab keine Lust, Ärger mit Braden zu bekommen, das verstehst du doch, oder? Und trotzdem, aus irgendeinem verrückten Grund macht es mich wahnsinnig, hier rauszugehen und nicht zu wissen, dass du noch da bist für mich«, gestehe ich, ohne den Blickkontakt zu unterbrechen. »Ich halte dich jetzt so lange fest, bis du mir versprichst, dass du noch da bist, Megan.«

»Für was denn? Für Sex? Den kann ich nämlich überall bekommen, Aston. Das ist kein Exklusiv-Deal mit dir«, erwidert sie patzig und schubst mich weg. »Das kannst du vergessen.«

Ich ziehe sie zurück und halte sie an mich gedrückt. Ich senke meinen Kopf, so dass mein Mund ganz nah an ihrem Ohr ist. Sie erschaudert, obwohl sie versucht, es zu unterdrücken.

»Ich hab dir eben gesagt, dass ich dich brauche. Ich hab aber nie behauptet, dass es nur um Sex geht. Das war reine Vermutung von dir, Megan.«

»Ja schon, aber du bist eben ein Arschloch, deshalb ist es naheliegend.«

Ich spanne den Kiefer an. »Sieh es ein, Baby, du brauchst mich genauso sehr wie ich dich. Vielleicht brauche ich dich ein bisschen mehr, das hab ich noch nicht herausgefunden. Aber glaub mir eins, Megan Harper, wenn ich dieses Zimmer verlasse, will ich wissen, dass ich zurückkommen kann. Und wenn es sein muss, werde ich dich und deinen nackten, zitternden Körper auf dieses verdammte Bett fesseln, bis du es mir sagst.«

Sie atmet tief ein, und es klingt etwas zittrig. Ihr Körper entspannt sich, als sie ihre Arme um meine Taille schlingt.

»Ich werde hier sein«, murmelt sie an meine Brust.

Ich hebe ihr Gesicht an und drücke meine Lippen auf ihren Mund. Ich könnte das bereuen. Ich *werde* das bereuen. Weil ich etwas fühle. Sie macht, dass ich mich wieder wie ein Mensch fühle, nicht wie eine leere, seelenlose Hülle. Sie macht, dass ich mich real fühle, auch wenn es nur für die kurze Zeit ist, in der ich mit ihr zusammen bin.

Ich sauge mit dem Mund an ihrer Oberlippe. »Gut«, murmele ich. »Ich hatte das mit den Fesseln schon ernsthaft überlegt.«

Sie grinst. »Vielleicht nächstes Mal.«

7. Kapitel

Megan

Mein Bett riecht noch nach ihm, und ich verhalte mich wie ein verknallter Teenager, kuschele mich tiefer unter die Decke, anstatt endlich aufzustehen. Der Geruch hat etwas Würziges, was irgendwie gar nicht zu Kalifornien und der sonnigen Leichtigkeit passt. Aber zu ihm passt es.

Ich fühle mich ein bisschen wie die Julia aus Shakespeares bekannter Tragödie. Ich bin heimlich verliebt und klammere mich an diesen Gedanken. Natürlich ist das bei einem dreizehnjährigen Mädchen viel weniger bescheuert als bei mir, aber ich hab nun mal sonst nichts.

Kurz überlege ich, ob ich es Braden erzählen sollte. Warum eigentlich nicht? Das wäre auf jeden Fall aufrichtig – und das Richtige. Ich sollte es einfach hinter mich bringen. Er würde mich wahrscheinlich ein paar Tage lang ignorieren und, na ja, wahrscheinlich Aston eine reinschlagen, aber trotzdem wäre es bestimmt einfacher, als allen ständig etwas vorzumachen.

Obwohl – es wäre nicht einfacher. Wenn ich es ihm sage, gebe ich damit zu, dass wir ihn beide letztes Wochenende angelogen haben. Und das würde nur unnötigen Ärger bedeuten – für uns alle. Braden würde sich furchtbar hintergangen fühlen, und Aston und mich würde es entzweireißen, noch bevor wir überhaupt richtig zusammen sind.

Aber sind wir denn zusammen? Ich hab keine Ahnung. Und es wäre doch dumm, Braden etwas zu erzählen, wenn ich nicht mal selbst sicher bin, oder? Es bringt doch nichts, ihn umsonst aufzuregen, wenn vielleicht gar nichts ist. Ja.

Mit diesem Entschluss fühle ich mich besser. Ein wenig. Ich atme noch mal tief ein, sauge Astons Geruch in mich auf und schwinge dann die Beine aus dem Bett. Dank meines egoistischen Entschlusses fühle ich mich besser, auch wenn die Schuldgefühle leise weiterbrodeln. Das heiße Wasser der Dusche löst die Verspannung in meinem Nacken, aber nicht meine innere Anspannung. Die sitzt zu tief.

Ich steige aus der Dusche und ziehe mich rasch an. Meine Haare stecke ich flüchtig mit ein paar Klammern auf dem Kopf fest. Es ist noch früh, im Wohnheim regt sich nichts. Ich gehe davon aus, dass das im Verbindungshaus nicht anders ist. Die Einzige die dort wach sein wird, ist Lila, die im Moment mehr Zeit bei Ryan als in unserem Wohnheim verbringt.

Ich ziehe meine Jacke enger um den Körper und überquere die Straße. Die Temperaturen sind gefallen; wir sind hier nicht in Südkalifornien.

Als ich nach der Türklinke greife, wird im selben Moment die Tür von innen geöffnet. Ich quietsche erschrocken auf. Zwei Hände legen sich auf meine Arme. Es sind zwei vertraute Hände. Ich schaue in ebenso vertraute Augen.

»Hoppla«, murmelt Aston lächelnd und reibt mir mit den Daumen beruhigend über die Oberarme.

»Wieso bist du denn schon so früh wach?«, frage ich verblüfft. Ich hab noch nie erlebt, dass Aston vor elf auf den Beinen ist, außer er hat einen wichtigen Kurs.

»Ich geh laufen. Das ist doch erlaubt, oder?« Er hebt eine Augenbraue und lässt die Hände an meinen Armen hinabgleiten. Ich bekomme Gänsehaut an den Stellen, wo seine Fingerspitzen mich berühren.

»Na klar«, bringe ich hervor und flüstere: »Ich bin nur überrascht, weil du doch normalerweise um diese Zeit noch im Bett liegst und dich von deinen nächtlichen Aktivitäten erholst.«

Ein Muskel in seinem Gesicht zuckt, und mir tut fast leid, was ich gesagt habe.

»Oh, letzte Nacht war anders als sonst«, meint er in seiner üblichen arroganten Art. Nur seine Augen bleiben weich. »Ich glaub nicht, dass ich das so schnell vergessen werde.«

»Dann lass ich dich mal mit deinen Erinnerungen allein.« Ich trete beiseite und kämpfe gegen das Bedürfnis an, ihn wie letzte Nacht zu berühren.

Er geht dicht an mir vorbei, seine Lippen streifen mein Ohr. »Gute Wahl.«

Ich schaue ihm hinterher, wie er lässig davontrabt. Sein T-Shirt flattert um seinen Körper, seine Füße schlagen in kräftigem Rhythmus auf den Asphalt. Er läuft also – das erklärt seinen heißen Waschbrettbauch natürlich.

»Wenn Braden das gerade gesehen hätte, wäre Aston sein schmieriges Grinsen ganz schnell vergangen.«

Ich fahre herum. Maddie steht ans Treppengeländer gelehnt und mustert mich.

»Ehrlich gesagt«, fährt sie fort, »bin ich erstaunt, dass du ihm das Grinsen nicht selbst ausgetrieben hast.«

»Wozu denn?« Ich betrete achselzuckend den Gang. »Mein Hohn könnte seinem Riesenego doch eh nichts anhaben, nicht mal einen Kratzer würde das bekommen.«

»Das hat dir doch bis jetzt noch nie was ausgemacht.«

»Ich wähle meine Schlachten eben besser aus.«

»Und einem egoistischen, arroganten Arschloch die Meinung zu geigen, ist nicht mehr deine Schlacht?«

»Nö, das war einmal.« Ich lasse mich auf einen Barhocker gleiten und schaue mich um. »Wow, hier muss es ja hoch hergegangen sein gestern Nacht.«

»Aber hallo.« Maddie schmeißt die Kaffeemaschine an. »Dann lass mich raten – Braden war deine letzte Schlacht gegen egoistische Arschlöcher?«

»Nein, das war ja nicht mal meine Schlacht – die hab ich doch an dich abgetreten.« Ich grinse breit.

»Redet ihr etwa von mir, Mädels?« Unser Gesprächsthema schlendert in die Küche, nur mit einer Jogginghose bekleidet. Er wirft im Vorbeigehen mit einem T-Shirt nach mir. »Ich hab gedacht, ihr macht irgendwas Produktives wie sonst auch?«

»Iiih. Zieh das an!« Ich schmeiß ihm das T-Shirt zu. »Es ist viel zu früh am Morgen für Striptease. Eigentlich ist nie der richtige Zeitpunkt für Striptease von dir.«

Braden grinst und zieht sich das Shirt über den Kopf. »Du bist doch nur neidisch, weil du nicht so einen megaheißen Body hast wie ich.« Er schlingt von hinten die Arme um Maddie und streckt mir die Zunge heraus.

Ich tue es ihm gleich. »Ich will deinen Body gar nicht, ich bin sehr zufrieden mit dem, was ich habe, vielen Dank. Behalt deine Angeber-Muskeln für dich, Bray.«

Maddie verdreht die Augen und windet sich aus seinem Arm. »Ich weiß nicht, wie ich es mit euch aushalte. Ihr seid wie Bruder und Schwester – zankt euch ständig.«

»Das liegt daran, dass wir, trotz unserer unterschiedlichen Gene, Bruder und Schwester sind«, meint Braden.

»Zum Glück haben wir nicht die gleichen Gene!« Ich nehme die Tasse, die Maddie mir hinhält.

»Das stimmt allerdings. Nicht auszudenken, was aus mir geworden wäre, wenn ich deine Gene hätte.«

Ich schürze die Lippen. »Pass auf, was du sagst, Carter. Denk dran, ich kenn deine schmutzigsten Geheimnisse.«

»Und ich deine.« Er hebt vielsagend die Augenbrauen.

Da irrst du dich, mein Lieber.

»Ich habe gar keine schmutzigen Geheimnisse. Dafür sorgst du doch höchstpersönlich.«

»Worauf du einen lassen kannst! Aber wenn du denkst, ich weiß nichts von der Sache mit Sam Carlton kurz vor unserem Schulabschluss, dann hast du dich geschnitten.«

»Jetzt wird mir einiges klar, daher hatte er also das blaue Auge.«

»Gut erkannt.«

»Meinst du das ernst?« Maddie sieht Braden entgeistert an. »Du hast ihm ins Gesicht geschlagen, weil Megan mit ihm Sex hatte?«

»Nein. Ich hab ihm ein blaues Auge verpasst, weil *er* Sex mit *Megan* hatte«, erklärt Braden. »Das ist ein Unterschied.«

Ich schlürfe meinen Kaffee, während Maddie Braden immer noch entgeistert anstarrt. »Dich haben sie echt aus der Steinzeit wieder aufgetaut, oder? Meintest, du müsstest ihm deine Keule überbraten?«

Ich pruste los und halte mir schnell die Hand vor den Mund, um nicht meinen Kaffee auf den Tresen zu spucken.

»Hier gibt es nur eine Keule, die ich schwinge und die –«

»Stopp, sofort aufhören.« Sie streckt ihm die Handfläche entgegen. »Unser Privatleben bleibt aus dem Spiel, Braden Carter. Aber mal ehrlich, es ist kein Wunder, dass Megan niemanden abbekommt, wenn du immer noch alle Typen verscheuchst!«

»Abbekommen? Ich? Niemanden?«, protestiere ich lautstark. *Und ob!*

»Ich verscheuche gar niemanden!«, verteidigt sich Braden. »Ich warne sie lediglich, dass sie es mit mir zu tun bekommen, falls sie Megan wie ein billiges Flittchen behandeln …«, murmelt er in seine Tasse.

»Du machst das, seit wir auf dem College sind?« Ich springe auf. »O Mann, Bray!«

»Ist doch nur 'ne Warnung«, entgegnet Braden kleinlaut.

»Nur 'ne Warnung?«, regt sich Maddie auf. »Und jetzt ist Megan die Einzige von uns Mädels, die nicht in einer Beziehung ist!«

»Kay hat auch keine Beziehung«, stelle ich fest.

»Sie hat Dutzende Beziehungen gleichzeitig.« Maddie zuckt mit den Schultern. »Das ist fast dasselbe.«

»Ich hab aber schon länger niemanden mehr gewarnt, mindestens seit …« Braden hält inne.

»Seit wir zu deinen Eltern gefahren sind und du jedem Typen im Verbindungshaus damit gedroht hast, ihn eigenhändig zu kastrieren, wenn jemand Megan anfasst«, ergänzt Maddie.

»Ja, genau. Stimmt.« Er stellt seine Kaffeetasse ab und knabbert an seinem Daumennagel. »Ich meine es doch nur gut, das wisst ihr, oder?«

Ich funkele ihn böse an und setze mich wieder auf den Barhocker. Ich wusste, dass er sehr beschützerisch ist, aber so sehr? Fuck! Damit ist jetzt wohl klar, dass das, was zwischen Aston und mir passiert ist, ein Geheimnis bleiben muss – so lange wie möglich. Ich spüre, wie sich der Gedanke verfestigt, stärker und letztendlich zur Gewissheit wird.

»Dir ist schon klar, dass ich selbst auf mich aufpassen kann, oder?«, frage ich gereizt. »Und du weißt auch, dass ich nicht mehr neun bin und wir zusammen auf dem Klettergerüst spielen, oder?«

»Ich weiß, ich weiß«, erwidert er, und sein Tonfall ist jetzt weicher. »Ich will doch nur, dass dir niemand weh tut, Meggy. Du bist meine beste Freundin. Ich will, dass du den perfekten Menschen für dich findest und dass ihr euch ineinander verliebt.«

»Was, wenn ich auf dem Weg dorthin noch etwas weniger Perfektes ausprobieren muss?«

Er schüttelt den Kopf. »Das verhindere ich ja gerade. Keiner der Kerle hier ist gut genug für dich.«

»Du hast immer gesagt, du wärst nicht gut genug für mich«, murmelt Maddie.

»Das war ich auch nicht, Engel, und wahrscheinlich bin ich es immer noch nicht. Der Unterschied ist aber, dass ich gemerkt habe, wie ich mich jeden Tag mehr in dich verliebe. Bei diesen Arschgesichtern hier im Haus kann ich mir das nicht vorstellen. Ich will aber jemanden für Megan, der sie auch wirklich liebt. So wie ich dich. Verdammt, ich will jemanden für sie, der sie so wertschätzt, wie ich sie wertschätze. Und wenn das bedeutet, dass ich jeden Typen abwehren muss, der es bei ihr versucht, dann werde ich das eben tun. Bis der Richtige auftaucht. Wenn es zwei Menschen auf der Welt gibt, die ich immer beschützen werde, dann seid das ihr zwei.«

Jetzt steht es eindeutig fest: Braden darf es nie erfahren.

*

»Nein, Mom, ich vernachlässige nicht die Uni.«

»Na ja, es klingt schon so, als würdet ihr bei euch im College jede Menge Partys feiern.«

»Mom. Meine Noten sind völlig in Ordnung.«

Sie atmet aus, es knackt in der Leitung. »Ich glaub dir ja, Megan, aber es wäre mein absoluter Albtraum, wenn mein kleines Mädchen sich von irgendeinem notgeilen Teenager schwängern lässt.«

»Du schaust echt zu viel Fernsehen.«

»Ja, weißt du, diese Sendung *16 und schwanger*, die läuft grad auf allen Sendern. Das macht mir Sorgen.«

Ich verziehe das Gesicht. »Ich werd schon nicht schwanger, Mom.«

»Also verhütest du?«

»Ich hab nie gesagt, dass ich Sex habe.«

»Das wird deinen Vater freuen«, meint sie, und ihre Stimme klingt bereits ein wenig entspannter. »Apropos dein Vater, wir essen heute auswärts, und ich muss mich noch fertigmachen.«

»Okay. Dann viel Spaß, und gib Dad einen Kuss von mir.«

»Mach ich, Megan. Sei brav, okay?«

»Bin ich doch immer«, erwidere ich trocken. »Tschüs, Mom.« Ich lege auf und werfe kopfschüttelnd das Handy aufs Bett. Ehrlich. Genau in solchen Momenten weiß ich wieder, wieso ich nach Berkeley gegangen bin. Es ist nah genug, um meine Eltern zu besuchen, aber weit genug weg, um frei zu sein.

Ich ziehe ein Trägershirt und Boxershorts an und mache es mir im Schneidersitz auf dem Bett bequem, um mich meinen Hausaufgaben zu widmen. Mom denkt vielleicht, hier wäre jedes Wochenende nur Party angesagt, aber das heißt ja noch lange nicht, dass ich auf alle Partys gehe. Für mich gibt es nur eine pro Wochenende …

Ich seufze und versuche, mich auf das Buch zu konzentrieren, über dass ich einen Essay schreiben soll. Doch bevor ich mich richtig vertiefen kann, reißt mich ein Klopfen am Fenster aus meinen Gedanken. Ich runzle missbilligend die Stirn. War das wirklich an meinem Fenster? Ich klettere übers Bett und schieb den Vorhang beiseite und –

Starre direkt in Astons grinsendes Gesicht.

»Was zur …?« Ich öffne das Fenster. »Also, echt …«

»Lass mich rein, bevor ich hier noch von diesem verdammten Baum runterfalle!«

Ich mache den Weg frei, und er schwingt ein Bein übers Fensterbrett. Dann schiebt er den Rest seines Körpers durchs Fenster. Er fällt mit dem Gesicht nach vorn auf mein Bett, ich beuge mich über seine Beine, um das Fenster wieder zu schließen.

»Ähm«, mache ich, als er sich aufrappelt.

»Was?« Er kickt seine Schuhe weg und setzt sich aufs Bett.

Ich schaue zwischen ihm und dem Fenster hin und her. »Bist du wirklich gerade auf diesen Baum geklettert und durch mein Fenster gestiegen?«

»Jo.«

»Warum?«

Aston beugt sich vor, so dass sich unsere Nasenspitzen berühren. »Weil ich dich sehen wollte.«

Ich bleibe still sitzen, ziehe nur die Augenbrauen hoch. »Mmh.«

»Außerdem hab ich mir gedacht, da das Ganze schon so geheim ist, könnte ich auch mal ein paar Ninja-Moves ausprobieren. Ich wollte schon immer einer von den Teenage Mutant Ninja Turtles sein, weißt du?« Er beugt sich weiter vor und drückt mir einen Kuss auf die Lippen. Ich muss lächeln.

»Wer warst du?«

»Wie, wer war ich?«

»Welcher Ninja Turtle wolltest du sein? Wusstest du nicht, dass man dadurch den Charakter einer Person erkennen konnte?«

Er lehnt sich zurück und legt nachdenklich den Kopf in den Nacken. »Wirklich?«

Ich nicke. »O ja. Man musste den richtigen aussuchen, sonst war man nicht cool. Also, wer warst du?«

Er runzelt die Stirn. »Donnatello.«

»Okay, du warst cool.« Ich leg ihm die Hand an die Wange und streiche ihm mit dem Daumen über die Stirn. »Wieso bist du plötzlich so ernst?«

»Ich kann mich nicht erinn… Ich hab nur nachgedacht.« Er schüttelt ganz leicht den Kopf und nimmt meine Hand in seine. Für einen Moment ruht sein Blick auf unseren ineinander verschränkten Händen. Seine Handfläche fühlt sich rau an und ist so groß, dass meine fast völlig darin verschwindet.

Wir schweigen eine Weile, und ich mustere ihn. Er runzelt wieder die Stirn, seine hellgrauen Augen verdüstern sich. Seine Lippen sind zusammengepresst, und der Griff um meine Hand wirkt angespannt.

»Aston?«, frage ich leise und hebe meine freie Hand, um ihn zu berühren. Plötzlich verharre ich aber in der Bewegung, weil ich nicht weiß, ob es richtig ist.

Er lockert den Griff wieder und schaut mich an. »Sorry … Ich hab nur … an was gedacht. Ist nicht wichtig.«

»Wirklich? Alles klar bei dir?« Ich rutsche etwas näher zu ihm hin und lege meine Hand in seinen Nacken.

Er nickt. »Ja … alles okay.«

Wir küssen uns. Mit seiner freien Hand streicht er über meinen Rücken und zieht mich dann an sich. Langsam legt er mich nach hinten ab und kommt auf mir zu liegen. Ich fahre ihm mit dem Fuß am Bein entlang, während er mit seiner Zunge meinen Mund so erkundet, wie er es gestern Nacht getan hat.

Irgendwie wirkt er verzweifelt.

Er beendet den Kuss abrupt und legt seine Stirn kurz an meiner Schulter ab. Dann springt er auf und geht durchs Zimmer. Was ist denn jetzt los? Ich setze mich auf und beobachte mit wachsender Verwirrung, wie er sich die Handfläche gegen die Stirn presst und offenbar ein paarmal tief durchatmet.

»Aston?«

»Ich werde es nicht tun«, murmelt er und rauft sich die Haare. »Ich werde es nicht tun.«

Ich versteh nur Bahnhof. Ich weiß nicht, was ich von seinem Verhalten denken soll, außer …

»Was wirst du nicht tun?«

»Ich werde … dich nicht benutzen. Nicht so. Nicht. So. Nicht mehr.« Er lässt die Hände sinken und atmet heftig aus. »Nicht dich.« Seine Hände hängen seitlich herab, und als ich genau hinschaue, merke ich, dass sie zittern. Schnell ballt er sie zu Fäusten.

Ich stehe auf, stelle mich hinter ihn und lege ihm einen Arm um den Bauch. Mit der anderen Hand umfasse ich eine seiner Fäuste. Ich spüre, wie sein Körper unter den tiefen Atemzügen bebt. Er lässt den Kopf nach hinten auf meine Schulter sinken und dreht sein Gesicht in die Mulde aus Hals und Haaren.

Das ist eine Seite an ihm, die mir neu ist. Zugegeben, ich hab auch noch nie gesehen, dass Aston durch ein Fenster klettert, aber das … Das ist beinah wie ein anderer Mensch. Als stünde ein Aston vor mir, der eigentlich nur in einem Paralleluniversum existiert. Ich hätte mir nie vorstellen können, dass er so sein kann.

Dabei weiß ich ja eigentlich gar nicht, wie er ist. Ich dachte, er wäre so ein Typ, der nimmt, was er kriegt. Jetzt denke ich auf einmal, ich könnte falschgelegen haben. Jetzt denke ich – nein, jetzt weiß ich, dass er eine Seite an sich hat, die er nie zeigt, die er tief in sich verborgen hält. Und so angespannt, wie er gerade ist, so hektisch, wie sein Atem geht, und so schnell, wie sein Herz klopft, ist es eine Seite, die er wohl auch nicht zeigen möchte.

Aber ich will sie sehen. Ich will ihn kennenlernen. Und ich will ihm helfen, denn irgendetwas sagt mir, dass diese Seite von Aston ziemlich verletzlich ist.

8. Kapitel

Aston

Du bist wertlos. Du bist kein Stück besser als deine Huren-Mutter.

Ihr Körper an meinem. Hand in Hand. Haut an Haut.

Du glaubst doch nicht, dass dich jemals jemand mögen kann, du kleine Ratte!

Ihre Hand fühlt sich so weich an in meiner.

Du bist ein Niemand.

Der zarte Vanilleduft in ihren Haaren.

Niemand wird dich mögen.

Megan.

Du bist nicht besser als sie.

Ich bin nicht mehr dort.

Kleine Ratte.

Ich bin hier. Mit Megan.

Megan.

Die Wärme ihres Körpers erdet mich, holt mich zurück ins Hier und Jetzt, als mein Kopf dabei war, abzudriften und zurückzukehren. Zurück zu meinem alten Leben, das ich niemandem zeigen will. Auch nicht Megan.

Ich weiß, ich sollte besser gehen. Jetzt. Ich muss das Fenster aufmachen und diesen verdammten Baum runterklettern. Stattdessen drehe ich mich um und nehme sie in den Arm.

Meine Hände gleiten über ihren Rücken, meine Fingerspitzen graben sich in ihre Haut; sie schlingt die Arme um meine Taille. Ihr Gesicht liegt an meinem Hals, ihre Lippen streifen federleicht mein Schlüsselbein. Ich drücke sie fester an mich und vergrabe mein Gesicht in ihren Haaren, es kitzelt an meiner Nase. Ich schüttele leicht den Kopf, halte sie noch fester.

Sex. Sex kann nicht schaden.

Das ist alles, wozu du gut bist.

Mein Ausweg, meine Art, mit Dingen umzugehen.

Genau wie bei ihr.

Sex hält die Dämonen im Zaun, die meinen Verstand zu zerfleischen drohen.

Dieses Wochenende ist es dreizehn Jahre her, dass Mom gestorben ist, und die Dämonen sind stärker denn je. Die Erinnerungen brechen über mich herein, und es gibt keine Möglichkeit, sie aufzuhalten. Außer, Megan im Arm zu halten.

Ich weiß nicht, was es ist, aber ich weiß, dass ich sie brauche. Sie zwingt mich, mich zu erinnern, nachdem ich jahrelang erfolgreich alles verdrängt habe. Deshalb sollte ich sie wegstoßen. Aber der Schmerz der Erinnerung ist nichts im Vergleich zu dem Trost, den mir ihre Berührung spendet. Das ist der Grund, wieso ich sie nicht benutzen werde, nicht so, wie ich es sonst tue.

Ich atme tief ein und wende mich Megans Gesicht zu, spiele mit meiner Nase an ihrem Ohr. »Bleibt Lila heute Abend bei Ryan?«

Sie nickt. »Am Wochenende meistens.«

Sie streicht mir über den Rücken, fährt mit einer Hand unter mein Shirt. Ihre Hände sind wie Seide auf meiner Haut. Mit den Fingerspitzen übt sie sanften Druck auf meine verspannten Muskeln aus.

»Ich würde gern bleiben«, flüstere ich. »Lass mich bei dir bleiben.«

Sie nimmt ihre Hand von meinem Rücken, fährt damit über meinen Bauch, die Brust, bis hoch zu meinem Gesicht.

Ich schaue in ihre großen blauen Augen, die Wärme und Sicherheit versprechen.

»Na klar«, erwidert sie leise. »Alles, was dir guttut.«

Ich atme hörbar aus. »Halt mich einfach.«

Megan stellt sich auf die Zehenspitzen und küsst mich zärtlich. »Die ganze Nacht?«

Der vorsichtige Ton in ihrer Stimme bleibt mir nicht verborgen, drei kleine Worte so voller Unsicherheit.

»Die ganze Nacht.«

*

Ihr Körper liegt auf mir. Ein Arm über meinem Bauch, ein weicher Oberschenkel zwischen meinen Beinen, die Haare auf meiner Brust ausgebreitet. Sie riechen nach Vanille.

Megan. Das erklärt also die riesige Morgenlatte in meinen Shorts. Ich bewege mich vorsichtig, schiebe ihr Bein von meinem Schwanz runter. Dabei versuche ich möglichst wenig auf ihre verführerischen Kurven zu achten. Ich küsse sie ganz leicht auf die Stirn, woraufhin sie leise schnauft und sich näher an mich drückt. Ihr gesamter Körper ist so dicht an mich geschmiegt, dass ich unwillkürlich die Hüfte gegen ihre bewege, mein Schwanz pocht vor Erregung.

Es gibt nur einen Weg, damit umzugehen. Meine Hand streicht ihr über den Rücken, fasst in die Haare am Hinterkopf. Ihr Mund verzieht sich langsam zu einem Lächeln, sie öffnet verschlafen die Augen.

»Guten Morgen«, murmelt sie.

»Kommt darauf an, welches meiner zwei Gehirne du fragst«, erwidere ich, neige ihren Kopf nach hinten und bedecke ihren Mund mit meinen Lippen. Ich spüre ihre Hand in meinem Rücken. Sie hebt das Bein, so dass ihr Oberschenkel von unten an meinem Schwanz reibt.

»Vielleicht sollten wir die beiden Gehirne in Einklang bringen?«, schlägt sie vor.

Sie schwingt ihr Bein über mich und setzt sich auf meinen Bauch. Dann streicht sie über meinen Schwanz, beugt sich nach vorn und küsst mich.

Ich lasse meine Hände unter ihre Schlafshorts wandern, packe ihre Arschbacken. Sie durchwuschelt meine Haare, während ihr Körper weiter über meinen reibt. Ich presse meine Hüfte in sie hinein. Mit der Zungenspitze fahre ich über ihre Lippen, befeuchte sie und tauche schließlich in ihren Mund. Ich taste mich vor und spiele mit ihrer Zunge.

Ich lasse meine Hände um ihren Arsch herumgleiten und berühre sie mit den Fingerspitzen, wo sie heiß und feucht ist. Sie schnappt nach Luft und schiebt die Hüfte vor. Ich drehe sie auf den Rücken und schaue in ihr gerötetes Gesicht und den leicht geöffneten Mund. Ihr Blick ist voller Begierde, sie will mehr.

Nur zu gern erfülle ich ihr den Wunsch. Ich ziehe ihr das Top aus und werfe es auf den Boden, dann senke ich meinen Mund auf ihre Brüste. Mit den Lippen umfasse ich ihre Brustwarze, die hart ist vor Erregung. Ich sauge daran und bearbeite die andere mit den Fingern. Sie fährt mit den Füßen an meinen Beinen auf und ab, ihre Oberschenkel eng an meinem Oberkörper. Ich wende mich ihrer anderen Brustwarze zu und knabbere daran, sie stöhnt auf.

Sie schiebt die Hand zwischen unsere Körper und findet meine Boxershorts. Sie fährt mit der Hand hinein und schließt die Finger um meinen Schwanz. Ich stoße in ihre Hand, während ich mit der flachen Zunge über ihre Brustwarze fahre. Sie erschaudert. Ich gleite mit meinem Mund ihren Hals entlang, bis ich sie auf den offenen Mund küssen kann. Ihre Hand streicht an meinem Schwanz auf und ab, dabei drückt sie ihn leicht. Ihr Daumen reibt in einer kreisenden Bewegung leicht über meine Eichel. Ich stoße noch fester in ihre Handinnenhöhle, und ein kehliges Stöhnen entfährt mir. Im gleichen Augenblick hake ich die Finger in den Bund ihrer Shorts.

Ich setze mich auf, löse ihren Griff um meinen Schwanz. In einer raschen Bewegung streife ich ihr die Shorts über die Beine, gefolgt von einem winzigen roten Spitzenteil, das mich allein schon megageil gemacht hätte.

Danach streiche ich ihr über den Körper, eine Hand fährt nach unten. Ich lasse einen Finger in sie hineingleiten, gleichzeitig küsse ich sie mit Zunge. Sie schiebt die Hüfte hoch. Ich nehme noch einen zweiten Finger dazu, versenke ihn in der feuchten Hitze. Den Daumen lege ich auf ihre Klitoris und bewege ihn leicht hin und her. Sie stöhnt auf, ihre Beinmuskeln spannen sich an. Ich kann nicht länger warten.

Megan scheint es zu spüren, denn sie tastet mit einer Hand nach ihrer Nachttischschublade und zieht ein Kondom heraus. Ich reiße mir die Boxershorts runter, ziehe das Kondom über und lege meinen Schwanz an ihre Vagina. Mit einer entschlossenen Bewegung packt sie mich an den Schultern, und ich gleite in sie hinein. Wir atmen beide kräftig aus. Unsere Körper sind ineinander verhakt; es ist, als wären wir nur noch ein Körper. Ich bedecke ihre Lippen mit meinem Mund, während ich in sie hineinstoße, begierig nach der Erlösung, die nur sie mir geben kann. Nur Megan.

Unsere Haut ist glitschig vom Schweiß, unser beschleunigter Atem verbindet sich. Ich fühle, wie sich die Lust in uns beiden immer mehr aufbaut. Zum ersten Mal in meinem Leben ist es mehr als Sex. Es ist mehr als ein egoistisches Bedürfnis. Es geht um das *Wir*.

Ich will ihr zusehen, wie sie sich mir hingibt, will ihren

Körper betrachten, der sich durchbiegt und anspannt, bevor sie loslässt. Ich will das Funkeln in ihren Augen sehen, den Schrei hören, der ihren Körper verlässt, ihre Fingernägel in meinem Rücken spüren. Ich will fühlen, dass sie ganz mir gehört, und wenn es nur für eine Sekunde ist.

Ihr Körper zuckt unter mir, ihr Gesicht ist tief in meine Schulter gedrückt. Sie atmet schwer, und ich fühle die Welle der Erregung, als sich ihr Körper anspannt. Ihre Muskeln ziehen sich um meinen pochenden Schwanz zusammen, saugen mich nahezu in sie hinein, bis …

Megans Kopf fällt zurück, ihr Körper bebt nach. Nun überlässt sie mir das Feld. Ich küsse sie, während ich in ihr komme und den Moment genieße. Jetzt gehört sie mir. Morgen ist das vielleicht wieder anders, nächste Woche, nächsten Monat, aber jetzt und hier … Jetzt ist sie ganz die Meinige.

Ich will mich aus ihr zurückziehen, aber sie schüttelt den Kopf und hält mich fest. Ich fahre mit den Händen unter ihren Rücken und drücke sie an mich. Die Hitze ihres Körpers und das Klopfen ihres Herzens sind nun alles, was ich fühle. Während ich sie halte, frage ich mich, ob sie je erfahren wird, welchen Frieden sie mir bringt.

*

Megan mustert mich nachdenklich. »Ich hab mal 'ne Frage.«

»Oje, das ist nie gut, wenn du 'ne Frage hast.« Ich grinse.

»So schlimm ist es auch nicht!«

»Ach ja? So wie das eine Mal, als du im Englischkurs nur 'ne kurze Frage hattest und der Prof dann 'ne halbe Stunde mit dir darüber diskutiert hat?«

Sie zuckt lächelnd mit den Schultern. »Hey, so konntet ihr euch wenigstens ein bisschen ausruhen.«

Ich beuge mich nach vorn und schaue ihr in die Augen. »Und hatten dann keinen Plan, was in dem Essay drankommt.«

»Äh, ja.« Sie lächelt süß und rümpft die Nase. »Egal …«

»Na dann, schieß los.« Ich hoffe nur, dass sie nicht fragt –

»Gestern, als ich dich gefragt hab, welcher Ninja Turtle du warst.« Fuck. »Da hast du … irgendwie so gewirkt, als wärst du plötzlich voll abwesend. So als … weiß nicht, als hättest du keine Ahnung, wovon ich rede.«

Ich lehne mich zurück. Ausreden schwirren mir durch den Kopf. »Ich bin nicht zur Schule gegangen«, antworte ich vorsichtig. »Mein Großvater hat mich zu Hause unterrichtet.«

»Dein Großvater? Wieso nicht deine Mom? Oder dein Dad?«

»Ich kann nicht …« Ich springe auf. »Ich kann dieses Gespräch heute nicht führen, Megs. Ein andermal, okay?«

»Er muss hier irgendwo sein.«

Ich hatte mich in die hinterste Ecke meines Schlafzimmers verzogen, die Decke fest um mich geschlungen. Mommy war immer noch nicht zu Hause. Ich wartete auf sie, und jetzt war da diese seltsame Frau in unserem Haus und suchte etwas. War sie hier, um mich zu holen?

Nein. Ich würde Mommy nicht verlassen. Sie hatten immer damit gedroht, die großen Männer, dass sie mich eines Tages von meiner Mommy wegholen würden.

Ich vergrub mein Gesicht in der Decke, damit sie mich nicht atmen hören konnten, und robbte unters Bett. Dort drückte ich mich zitternd an die Wand und versuchte, nicht zu weinen.

Ich will nicht ohne meine Mommy sein. Ich will nicht, dass sie mich mitnehmen.

Die Tür zu meinem Schlafzimmer ging auf, ich zitterte noch stärker. *Nein. Bitte, lass sie mich nicht finden.* Das Licht ging an, und ich hörte Schritte auf dem Holzboden. Schatten bewegten sich auf mich zu.
»Hast du schon unter dem Bett nachgeschaut?«, fragte eine Frauenstimme.
»Stimmt, das ist eine gute Idee.«
Neinneinneinneinnein. Findet mich nicht. Bitte findet mich nicht.
Ein freundliches Gesicht erschien, und die Frau lächelte, als sie mich sah. Dann streckte sie mir eine Hand entgegen. »Komm, Kleiner. Wir bringen dich hier raus.«
Ich schüttelte heftig den Kopf. »Ich will meine Mommy«, flüsterte ich.
»Sie ist nicht hier, Liebes, aber ich will dir helfen. Du zitterst ja, ist dir kalt?«
Ich nickte.
»Wir holen eine schöne warme Decke für dich. Und Kekse – magst du Kekse?«
»Kekse?« Ich runzelte die Stirn.
»Ja. Die sind sogar mit Schokoladenstückchen. Würdest du gern mal einen probieren?«
Ich hatte keine Ahnung, wovon sie redete, aber hungrig war ich schon. Daher rutschte ich etwas nach vorn. »Einen Keks?«
»Komm erst mal unter dem Bett hervor, dann sorgen wir dafür, dass dir wieder warm wird und du einen Keks bekommst. Okay, Aston?«
»Du weißt, wie ich heiße?« Ich biss mir auf die Lippe.
»Natürlich, denn ich bin hier, um dir zu helfen. Ich werde dir nichts tun, das verspreche ich.« Ihre Stimme war weich und warm.

Ich fasste langsam Vertrauen. Sie war kein Mann, und auf ihrer Haut waren keine Bilder. Sie roch auch nicht so wie die Männer immer. Ich schob mich also über den Boden und krabbelte unter dem Bett hervor. Eine zweite Frau stand im Zimmer, ich zuckte zurück, als sie auf mich zukam.

»Ist schon gut, Kleiner. Ich hab hier eine Decke für dich, dann wird dir wieder warm.« Sie lächelte freundlich, und ich nahm ihr schnell die Decke aus der Hand, weil ich nicht wollte, dass sie mich anfasst.

Die andere Frau beugte sich zu mir runter und sah mich an. »Wie wäre es jetzt mit einem Keks?«

Ich klammerte mich an Bunny, mein Stofftier. Sie kramte in ihrer Tasche und zog eine rot glänzende Packung hervor. Nachdem sie die Verpackung aufgerissen hatte, zog sie eine runde, hellbraune Scheibe mit dunklen Flecken hervor. Ich nahm ihr das Ding misstrauisch ab und blickte nervös zwischen den beiden Frauen hin und her. Es war seltsam, dass sie so nett zu mir waren.

»Na los, probier' mal«, forderte mich die eine Frau leise auf. »Nur einen kleinen Bissen.«

Ich führte den Keks zum Mund und knabberte an einem der dunklen Flecken. Der süße Geschmack explodierte förmlich in meinem Mund, und ich biss gierig in den Keks. Mein Magen knurrte, ich hatte noch nie etwas so Leckeres gegessen.

»Mein Gott«, meinte die zweite Frau und hielt sich die Hand vor den Mund. »Die Nachbarn hatten recht. Wir hätten uns viel früher um dieses Kind kümmern müssen. Er ist sechs Jahre alt und hat noch nie einen Keks gegessen.«

Die erste Frau schaute mir ernst in die Augen. »Ist das das erste Mal, dass du einen Keks isst, Aston?«

»Ja«, flüsterte ich. »Die sind lecker.«

»Willst du noch einen?«

Ich nickte und starrte die Frau an, die mir meine Kindheit retten sollte.

»Nicht jetzt, okay?«, wiederhole ich und verdränge die Erinnerung. Dreizehn Jahre ist das nun her, und das, woran ich mich am besten erinnere, ist der Keks. Der erste Keks meines Lebens. »Ich muss los. Mein Großvater erwartet mich.«

Megan sieht mich besorgt an.

Ich gehe zu ihr, nehme ihr Gesicht in meine Hände und lege seufzend meine Stirn an ihre. »Es liegt nicht an dir, Megs. Es gibt vieles, was du noch nicht weißt – vieles, was du gar nicht wissen solltest. Es sind keine schönen Dinge, okay? Heute ist nicht der richtige Tag, um darüber zu reden.«

»Ich würde es gern wissen«, flüstert sie und legt mir die Hände um den Oberkörper.

»Ich will aber nicht, dass du diese Dinge weißt.« Ich küsse sie ein letztes Mal und öffne dann das Fenster. Nachdem ich mich versichert habe, dass die Luft rein ist, klettere ich nach draußen auf den großen Ast. Ich schaue mich noch einmal um. Unsere Blicke treffen sich für einen flüchtigen Moment, dann wende ich mich ab und hangele mich in dem Baum nach unten. Bei den niedrigeren Ästen angekommen, springe ich schließlich auf den Bürgersteig und mache mich auf den Weg zu meinem Großvater.

*

»Hätte ja nicht gedacht, dass ich dich heute zu Gesicht bekomme.« Die Stimme meines Großvaters poltert durchs Haus.

»Es ist doch Sonntag«, erwidere ich, betrete das Wohnzimmer und lasse mich auf dem Sofa nieder.

»Ist aber nicht irgendein Sonntag.« Er dreht die Zigarre zwischen seinen faltigen Fingern und beobachtet den Rauch, der sich langsam emporkräuselt.

»Das heißt ja nicht, dass ich dich nicht trotzdem besuchen kann, oder?« Ich betrachte ebenfalls den Zigarrenrauch.

»Ich hätte nur gedacht, dass du dich am heutigen Tag lieber verkriechst.«

»Will ich eigentlich auch, aber hier bin ich. Du brauchst mich.«

»Stimmt. Ich brauche dich, um dir ins Gesicht zu sehen und darin ihr Gesicht zu erkennen …« Er zieht paffend an der Zigarre, die Spitze glüht in einem hellen Orange. »Du siehst ihr verdammt ähnlich, weißt du?«

»Ich …« Ich schaue ihn an und sehe den Schmerz in seinen Augen. »Ich weiß.«

»Du bist auch schlau, genau wie sie. Ich hab das gleich gemerkt, als ich angefangen habe, dich zu unterrichten. Du konntest mit Zahlen umgehen, als wärst du Einstein. Sie hatte es auch mit Zahlen.«

Mit den Zahlen an den Häusern vielleicht. »Ich hasse es, dass dich so vieles an mir an sie erinnert.«

»Wieso denn? Weil du deine Erinnerungen an sie hasst? Deine Erinnerungen sind anders als meine, Junge. Wenn du zulassen würdest, dass ich meine mit dir teile, würdest du eine ganz andere Seite deiner Mom kennenlernen. Du würdest begreifen, dass sie kein schlechter Mensch war. Sie ist nur auf die falsche Bahn geraten und nicht mehr rausgekommen.«

»Und dann hat sie unser beider Leben ruiniert. Alles …«

»Und heute ist der Tag, an dem wir uns an sie erinnern. Egal wie.«

»Glaubst du, das tue ich nicht sowieso schon? Die Erinnerungen verfolgen mich jeden Tag … Ich will es nicht. Ich hasse es, aber ich kann es nicht ändern.«

»Es ist gut, sich zu erinnern.« Er drückt die Zigarre im Aschenbecher aus. »Man muss sich daran erinnern, wo man herkommt, um zu wissen, wie weit man schon gekommen ist.«

9. Kapitel

Megan

»Ach, komm schon!«, bettelt Kay. »Es ist Sonntag. Wer zur Hölle macht sonntags was für die Uni?«

»Ich«, erwidere ich. »Morgen ist Abgabe, also muss ich den Essay wohl heute schreiben.«

»Bist du nicht gestern Abend schon zu Hause geblieben, um deinen Aufsatz zu schreiben?« Sie zieht die Augenbrauen hoch.

»Ja.«

»Und wieso bist du dann noch nicht fertig?«

Weil ich mit meinem Irgendwie-fast-Freund beschäftigt war. »Weil ich eingeschlafen bin.«

»Du schläfst doch nie so früh.«

»O Mann! Was soll das denn werden? Werde ich jetzt verhört, oder was?« Ich knalle den Stift auf den Tisch und sehe sie genervt an. »Willst du, dass ich dir noch meine Schlafposition beschreibe, wo du schon dabei bist? Mensch, Kay!«

Sie schnaubt. »Nichts für ungut, Babe, aber ich steh nicht auf dich, deshalb kannst du deine Bettgeheimnisse gern für dich behalten. Aber wieso hast du gestern so früh geschlafen?«

»Was weiß denn ich? Wieso gehen Leute normalerweise früh ins Bett? Weil sie müde sind vielleicht?« Ich seufze.

»Bekommst du deine Tage?«

»Nö, erst in zwei Wochen oder so.«

»Dann musst du schwanger sein … Moment mal …«

»Kay? Fick dich.«

»Bin ja schon weg«, murmelt sie und reißt die Tür auf. »Immer schön ruhig bleiben, meine kleine Hormonschleuder!«

Ich werfe den Stift nach ihr, treffe aber die geschlossene Tür. Ich starre ein paar Sekunden in die Luft, dann schüttle ich den Kopf. Ich versuche wirklich, diesen Essay zu schreiben – die Betonung liegt auf ›versuche‹. Ich scheitere nämlich kläglich, weil meine Gedanken ständig zu Aston abdriften. Wie es gestern Nacht mit ihm war. Und heute Morgen.

Der Aston, den ich bisher kannte – und in den ich mich verknallt habe –, ist arrogant, egoistisch, dickköpfig. Er hat eine Null-Bock-Einstellung, ist unzuverlässig und hat nur sich selbst im Kopf. Aber das war nicht der Aston, den ich heute Morgen hier erlebt habe. Ich konnte es in seinen Augen sehen, da war noch etwas anderes in ihm, etwas Dunkles. Es verrät mir, dass er nur vorgibt, jemand anderes zu sein, um die Leute zu täuschen. Es ist ein Spiel, dass er mit sich selbst spielt – und gegen sich. Ein Spiel, das er auf keinen Fall verlieren will, egal wie die Regeln sind.

Ich stehe auf, um meinen Stift zu holen, und setze mich dann wieder an den Schreibtisch. Ich hab keine Ahnung, wieso er gesagt hat, dass er mich braucht. Oder wieso er immer wieder betont hat, dass er mich nicht benutzen will. Ich check absolut nicht, was in ihm vorgeht.

Aber ist es denn so verrückt, zu glauben, dass ich ihm vielleicht helfen könnte? Was auch immer ihn plagt, was auch immer seine Augen so verfinstert, vielleicht kann ich es erträglicher machen.

Und warum ist dieser Tag heute für ihn so schwierig? Ich wünschte, er hätte es mir sagen können. Ich wünschte, er hätte es mir einfach erzählt. Mich beschäftigt, ob es ihm gutgeht. Und ich wünschte, ich hätte den Mumm, mein Handy zu nehmen und ihn einfach anzurufen.

Aber ich tue es nicht.

*

»Also, du hast am Freitagabend dein Date sitzenlassen, bist am Samstag früh ins Bett gegangen, hast gestern Kay rausgeworfen und trotzdem den Essay nicht fertigbekommen?« Lila zieht zweifelnd die Augenbrauen hoch.

»Yep.« Ich seufze schwer. »Das bringt es ganz gut auf den Punkt.«

Sie runzelt die Stirn und kaut auf einer Erdbeer-Gummischnur. »Wieso?«

»Keine Ahnung«, erwidere ich achselzuckend. »Ich hab keinen besonderen Grund. Ich schätze, ich war dieses Wochenende einfach nicht in der Laune für Englisch-Essays.«

»In was für einer Laune warst du denn?«

»Offenbar in Schlaflaune.«

»Und was ist deine Ausrede dafür, dass du dein Date hast sitzenlassen?«

»Er war nicht mein Typ.«

»Er sieht gut aus, ist muskulös, *und* sein Vater ist auch noch reich. Wie kann der denn bitte nicht dein Typ sein?«

Wir verlassen den Rasen und gehen in Richtung Hauptgebäude. Lila wirft die leere Süßigkeitenverpackung in einen Mülleimer neben dem Eingang, bevor wir nebeneinander durch die große Flügeltür schreiten.

»Ach, keine Ahnung.« Ich zucke die Achseln. »Er ist es einfach nicht.«

»Lass mich raten – dir fehlten die magischen Funken und die feurige Leidenschaft wie bei Elisabeth und Mr Darcy?«

»Ganz genau«, stimme ich zu. »Gegen den wunderbaren Mr Darcy stinkt er total ab.«

»Du und deine Bücher!« Lila schüttelt den Kopf.

»Hey, sag nichts gegen meine Bücher. Sie lassen mich das erleben, was ich im echten Leben nicht hab.«

»Sprichst du vom perfekten Mann?«

»Genau! Und bis ich nicht meinen Mr Darcy habe, lese ich weiter. Charlie war jedenfalls schon mal kein Darcy.«

»Weißt du was? Du bist echt 'ne schlechte Lügnerin«, stellt sie unvermittelt fest.

»Moment mal – was? Wie kommst du denn darauf?«

»Und schon wieder.« Lila lacht. »Ich weiß zwar nicht, wieso du lügst, aber du verheimlichst was. Zumindest, was dein Wochenende angeht.« Sie bleibt vor ihrem Klassenraum stehen und mustert mich von der Seite. »Willst du mir vielleicht irgendwas erzählen?«

Ich schaue sie vorsichtig an, sie hat die Lippen aufeinandergepresst und die Augen verengt. »Nö«, lüge ich. »Gibt nichts zu erzählen.«

»Ich schätze, dann muss ich es wohl selbst herausfinden.« Sie grinst und verschwindet durch die Tür.

Ich atme erleichtert auf. Ich sag's doch, wenn Sherlock Holmes und Amor Kinder kriegen könnten, wäre Lila ihr Baby.

Ein Arm legt sich um meine Schulter. »Lächeln, Meggy«, flötet Braden und schiebt mich in Richtung unseres Klassensaals.

»Wo ist Maddie?«

»Im Bett. Sie ist krank.«

»Hoffentlich ist sie wirklich nur krank.« Ich schaue ihn vorwurfsvoll an.

»Mann, Megan, du klingst wie meine Mutter.«

»Das liegt daran, dass ich es von ihr gelernt habe.« Ich lächle bittersüß.

»Du bist irgendwie anders.«

Schon wieder? Echt jetzt? »Wirklich?«

»Ja, schon.«

»Wie denn?« Ich werfe ihm einen Blick zu, als wäre er total bescheuert, und betrete unser Klassenzimmer.

»Du wirkst irgendwie … abwesend? Ja, abwesend.« Braden kaut an seinem Daumennagel.

»Ich bin oft ein bisschen neben der Spur, Bray, das weißt du doch. Vielleicht ist es heute Morgen einfach besonders schlimm.« Ich zucke die Achseln und lasse mich auf den Stuhl neben Aston fallen. Braden hockt sich auf die Tischkante.

»Wieso sitzt du eigentlich immer noch neben diesem Arschloch?« Braden grinst mich an.

Ich verdrehe die Augen. »Weil es besser ist, neben diesem Arschloch zu sitzen, als mir von dir die ganze Stunde anzuhören, wie ›anders‹ ich heute bin. Damit hat mich Lila eben auch schon genervt.«

»Anders?«, schaltet sich Aston ein. »Wie anders? Hey Megan, hast du endlich einen abbekommen?«

»Hey Aston, wie ich sehe, hast du es geschafft, deinen Schwanz lang genug in deiner Hose zu behalten, um zum Unterricht zu erscheinen.« Ich lächle ihn übertrieben an.

»Na ja, weißt du …«, er lehnt sich zurück und verschränkt die Hände hinter dem Kopf, »manchmal ist es echt nicht leicht, aber ich dachte, ich lass mich mal ausnahmsweise hier blicken. Sonst hättest du mich am Ende noch vermisst?«

»Ich hätte dich vermisst, genauso wie man Hundescheiße am Schuh vermisst!«

»Wisst ihr, wie ihr euch anhört?« Brays Blick wandert von mir zu Aston.

»Ich hab selbst Ohren, Braden«, entgegne ich. »Ich kann sehr gut hören, wie wir uns anhören?«

»Ihr klingt wie ein altes Ehepaar.«

»Ich hab gesagt, ich kann selbst hören.«

»Ich weiß, aber ich wollt es dir trotzdem sagen.«

»Das ist typisch!«

»Und ihr zwei klingt wie Kindergartenkinder«, kommentiert Aston.

»Und ihr zwei klingt wie Typen, die einen Tritt in die Eier gebrauchen können«, kontere ich. »Das sind nämlich so Momente, in denen ich mich frage, ob Kay nicht die schlauste Frau ist, die ich kenne. Männer sind echt für'n Arsch!«

Braden schnaubt und springt auf. »Klar sind wir für'n Arsch. Wir müssen uns ja auch mit *eurer* Scheiße abgeben.«

Ich knülle ein Blatt Papier zusammen und werfe damit nach seinem Kopf. Das Papierbällchen prallt an seinem Hinterkopf ab. Er bückt sich danach, hebt es auf und wirft es zu mir zurück. Ich fange es und grinse triumphierend.

»Wo er recht hat«, murmelt Aston.

Ich fahre herum. »Das mit dem Tritt in die Eier hab ich ernst gemeint.«

»Du bist verdammt heiß, wenn du wütend bist.«

Ich schlucke das Lachen herunter, das in mir aufzusteigen droht. »Ich bin gar nicht wütend, aber ich kann es jederzeit werden«, bringe ich dann mühsam hervor. »Und wenn es dann so weit ist, solltest du zusehen, dass du Land gewinnst.«

Er grinst langsam, dieses sexy Grinsen, das er so gut draufhat. Mein Herz klopft schneller, denn es ist der Gesichtsausdruck, den er auch im Bett hat.

»Ist das ein Angebot?«, fragt er leise.

Ich kann Bradens Augen in meinem Rücken spüren.

»Selbst, wenn es so wäre, hättest du nichts von dem Angebot, weil du den Preis gar nicht bezahlen kannst.«

»Das werden wir ja sehen«, erwidert er, sein Lächeln wird breiter.

Wir beide spielen unsere Rollen. Wir spielen, weil wir ein Geheimnis teilen. Ich schnippe mir die blonden Haare über die Schulter, stütze lächelnd das Kinn in eine Hand und überschlage die Beine. »Was wäre, wenn der Preis so hoch wäre, dass du fortan für alle Mädchen ruiniert wärst und nie wieder eine von ihnen ins Bett bekommen würdest?« Meine Worte sind erschreckend provokativ.

Er kaut auf seiner Unterlippe und lässt die grauen Augen über meinen Körper wandern. Wenn er mich so anschaut, fühle ich mich immer nackt. So als könnte er durch meine Anziehsachen hindurchschauen.

»Ich glaub nicht, dass das ein so schlechter Preis wäre«, murmelt er und streckt die Arme nach vorn über den Tisch. »Ehrlich gesagt«, fügt er noch leiser hinzu, weil der Unterricht gerade anfängt, »ich glaube, ich hab den Preis schon bezahlt.«

Ich verschlucke mich fast, als ich nach Luft schnappe. Peinlich, peinlich. Das kann auch nur mir passieren, dass ich mich an Luft verschlucke. Aston hebt fragend eine Augenbraue, und ich tue das Einzige, was mir gerade sinnvoll erscheint. Ich konzentriere mich auf den Professor, der vorne etwas von englischer Literatur erzählt. Nicht, dass mich sein Sermon wirklich interessiert, aber ich weiß nicht, wie ich sonst mit der Situation umgehen soll.

Das Ganze kommt mir wie ein Spiel vor, und ich bin mal wieder mittendrin. Erst ging es um Maddie und Braden – und jetzt unfreiwillig um mich selbst. Beide Spiele haben mit Liebe zu tun, aber jedes hat seine eigene Logik und seine eigenen Regeln. Das Risiko ist groß, aber der Gewinn hoch. Es geht immerhin um *die* eine Sache, die jeder Mensch mehr als alles andere begehrt. Die eine Sache, die wir alle wollen, egal, wie oft wir schon verletzt worden sind. Die eine Sache, die mit keinem Geld der Welt gekauft werden kann. Der große Gewinn, um den wir alle spielen: Die Liebe.

10. Kapitel

Aston

»Erinnere dich daran, wo du herkommst, damit du weißt, wie weit du gekommen bist«, murmele ich vor mich hin und schiebe meinen angefangenen Aufsatz für Psychologie beiseite. »Klar, Opa, das klingt echt super – hilft allerdings nur, wenn man wirklich weitergekommen ist, oder?«

Ich reibe mir mit den Handflächen über die Augen. Dreizehn Jahre, und ich habe nicht das Gefühl, dass ich irgendwie weitergekommen bin. Äußerlich bin ich vielleicht nicht mehr der verängstigte kleine Junge unterm Bett, aber er ist doch immer noch in mir. Er hat immer noch Angst, ist immer noch verletzt und innerlich gebrochen.

Nur weil ich so wirke, als wäre mir alles egal, heißt das noch lange nicht, dass dem auch so ist. Ehrlich gesagt, ich weiß nicht mal, wer ich eigentlich bin. Ich investiere so viel Energie, nicht das zu sein, was ich nicht sein möchte, dass ich gar keine Zeit habe, um mir zu überlegen, wer ich sein möchte.

Diese Stimmen schleichen sich in meinen Verstand, und ich muss ständig gegen sie ankämpfen.

Genau wie sie … Zu nichts zu gebrauchen … Wertlos …

Ich rutsche mit dem Stuhl nach hinten, er bleibt am Teppich hängen und kippt nach hinten, als ich aufstehe. Ich achte nicht darauf, schlüpfe in meine Sportschuhe, schnappe mir meinen Geldbeutel vom Schreibtisch und ziehe meine Jacke über. Ich muss ihnen beweisen, dass sie falschliegen. Ich muss mir selbst beweisen, dass ich falschliege.

Ohne jemandem Bescheid zu sagen, verlasse ich das Haus.

Wenn ich jetzt jemandem begegne, wenn ich stehen bleibe, wenn ich auch nur eine Sekunde darüber nachdenke, bin ich gleich wieder in meinem Zimmer und versinke weiter in Selbstzweifeln.

Ich springe in mein Auto und starte den Motor. Mit quietschenden Reifen entferne ich mich vom Verbindungshaus. Am Stadtrand, an der großen Straße, die zur Autobahn führt, ist so eine Bar. Es ist eine ziemliche Assikneipe, wo man keinen Ausweis vorzeigen muss. In soner Bar hätte wohl meine Mom gearbeitet. In solchen Bars hat sie ihre Männer kennengelernt, und dort hat man sie am Ende auch gefunden.

Ich kämpfe mich durch den Berufsverkehr. Perfekte Menschen fahren nach Hause zu ihren perfekten Familien in ihren perfekten kleinen Häusern.

Du bist nichts wert.

Ich schalte das Radio ein, und *Trapt* schallt aus den Lautsprechern. Der Beat von *Headstrong* pumpt die Gefühle noch schneller durch meinen Körper: Es ist eine Mischung aus Wut, Entschlossenheit, Frustration und einem Funken Hilflosigkeit.

Ich biege an einer kleinen Straße rechts ab. Die Straße ist verlassen, keine Autos weit und breit, bis ich auf den Parkplatz der Bar einbiege, der relativ gut gefüllt ist. Zwischen den alten Rostlauben, die hier rumstehen, sieht mein Auto irgendwie fehl am Platz aus. *Ich* sehe hier fehl am Platz aus. Mom wäre das nicht gewesen.

Ich setze mir eine Baseballkappe auf und steige aus dem Auto. Das Schild über der Bar flackert vor dem schwarzen Nachthimmel, Achtzigermusik schallt aus der offenstehenden Tür, eine Frau schreit eine Melodie. Eine mit krakeliger Handschrift gefüllte Tafel neben der Tür liefert die Erklärung: Karaoke-Abend.

Ich betrete die Bar, es riecht nach kaltem Rauch und Bier. Eine junge Frau in knappem Outfit balanciert ein Tablett über die Köpfe der Männer, die sich um die Bar drängen. Es ist relativ voll, und alle Augen sind auf die Frau in der Ecke gerichtet, die immer noch versucht, den Song zu meistern.

Ich gehe zum Tresen, ziehe mir die Kappe tief in die Stirn und bestelle ein Bier. Wie ich vermutet habe, ist den Leuten hier mein Alter scheißegal. Ein Bier wird vor mir abgestellt, ich bezahle. Niemand würdigt mich eines Blickes, außer der Kellnerin, die gerade am anderen Ende der Bar Gläser poliert. Sie mustert mich von oben bis unten, klimpert mit den Wimpern und leckt sich lasziv über die Lippen. Ihre kurze Kleidung bedeckt fast nichts: Sie zeigt, was sie hat.

Das ist alles, wofür du je gut sein wirst.

Sie wirft sich die langen, blondierten Haare über die Schulter und beugt sich nach vorn, um die Gläser wegzuräumen. Alle Männer um mich herum nutzen die Gelegenheit, ihr auf den Arsch zu starren.

Du bist genau wie sie.

Sie richtet sich wieder auf und lächelt mich einladend an. Sie ist nicht viel älter als ich, vielleicht ein oder zwei Jahre. Ich nippe an dem abgestandenen Bier, als sie zu mir rüberschlendert.

»Was macht ein Typ wie du in so einer Bar?« Sie stützt sich mit den Ellenbogen auf dem klebrigen Holz der Theke ab und lehnt sich nach vorn. Ihre Brüste werden dadurch zusammengedrückt und springen fast aus dem Ausschnitt der kurzärmligen Bluse.

Du bist ein Niemand, genau wie sie. Du bist nur für eines gut. Du bist wertlos. Nutzlos. Ein Haufen Scheiße. Du bist der Sohn einer Hure, geboren, um selbst herumzuhuren.

In meiner Hose regt sich nichts, ich fühle mich nicht

hingezogen zu dieser Frau, die mich ganz offensichtlich anmacht. Ich verspüre einzig die Lust, mich hier möglichst schnell wieder vom Acker zu machen.

Ich schiebe ihr das Glas hin und stehe auf. »Ich hab keine Ahnung.« Ich warte ihre Reaktion nicht ab, sondern drehe mich um und verlasse die Bar. Niemand außer ihr bemerkt mich.

In meinem Auto lege ich die Stirn auf dem Lenkrad ab. Ich streite mit den Stimmen in meinem Kopf.

»Nein«, sage ich leise. »Ich bin nicht wie sie. Ich bin *nicht* wie sie!«

Und das bin ich auch nicht. Wenn ich so wäre, würde ich jetzt warten, bis das Mädel ihre Schicht beendet hat, damit ich ihr die Seele aus dem Leib vögeln kann. Das hätte meine Mutter jedenfalls getan – mit dem Unterschied, dass sie ihren Körper für Geld oder Drogen verkauft hat. Sie hätte nicht darüber nachgedacht, was sie tut.

Aber ich denke nach. Und ich warte nicht auf die Kellnerin. Ich fahre davon, lasse die ranzige Bar hinter mir. Ich fahre zurück zum Campus. Zurück zu Megan.

*

Ihr Gesicht zu sehen, und sei es nur über einen Flur voller Menschen hinweg, macht meinen Tag gleich ein wenig heller. Aber halt! Den Typ neben ihr zu sehen, der sie gerade zum Lachen bringt, macht den Tag dagegen gleich wieder dunkler. Dunkler als die Nacht. Es macht mich wahnsinnig. Ich sollte derjenige sein, der neben ihr geht, sie zum Lachen bringt und den Arm um ihre Schultern legt. Nicht dieses verdammte Arschloch.

Ich lehne mich an die Wand und warte, bis sie an mir vorbeikommen. Sie schüttelt seinen Arm ab und platziert die

Bücher so, dass sie seitlich auf ihrer Hüfte liegen. Mit der anderen Hand schiebt sie sich eine Haarsträhne hinters Ohr, so dass ihr Gesicht zu sehen ist.

Sie schaut auf, unsere Blicke treffen sich für einen kurzen Moment. Ihr Gesichtsausdruck bleibt unverändert, genau wie meiner. Ein Zucken der Mundwinkel oder ein kurzes Blinzeln könnten ausreichen, um uns zu outen. Das wissen wir beide. Die Einsätze bei diesem Spiel sind hoch.

Sie senkt den Blick und geht an mir vorbei. Ich kann nicht anders, ich muss ihr auf den Arsch starren. Ihre Jeans liegen eng an, ich erinnere mich daran, wie es sich anfühlt, ihren Arsch zu halten, wenn sie sich an mich drückt.

Je mehr Zeit ich mit ihr verbringe, desto mehr brauche ich sie – desto mehr brauche ich die Ruhe, die sie mir gibt. Ich brauche diese komplette Stille, die ich empfinde, wenn ich sie fest im Arm halte. Ich brauche sie, um mir selbst zu beweisen, dass ich nicht meine Mom bin. Dass ich mehr bin als der Sohn einer Nutte.

Ich bin nicht gut genug für Megan. Das weiß ich. Und es wäre für sie das Beste, wenn sie ihr Zeug packt und von hier verschwindet, am besten so weit weg wie möglich. Denn ich weiß nicht, ob ich jemals dazu in der Lage sein werde, mich ihr zu öffnen, so wie sie es gern möchte. Ich weiß nicht, ob ich ihr jemals alles von mir erzählen kann, meine ganze verdammte Vergangenheit. Ich weiß nicht, ob der kleine zitternde Junge in mir es schafft, so viel Vertrauen aufzubauen.

Aber ich werde sie nicht benutzen. Nicht so, wie ich die anderen Frauen immer benutzt habe. Eher würde ich sie ganz aufgeben, als sie für meine eigenen egoistischen Bedürfnisse zu missbrauchen.

Ich warte, bis sie nicht mehr in Sichtweite ist, dann stoße

ich mich von der Wand ab und gehe nach draußen. Dort treffe ich auf Ryan.

»Hast dir aber verdammt viel Zeit gelassen«, murrt er anstelle einer Begrüßung.

»Dein Rumgezicke nervt, Mann«, warne ich ihn. »Wir hatten doch gar keine feste Zeit ausgemacht.«

»Wie? Hast du grad 'ne kleine Nummer zwischendurch geschoben?«

»Wieso sollte ich? Du weißt, dass ich das nur am Wochenende mache. Du bist außerdem nicht der Einzige hier, der versucht, auf seine Noten zu achten.«

»Willst du damit sagen, dass du ernsthaft Kurse besuchst?«

»Du bist ein Arsch, Ryan.« Ich schüttle den Kopf. »Und ja, wenn du es unbedingt wissen willst. Mein Highschool-Abschluss mit 1,5 kam schließlich nicht von ungefähr, also fick dich.«

»Fuck, das ist ja besser als mein Abschluss!«, ruft er verblüfft. »Ich hab mit Ach und Krach 'ne 2,0 geschafft, was grad so gereicht hat, um hier einen Studienplatz zu bekommen. Wie hast du denn bitte 'ne 1,5 hingekriegt?«

»Mein Großvater war wahrscheinlich ein besserer Lehrer als die armen Würmer, die sich mit dir rumschlagen mussten«, erwidere ich. »Heimunterricht. Schon mal davon gehört?«

»Bist du denn nie zur Schule gegangen?«

»Nur die letzten beiden Jahre. Und da fand ich es super einfach. Das meiste wusste ich eh schon, weshalb ich eigentlich immer gute Noten hatte.«

»Das wusste ich gar nicht.« Ryan schiebt die Tür auf, und wir betreten das Haus.

»Wie solltest du auch? Ihr denkt ja alle, dass ich einzig und allein schwanzgesteuert bin.«

»Haha, stimmt, Alter. Was ist denn eigentlich dein Hauptfach?« Er wirft seinen Rucksack auf den Boden und schmeißt sich aufs Sofa.

Ich grinse und setze mich zu ihm. »Psychologie.«

»Echt, Mann?« Er setzt sich auf.

Braden kommt herein und beißt herzhaft in einen Apfel. »Was?«

»Dieser Sack macht im Hauptfach Psychologie. Wusstest du das?« Ryan zeigt mit dem Daumen auf mich und sieht Braden fragend an.

»Ach, quatsch nicht.« Braden schaut mich an. »Ist das dein Ernst?«

»Mein voller Ernst, deshalb hab ich doch die ganzen Kurse belegt.«

»Krass, Mann.« Er lehnt sich an den Türrahmen. »Wieso studierst du denn Psychologie? Um zu verstehen, wieso du so viel Sex brauchst?« Er und Ryan kichern.

Um zu verstehen, wieso meine Mom so werden konnte, wie sie war. Und um andere Menschen davor zu bewahren, auch so tief abzurutschen. Um Kindern zu helfen, die genauso ein Scheißleben haben, wie ich es hatte.

»Ich weiß, wieso ich Sex brauche, Arschloch«, entgegne ich. »Damit ich mit euch beiden Arschgesichtern überhaupt ein Gesprächsthema habe.«

»Na, klar.« Ryan lacht. »Und ganz nebenbei sorgen wir dafür, dass ein schlauer Sack wie du neben uns gut aussieht.«

»Das stimmt«, meint Braden.

Ryan stutzt und schaut ihn an. »Hey, da fällt mir auf, dass ich dein Hauptfach auch nicht kenne.«

Braden zuckt die Achseln und kaut auf seinem Apfel. »Weißt du was?« Er grinst. »Das kenne ich auch nicht.«

Ich lache über das blöde Grinsen auf seinem Gesicht.

»Ryan, Mann, vielleicht hast du recht damit, dass ihr zwei mich gut dastehen lasst.«

»Mein Hauptfach ist Ingenieurswesen, falls es einen von euch Idioten interessiert.« Ryan zuckt die Achseln.

»Krass, das soll ziemlich schwer sein. Da muss man viel Mathe machen und so«, bemerkt Braden.

»Mathe war das Einzige, was ich in der Schule konnte. Das ist wenigstens logisch.«

Braden richtet sich auf und zielt mit dem Apfelrest auf den Mülleimer. »Wenn es um Mathe geht, weiß ich nur eins: Ich plus Maddie, minus Kleidung, ergibt ein krasses Ergebnis.« Mit einem zufriedenen Lächeln verlässt er den Raum.

Ryan schnaubt. »Das ist mal 'ne Mathe-Gleichung … Aber die kann immerhin jeder hier im Haus nachvollziehen.« Er grinst.

Ich nicke zustimmend und denke an Megan. Fuck, natürlich kann ich diese Gleichung nachvollziehen.

11. Kapitel

Megan

Ich bin mit Sicherheit die Einzige in der Klasse, die freiwillig einen Literaturklassiker in die Hand nimmt. Ich kann mir nicht vorstellen, dass irgendwer Bücher wie *Jane Eyre, Little Women* oder *Tess* nur aus Spaß lesen würde. Ehrlich gesagt, wären diese drei Bücher jetzt auch nicht meine erste Wahl. *Little Women* ist zwar bei mir im Ranking auf Platz zwei, aber *Stolz und Vorurteil* wird immer mein Lieblingsbuch sein. Die Geschichte von zwei Menschen mit total unterschiedlichem Hintergrund, die sich trotzdem ineinander verlieben und den steinigen Pfad der Liebe entlangstolpern, ist einfach wunderschön.

Und es ist noch schöner, dieser Geschichte zu folgen und total gespannt darauf zu warten, dass sie sich endlich küssen und sich ihre Liebe gestehen. Irgendwie fesselt mich das jedes Mal. Solche Orte, die wir zwischen den Buchdeckeln finden, sind wirklich unvergleichlich. Der einzige Ort, der das noch toppen kann, sind die Arme der Person, die man liebt.

Vielleicht ist das der Grund, weshalb ich hier mit meinem Lieblingsbuch in Astons Bett sitze und Mr Darcy anhimmele. Ich bin nur ein paar Seiten von der besten Szene im Buch entfernt – die Regenszene, in der alles so leidenschaftlich und nass ist … und *o Mann, kommt halt endlich zusammen!* Ich schäme mich nicht, es zuzugeben, aber ich schrei manchmal Charaktere im Buch an, wenn mir danach ist.

Die Tür geht auf, ich lese weiter, meine Augen fliegen über die Seiten, gierig sauge ich die Worte in mich auf. Braden sollte eigentlich den ganzen Tag an der Uni sein. Falls es jetzt aber doch nicht Aston ist, könnte das peinlich werden. Verdammt, wieso hab ich da nicht vorher dran gedacht? Langsam hebe ich die Augen aus dem Buch.

Aston macht die Tür hinter sich zu und grinst mich mit hochgezogener Braue an. »Nicht, dass ich was dagegen habe, aber gibt es einen Grund dafür, dass du in meinem Bett sitzt?«

»Ich lese«, erwidere ich und wende mich wieder Mr Darcy zu. »Und zum Lesen muss ich es gemütlich haben, was der Grund dafür ist, dass ich auf deinem Bett und nicht auf diesem unbequemen Stuhl da drüben sitze.«

»Das sehe ich, Megs, aber wieso liest du in meinem Zimmer und nicht in deinem?«

»Ich kann auch gehen, wenn es dich stört.« Ich mache ein Eselsohr in die Seite, klemm mir das Buch unter den Arm und strecke die Beine aus.

»Hey, nein! Das hab ich doch gar nicht gesagt.« Er stellt seine Tasche ab, kommt zu mir rüber und beugt sich über mich. »Ich hab das nicht mal gedacht, verdammt.«

»Oh. Na dann.« Ich lächle süß. »Dann les ich mal weiter.«

»Das glaub ich nicht«, murmelt er, nimmt mir das schon ziemlich zerschlissene Buch ab und wirft es auf den Boden.

Ich reiße empört den Mund auf. »Du hast nicht gerade mein Buch weggeworfen, oder?«

»Nö, hab es nur abgelegt.«

»Du hast es geworfen. Ich sollte dir eine dafür klatschen, dass du Mr Darcy so mies behandelt hast.«

»Klar, weil Mr Darcy das auch zu schätzen wüsste.«

Ich funkele ihn böse an, obwohl ich eigentlich überrascht bin, dass er Mr Darcy zu kennen scheint. Andererseits hege ich ja bereits den Verdacht, dass Aston vielleicht ganz anders ist, als ich dachte.

»Wirf nicht mit meinen Büchern. Niemals!«, warne ich ihn eindringlich. Seine Lippen zucken belustigt. »Ich meine es ernst. Wenn du noch mal eins meiner Babys so behandelst, und noch dazu mein Lieblingsbuch, werde ich *dich* mal ganz übel behandeln.«

Er macht ein ernstes Gesicht und kniet sich vor mich. »Tut mir leid, Baby«, murmelt er und nimmt mein Gesicht in die Hände. »Ich werde nie wieder eins deiner Bücher schlecht behandeln.«

Ich lächle ihn an, drehe meine Wange in seine Handfläche. »Das will ich dir auch geraten haben.«

Aston drückt seinen Mund auf meine Lippen und umfasst meinen Hinterkopf. Langsam legt er mich nach hinten ab, sein Mund bewegt sich zärtlich auf meinem. »Mir ist grad aufgefallen, dass Braden heute voll viel Unterricht hat, was bedeutet, dass wir ganz ungestört sind.« Seine Lippen wandern zu meinem Hals. »Und es kommt gar nicht in Frage, dass du dann ein verdammtes Buch liest, wenn du genauso gut …« Er fährt mit der Hand an meinem Körper entlang und lässt sie unter mein Shirt gleiten. Seine Handfläche fühlt sich auf meiner Haut leicht rau an.

Ich drücke den Rücken durch, streiche ihm mit den Händen über Arme und Schultern und Hals. Dann vergrabe ich meine Finger in seinen Haaren und halte seinen Kopf fest an mein Gesicht. Ich schlinge die Beine um ihn, meine nackten Füße streichen ihm über die Jeans.

Seine Zunge erkundet meinen Mund, gleitet rein und raus, wirbelt genauso wie die Lust in meinem Magen herum. Seine Hand, die unter meinem Top über meine nackte Haut streichelt, entfacht ein ungeahntes Feuer in mir. Alles, was er tut, lässt den Sturm an Gefühlen, der in mir tobt, noch stärker werden.

Astons Lippen wandern über meine Wange zu meinem Ohr. »Ich verstehe aber immer noch nicht, wieso du hier bist«, flüstert er.

»Ich bin hier, weil ich es sein möchte.« Ich streichle ihm den Rücken in langsamen, kreisenden Bewegungen, weil ich spüre, wie sich etwas in ihm zusammenbraut.

»Aber ich verstehe nicht, wieso.«

»Es gibt nicht für alles eine Erklärung.«

»Und was, wenn ich eine Erklärung brauche?« Er zieht sich zurück, kniet vor mir nieder.

Ich richte mich auf, setze mich in einen bequemen Schneidersitz. Unsere Blicke treffen sich, und ich verliere mich in den Schatten, die seine Augen verfinstern. Ich kann sehen, wie die Emotionen in ihm toben. Ich würde am liebsten die Hand nach ihm ausstrecken, aber irgendetwas hält mich davon ab. »Dann wird da immer etwas sein, das ich dir nicht geben kann«, sage ich bedrückt.

»Wieso denn?«

»Weil meine Gefühle etwas sind, dass ich nicht in Worte fassen kann. Sie sind einfach da.«

Er steht auf und wendet sich von mir ab. Mit einer ruckartigen Bewegung zieht er sich das T-Shirt über den Kopf und wirft es in die Ecke. Seine Rückenmuskeln und sein Bizeps spannen sich an, als er sich mit beiden Händen durch die Haare fährt.

»Was ist denn jetzt los? Rede mit mir!«, sage ich leise.

»Warum? Was macht das für einen Unterschied?«

»Ich will dich verstehen, Aston! Ich will deine verschiedenen Gesichter kennenlernen. Bisher kenne ich den Kumpeltyp, den Liebhaber und dieses Dunkle …, was auch immer es ist. Aber ich verstehe dich einfach nicht!« Ich stehe ebenfalls auf. »Eben kletterst du noch durch mein Schlafzimmerfenster, im nächsten Moment küsst du mich, dann läufst du wieder vor mir weg. Ich verstehe es einfach nicht!«

»Manche Dinge kann man nicht erklären«, sagt er gepresst und verwendet meine eigenen Argumente gegen mich.

»Scheißdreck! Scheiße, Aston!« Ich gehe auf seinen Rücken zu. »Absolute Scheiße! Die Art und Weise wie du dich verhältst, wie du einen Teil von dir vor allen anderen zu verstecken versuchst, dafür gibt es doch eine Erklärung.«

»Vielleicht kann ich es einfach nicht!« Er wendet sich mir zu, in seinen Augen lodert es gefährlich, sein Körper ist angespannt. »Vielleicht kann ich es dir eben nicht erklären.« Er senkt den Blick.

Ich bin so wütend auf ihn, und ich weiß nicht einmal, wieso. Das ist alles so verwirrend. Ich will wissen, was er so tief in sich vergraben hat, und ich will ihm helfen, dass es ihm bessergeht. Ich strecke die Hand nach ihm aus, und er packt mein Handgelenk in einer blitzschnellen Bewegung.

»Nein«, flüstert er, sein Gesicht ist wie versteinert. »Tu das nicht.«

Eine Minute verstreicht, es fühlt sich an wie eine Ewigkeit. Keiner von uns bewegt sich, das einzige Geräusch ist sein schweres Atmen. Langsam schaut er mich an, seine Augen sind total traurig. Ich hab ihn noch nie so verletzlich gesehen. Gern würde ich seine Hände von meinen Handgelenken abschütteln und ihn berühren, um seinen Schmerz zu lindern, doch ich kann es nicht. Ich hab es versucht.

Aber ist das noch das Spiel? Das Spiel ist wohl nur noch die Show, die wir für die anderen abziehen. So wie wir uns hier gegenüberstehen, gibt es kein Spiel, keine Scharade. Alles, was wir fühlen, ist so wirklich, so echt.

»Du versuchst so verzweifelt, mich festzuhalten, und

gleichzeitig willst du Abstand halten«, flüstere ich. »Wieso nur? Wovor hast du Angst?«

»Ich hab Angst davor, dich zu behalten, und ich hab Angst, dich zu verlieren. Mein ganzes Leben lang hab ich für mich selbst gesorgt und alles, so gut es ging, unter Verschluss gehalten. Alle Gefühle, alles. Und dann hab ich dich getroffen.«

»Warum ich? Warum ist es bei mir anders?«

Er stößt langsam den Atem aus und legt die Stirn an meine. Sein Blick bohrt sich in meine Augen. »Weil ich noch nie jemanden so gebraucht habe, wie ich dich brauche. Sosehr ich mir wünsche, du würdest einfach gehen – und das solltest du wahrscheinlich am besten –, ich fürchte, ich könnte dich nicht gehenlassen. Und das macht mir Angst.«

»Wieso sollte ich denn gehen?« Ich runzle die Stirn.

Er seufzt, lässt endlich meine Handgelenke los und nimmt meine Hände in seine. »Weil meine Vergangenheit ganz anders ist als deine, Megan. Wir haben nicht die gleiche Herkunft, wir haben zwei ganz unterschiedliche Geschichten –«

Ich schüttle entschieden den Kopf. »Glaubst du diese Scheiße wirklich?« Er bewegt sich nicht. »Du glaubst echt, deine Vergangenheit ändert was an der Art und Weise, wie ich dich sehe? Wie ich fühle? Denn das wird sie nicht. Was du mir erzählst, wird nichts verändern, rein gar nichts!«

»Megan –«

Ich schüttle den Kopf und entziehe mich ihm. Dann gehe ich zum Fenster und schaue hinaus. »Ich werde nicht weggehen, Aston. Ich könne es nicht, selbst wenn ich wollte. Ich bin schon zu weit drin. Was auch immer es ist, das dich so auffrisst, ich will … ich muss es wissen.«

Ich höre seine Schritte hinter mir, spüre die Wärme seines Körpers an meinem Rücken, seine Hände an meiner Taille. Langsam lässt er sie nach vorn auf meinen Bauch gleiten und vergräbt sein Gesicht in meinen Haaren. Ich lehne mich an ihn, kämpfe gegen das Gefühlschaos in meinem Bauch an.

»Wir sind so unterschiedlich, Megs«, flüstert er. »Zu unterschiedlich. Alles müssen wir verstecken.«

»Wir müssen das nur verstecken, weil Braden uns umbringt, wenn er es wüsste. Aber ewig können wir es eh nicht vor ihm verheimlichen.«

»Ich will mich nicht verstecken. Ich will dich nicht verstecken. Jeder Typ, der dich anschaut ... Ich hasse es. Ich hasse es, wie sie dich anschauen mit ihren gierigen Blicken. Sie würden das nicht tun, wenn sie wüssten, dass ich ... dass wir ... Das macht mich total wahnsinnig.«

»Du meinst so, wie du mich auch mal angeschaut hast?«, necke ich ihn.

Er lacht trocken und dreht mich zu sich. Ich lege ihm die Arme um die Hüfte und lehne den Kopf an seine nackte Schulter, so dass ich seinen Herzschlag spüren kann.

»Ja, so wie ich dich auch mal angeschaut habe, bevor wir Sex hatten und ich festgestellt hab, dass das nicht alles war, was ich von dir wollte.« Seine Stimme grollt in seiner Brust, er drückt mir die Lippen auf die Stirn.

»Dann lass mich endlich das sein, was du brauchst«, bitte ich ihn. »Vergiss Braden oder die Unterschiede zwischen uns. Alles, was zählt, ist doch, dass wir hier sind. Hör auf, mich wegzustoßen, Aston, denn ich werde immer zurückkommen.«

Seine Brust hebt und senkt sich schwer. »Okay, du hast recht. Ich werde dir alles erzählen. Aber nicht heute, Megs. Bald. Aber nicht heute.«

Ich schließe kurz die Augen. »Versprichst du es mir?«

Aston fährt mit der Hand über meinen Rücken, über meine Schulter und streicht mir über die Wange. Er beugt sich zu mir runter, und seine grauen Augen blicken mich fest an. »Ich verspreche es dir.«

*

Das ist ein Albtraum.

Ich lächle den Typen mir gegenüber möglichst höflich an. Es ist das zweite Date von Lilas Kuppel-Aktion, und es ist kein Stück besser als das erste, ganz im Gegenteil: Es ist schlimmer.

Dabei liegt es nicht mal an dem Typ. Nein, Callum ist echt cool. Er ist süß, ziemlich süß, und lustig. Er ist eigentlich ein perfekter Typ – aber eben nicht für mich.

»Lila hat erzählt, dein Hauptfach ist Englisch?«, fragt er und löffelt sein Eis aus dem Becher vor ihm.

»Ja. Ich hab Literatur schon immer geliebt, deshalb war es irgendwie klar, dass ich das als Hauptfach nehme.«

»Und was willst du später damit machen? Ich weiß, das ist noch 'ne Weile hin, aber ...« Er verzieht die Lippen zu einem Lächeln. »Es ist immer gut, einen Plan zu haben, weißt du?«

»Och, ich denke, ich werde irgendwann Englisch unterrichten.« Ich zucke die Achseln. »Vielleicht versuche ich auch, was in nem Verlag zu bekommen oder so, das hab ich noch nicht ganz entschieden. Ich würde jedenfalls gern selbst mal ein Buch schreiben. Und was ist mit dir?« Es interessiert mich eigentlich nicht die Bohne. Ich frage nur, um nicht unhöflich zu wirken.

»Ich hoffe, dass ich in Harvard fürs Medizinstudium zugelassen werde. Ich weiß, dass das nicht einfach ist, aber ich glaub, ich bin auf dem richtigen Weg.«

Nicht schlecht, Lila. Da verkuppelt sie mich schon mit nem zwei Jahre älteren Typen und dann auch noch mit einem, der vorhat, demnächst ans andere Ende des Landes zu ziehen.

»Wow, das ist aber ziemlich ambitioniert.« Ich lächle zaghaft.

»Hey, dein Plan ist aber auch nicht schlecht. Wenigstens kannst du dann das tun, was dir Freude macht. Meine Berufswahl ist sehr von meiner Familie beeinflusst.«

»So schlimm kann es doch nicht sein, oder? Sonst würdest du es ja nicht tun.«

»Nee, schlimm ist es nicht. Aber es war nur meine zweite Wahl.«

»Was war denn deine erste Wahl?« O Gott, ich klinge definitiv zu interessiert.

Plötzlich geht jemand am Fenster vorbei und stutzt. Meine Augen bleiben an der Person hängen. Wie aus der Ferne höre ich, dass Callum weiterredet, ich verstehe aber nicht, was er sagt. Ich bin zu sehr auf Aston konzentriert, der die Hände zu Fäusten ballt. Sein Gesichtsausdruck verfinstert sich. Er ist richtig angepisst. Aber so richtig.

»Megan?« Callum wedelt mit der Hand vor meiner Nase herum, und ich schaue ihn irritiert an.

»Tut mir leid – ich hab grad einen Freund von mir gesehen, den ich schon 'ne Weile versuche anzurufen. Es ist ziemlich wichtig.« Was für eine bescheuerte Lüge. »Ist es für dich in Ordnung, wenn ich ihm mal schnell nachlaufe?«

»Ähm, klar. Mach nur.«

»Tut mir echt leid.« Ich stehe auf und lege einen Geldschein auf den Tisch. »Hier. Sorry, noch mal.«

Ich renne aus dem Café und hinter Aston her. Als ich an derselben Ecke wie er einbiege, kann ich ihn aber nirgends mehr entdecken. Wie soll ich ihm nur erklären, dass ich mit einem anderen Typ zu Mittag gegessen habe? Verflucht seien die dummen Ideen von Lila und Maddie!

Ich mache kehrt und beschließe, Callum einfach sitzenzulassen und zum Campus zurückzugehen. Und Aston 'ne Nachricht schreiben, wäre wahrscheinlich auch 'ne gute Idee … Diese verdammte Heimlichtuerei!

Plötzlich zieht mich jemand von hinten in eine kleine Gasse und drückt mich mit dem Rücken an die kalte Backsteinwand. Als ich Astons graue Augen erkenne, atme ich erleichtert auf. »Ist das dein neues Hobby, Frauen auflauern?«, murmele ich.

»Nur dir«, erwidert er. »Aber um ehrlich zu sein – ich hab auch nicht damit gerechnet, dich hier in der Stadt mit nem fremden Typen beim Mittagessen zu sehen.«

»Aston –«

»Ich müsste lügen, wenn ich sage, dass ich nicht angepisst bin –«

»Lila hat das für mich arrangiert«, platze ich heraus. »Sie hat sich in den Kopf gesetzt, dass ich einen Freund brauche, und will mich mit irgendwelchen Typen verkuppeln, gegen die Braden nichts hat. Ich kann wohl schlecht ablehnen, weil sie dann misstrauisch werden würde. Also geh ich einfach hin, und gut ist. Ich geb auch niemandem meine Nummer oder so, das ist alles nur zur Täuschung.«

Er entspannt sich ein wenig und zieht mich von der Wand weg in seine Arme. Die Art und Weise wie er mich festhält, lässt mich nicht daran zweifeln, dass er die Wahrheit gesagt hat, als er meinte, er will mich nicht verlieren. Ich schlinge ebenfalls die Arme um ihn und drücke mich fest an seine Brust.

»Ich weiß nicht, wieso ich gedacht habe …« Er bricht ab. »Ich bin so ein dummer Idiot. Tut mir leid, Megs.«

»Schon okay.« Ich küsse ihn sanft auf den Hals. »Ich hätte bestimmt dasselbe gedacht, wenn es umgekehrt gewesen wäre.«

»Nein, Baby, es ist nicht okay. Ich hätte dir keine Vorwürfe machen sollen.«

»Du hast mir doch gar nichts vorgeworfen.« Ich schaue ihn an. »Wenn es andersherum gewesen wäre, hätte ich wahrscheinlich das Café gestürmt und die Frau an ihren Extensions raus auf die Straße geschleift.«

Er grinst breit. »Ehrlich gesagt, ich weiß auch nicht, wie ich es geschafft habe, nicht da reinzugehen und den Kerl k.o. zu schlagen.«

Ich streiche ihm über den Rücken. »Das frage ich mich auch. Ich für meinen Teil hasse es, wenn dich andere Frauen auch nur anschauen«, sage ich leise.

»Wenn Braden nicht mein bester Freund wäre …«, er schüttelt den Kopf. »Ich würde es ihm auf jeden Fall sagen, aber es ist eben nicht so einfach.« Er seufzt schwer. »Ich schätze, wir müssen bei Lilas bescheuertem Plan noch eine Weile mitmachen.«

»Aber was ist, wenn es zu offensichtlich wird? Dass ich die Typen aus einem anderen Grund abblitzen lasse?«

»Dann stehen wir das gemeinsam durch.«

»Irgendwann wird es aber unglaubwürdig, dass keiner der Kerle mein Typ ist.«

»Hör mal«. Er dreht das Gesicht, so dass unsere Nasenspitzen sich berühren. »Dann gibt es halt nur einen Kerl, der dein Typ ist, und alle anderen können sich meinetwegen von der nächsten Klippe stürzen. Falls ich dich davon überzeugen muss, Baby, hilft vielleicht das hier.« Er presst seine Lippen entschlossen auf meinen Mund und zieht mich näher an sich heran.

Ich halte mich an seinen Schultern fest und lasse ihn von mir Besitz ergreifen. »Ich glaub, die Erinnerung hat geholfen«, flüstere ich, als er nach dem Kuss seine Wange an meine legt. »Aber wenn du mal wieder das Bedürfnis hast, mich zu überzeugen … immer gern.«

Er gräbt die Finger in meinen Rücken. »Wenn ich das Bedürfnis habe, dich richtig zu überzeugen …«, er dreht den Kopf ganz leicht, so dass seine Lippen mein Ohr berühren, »dann wird das ein Erlebnis, das du nie wieder vergisst.«

12. Kapitel

Aston

Sie mit einem anderen Kerl zu sehen hat eine Sicherung bei mir durchbrennen lassen. Das Bedürfnis, sie am Arm zu packen und aus dem Café zu schleifen, gegen die Wand zu drücken und fast bewusstlos zu küssen, war gewaltig.

Zum ersten Mal in meinem Leben lasse ich jemanden an mich ran. Zum ersten Mal in meinem Leben habe ich zugelassen, dass ich etwas anderes fühle als die Dinge, die mich wahnsinnig machen. Irgendwie scheint sie immer zu wissen, was ich brauche. Sie ist die einzige Frau, die mich mit einem einfachen Lächeln oder einem Blick aus diesen süßen blauen Augen völlig aus der Fassung bringen kann. Es ist, als würde sie an einem losen Faden eines Strickpullis ziehen und ich kann nichts tun, als zusehen, wie ich mich nach und nach auflöse. Das Verrückteste daran ist, dass ich mich gern auflösen möchte.

Und das ist genau das Problem. Ich kann ihr nicht zurückgeben, was sie braucht. Ich will ihr alles sagen, was sie wissen möchte. Ich will ihr sagen, wieso ich ihr gegenüber so ein undurchschaubarer Arsch bin, wieso ich sie mal an mich ranlasse und dann wieder wegstoße. Aber ihr alles zu erzählen … wäre vielleicht doch ein bisschen zu viel. Es könnte sie abschrecken. Außerdem würde es bedeuten, dass ich es noch einmal durchleben muss.

Außer meinem Großvater ist sie der einzige Mensch auf der Welt, für den ich etwas empfinde. Und jetzt geraten meine Gefühle für sie außer Kontrolle. Ich brauche sie jeden Tag mehr – es ist wie eine Sucht für mich geworden. Sie macht mich süchtig. Der Vanilleduft ihrer Haare, das Leuchten in ihren Augen, ihr strahlendes Lächeln, die weiche Haut ihrer Hand; alles an ihr macht mich süchtig.

Und was noch krasser ist … Sie kann ganz tief in mich hineinschauen. Sie sieht in mir nicht nur das miese Arschloch, das alles fickt, was nicht bei drei auf den Bäumen ist, oder den arroganten Idioten, der nur sich selbst im Kopf hat, sondern sie sieht auch das, was darunterliegt. Sie sieht mein wahres Ich, das noch nie jemanden interessiert hat. Sie sieht das Gebrochene, das Kaputte, das Abgefuckte.

Und schon bald wird sie das Abgefuckte thematisieren, und ich werde ihr alles erzählen müssen.

»Es funktioniert einfach nicht.« Megans Stimme hallt durch den Gang. »Mach, dass sie mit dieser Verkuppel-Scheiße aufhört!«

»Was soll ich denn da machen?«, erwidert Maddie. »Du weißt doch, wie sie ist. Sie denkt, sie wäre Amor oder so.«

»Der eine Erfolg bei dir und Braden macht sie noch lange nicht zum Experten in Liebesdingen! Ist es so schwer vorstellbar, dass ich vielleicht zufrieden bin?«

»Da musst du sie wohl selbst fragen. Ich bin nur dafür da, die Typen abzunicken, die sie vorschlägt. Ernsthaft, du hättest mal sehen sollen, was für Idioten sie angeschleppt hat.«

»Grrrrrrr.« Megan lässt gerade den Kopf auf den Tisch fallen, als ich in die Küche komme.

»Was ist denn hier los? Ist es so ein schweres Los, auf Dates geschickt zu werden?« Ich grinse sie an.

Sie hebt langsam den Kopf. »Was weißt denn du schon von so etwas?«, entgegnet sie. »Für dich ist es ja bereits 'ne Leistung, wenn du den Namen der Frau weißt, bevor du ihr an die Wäsche gehst.«

»Touché«, murmelt Maddie.

»Namen werden eh überbewertet.« Ich lehne mich achselzuckend an die Theke. »Ist doch besser, namenlos gevögelt zu werden, als zu Dates mit irgendwelchen Lackaffen gezwungen zu werden.«

»Oha. Dabei könntest du auch ganz gut in die Kategorie ›Lackaffe‹ gehören? Wie lang hast du bitte heute Morgen für deine Frisur gebraucht?« Sie zieht eine Augenbraue hoch. »Wahrscheinlich länger als das halbe Mädchenwohnheim zusammen, Mr Mabelline.«

»Tja, meine Haare brauchen halt viel Aufmerksamkeit. Ich könnte dich wahrscheinlich schneller zum Orgasmus bringen, als mir die Haare zu machen«, erwidere ich und bemerke, wie sie leicht errötet. »Aber das bedeutet noch lange nicht, dass ich ein geschniegelter Lackaffe bin.«

»Lass mich raten, du bist ein geiler Hengst?«

Ich grinse. »Schön, dass du das auch endlich erkannt hast.«

»Das hab ich nicht gesagt, Arschloch. Das war 'ne Frage, keine Feststellung. Den Unterschied musst du anscheinend erst noch lernen.«

Ich gehe zum Tisch und stütze mich darauf ab. »So frech, wie du bist, sollte man dir wohl mal den Unterschied zwischen einem Klaps auf den Arsch und nem versohlten Hintern beibringen. Falls du einen Lehrer brauchst …«

Sie reißt den Mund auf, und ich muss mich echt beherrschen, um sie nicht spontan zu küssen. Aus dem Augenwinkel sehe ich, wie Maddie amüsiert grinst.

»Falls ich je Nachholbedarf in Sachen Sex habe, werde ich schon einen Lehrer finden«, erwidert Megan etwas leiser und lehnt sich vor, so dass ihr Dekolleté sichtbar wird. Sie treibt das echt auf die Spitze. »Es wird allerdings ein Lehrer sein, der auf meinem Körper spielt wie auf einer Gitarre und immer die richtigen Saiten anschlägt, nicht so einen College-Bubi, der nur seinen Samenstau abbauen will.«

»Woher weißt du, dass ich kein Gitarrenspieler bin?«

»Woher weißt du, dass du einer bist?«, kontert sie und lehnt sich lächelnd zurück.

»Ich brauche zehn Minuten für meine Haare. In fünf verschaffe ich dir einen Orgasmus«, griene ich, und es ist Drohung und Versprechen zugleich. »Wenn du einen verdammten Gitarrenspieler findest, der das auch kann, dann gratuliere ich dir, Miss Harper. Bis dahin musst du dir vorstellen, wie ich mit deinem Körper spiele.« Ich schnappe mir einen Apfel aus der Schale, die zwischen uns auf dem Tisch steht, beiße herzhaft hinein und verlasse mit einem letzten Zwinkern die Küche.

»Du Sau!«, ruft sie mir hinterher. Ich höre Maddie lachen und muss schmunzeln. Manchmal hat es auch was Gutes, als Arschloch bekannt zu sein, das den Tussis nur an die Wäsche will – besonders in so einer Situation wie eben, wenn sie mich so verdammt anmacht.

Draußen lehne ich mich an die Mauer und esse den Apfel fertig. Ich entdecke Braden, der auf dem Bürgersteig Dehnübungen macht, und jogge zu ihm rüber. »Bereit, dich ein bisschen zu bewegen, du fauler Sack?«

Er schaut auf und nimmt die zwei Wasserflaschen, die auf dem Boden neben ihm stehen. »Ich dachte, du würdest deinen Arsch nie aus dem Bett bekommen.«

»Das war auch nicht einfach, aber Megan zu ärgern hat dann doch noch mehr Spaß gemacht.« Ich grinse und laufe los, Braden folgt mir.

»Eines Tages reißt sie dir noch die Eier ab, Mann.« Er schüttelt verständnislos den Kopf.

»Die ist doch viel zu beschäftigt damit, auf mich sauer zu

sein, als überhaupt auf die Idee zu kommen, mir die Eier abzureißen.«

»Ja – aber du hast doch gehört, was Kay neulich über Rache-Methoden gesagt hat, oder? Letzte Woche hat sie zu Maddie gemeint, dass sie sonem Typen die Eier mit nem Buttermesser abschneiden und in der Mensa als Spezialität anbieten wollte – mit Fisch als Beilage, damit er sich an die Bitch erinnert, die er direkt vor ihr gefickt hat.« Er zieht scharf die Luft ein.

Ich zucke unwillkürlich zusammen. »Autsch. Auf wen war sie denn so sauer?«

»Mann, keine Ahnung, und ich will es auch nicht wissen.«

»Moment mal«, überlege ich, »ich dachte, sie wär 'ne Lesbe?«

»Bisexuell«, korrigiert er mich. »Sie steht auf beides.«

»Na toll. Also ist niemand vor ihr sicher?« Ich schüttle den Kopf. »Verdammt.«

»Allerdings«, stimmt Braden zu. »Hey, ich und die Jungs hatten überlegt, übers Wochenende nach San Francisco zu fahren. Maddie und Lila kommen auch mit – bei Megan bin ich mir nicht sicher.«

Sofort verkrampfe ich mich, als er meine Heimatstadt erwähnt. Mein Magen zieht sich zusammen. Der sechsjährige Aston, der San Francisco damals verlassen hat, ist ein vollkommen anderer Mensch als der neunzehnjährige Aston, der in Berkeley lebt, und trotzdem krieg ich direkt eine Gänsehaut.

»Wird wohl nichts bei mir«, erwidere ich und versuche, das Zittern in meiner Stimme zu unterdrücken. »Ich muss am Sonntag meinen Opa besuchen. Der alte Mann hat mich letztes Mal, als ich wegen des Trips nach Las Vegas nicht gekommen bin, fast mit seinem Gehstock verprügelt.«

Braden lacht. Offenbar kauft er mir die Geschichte ab. »Okay, dann bleib mal schön zu Hause und fick dich durch den Campus.«

»Das ist der Plan.« Oder auch nicht. Aber das muss Braden ja nicht wissen.

Wir machen kurz Pause, um was zu trinken. Ich zieh schnell mein Handy aus der Tasche.

Fährst du mit nach SF?, schreibe ich Megan.

Sie antwortet sofort. *Kein Plan. Du?*

Nein, ich bleib hier.

Okay, dann bleib ich auch.

Ich lass mein Telefon wieder in meine Tasche gleiten und schaue in Bradens neugieriges Gesicht. »Was ist?«

»Ich glaub, ich hab noch nie gesehen, dass du 'ne SMS schreibst. Hast du etwa ner Frau deine Nummer gegeben?«

Ich schnaube verächtlich. »Laber keinen Scheiß, Mann. Wenn ich den ganzen Tanten meine Nummer geben würde, hätte ich doch keine freie Minute mehr.«

»Da hast du recht.« Braden nickt, und wir laufen zurück in Richtung Verbindungshaus, um uns für den Unterricht fertigzumachen.

Ich gehe schnell duschen und treffe dann die anderen vor dem Haus, um mit ihnen gemeinsam zu unserem Englischkurs zu gehen. Maddie und Megan warten schon auf uns, Megan wippt ungeduldig mit der Fußspitze.

»Seid ihr endlich so weit, Mädels? Einige von uns versuchen tatsächlich, dieses Jahr ihre Scheine zu bekommen«, meckert sie.

»Komm schon, Meggy«, meint Braden und nimmt Maddie an der Hand. »Du schaffst diesen Kurs doch im Schlaf. Wahrscheinlich hast du eh schon alles gelesen, was wir dieses Semester durchnehmen.«

Sie gibt ihm einen Klaps auf den Hinterkopf, Braden flucht laut. »Fuck, wofür war das denn?«

Maddie stößt ihn mit dem Ellenbogen an. »Hey, pass auf deine Sprache auf!«

»Du klingst schon wie meine Mom«, murmelt er.

Megan grinst Maddie an, dann funkelt sie Braden an. »Nur weil du vielleicht recht hast mit den Büchern, heißt das nicht, dass ich es mögen muss, wenn du jedes Mal bei mir abschreibst, damit du deinen Schein kriegst. Du könntest auch selbst mal ein bisschen lernen!«

»Wieso bin ich da noch nicht drauf gekommen?« Ich schaue Braden fragend an.

»Weil du offenbar auch so schlau genug bist«, knurrt Braden. »Bin ich eigentlich der einzige Dumme hier?«

»Quatsch, du bist nicht dumm«, beruhigt ihn Maddie. »Du bist nur ein bisschen langsamer als wir.«

»Weißt du was, Engel? Es ist echt ein Glück, dass ich dich liebe.«

»Das finde ich auch.« Sie grinst. »Das heißt nämlich, dass ich das aussprechen kann, was alle anderen denken.«

Er wirft ihr einen Blick zu, der bedeuten soll, dass sie die Rechnung später bekommt, und sie grinst noch breiter.

»Moment mal.« Megan stutzt und starrt Braden an. »Hast du *Aston* gerade *schlau* genannt?«

»Ja, schon.«

»Ich hätte nie gedacht, dass ich die beiden Worte mal in einem Satz zusammen hören würde.«

»Halt's Maul.« Ich ziehe ihr an den Haaren, sie schlägt meine Hand weg.

»Ich mach keine Witze, Meggy. Dieser Kerl hat einen verfickten 1,5er-Durchschnitt.«

Megan sieht mich verblüfft an. »Echt jetzt?«

Ich zucke mit den Schultern. »Einer von uns Idioten muss doch ein bisschen Hirn haben.«

»Ach, wirklich? Und das bist du?«

Ich weiß nicht, ob ich sauer sein soll, dass sie mir nicht glaubt. »Ja.«

»Ich fass es nicht, dass du dieselbe Abschlussnote hast wie ich. Du siehst gar nicht so schlau aus.« Sie grinst böse, und ich weiß, dass sie diese Show hauptsächlich für Braden und Maddie abzieht.

Ich halte ihr die Tür zum Klassenraum auf, meine Hand streift ihre Hüfte, als sie an mir vorbeigeht. »Manche Leute sind eben anders, als sie wirken, Megan. Das solltest du doch inzwischen wissen.«

Sie schaut zu mir hoch, in ihren strahlend blauen Augen liegen viele Fragen. »Das weiß ich auch. Ich wünschte nur, diese Leute würden ihren Freunden gegenüber ehrlich sein.« Sie rauscht an mir vorbei zu unserem Tisch. Ich beiße mir auf die Unterlippe und gehe ihr hinterher.

»Vielleicht ist es aber so, dass man dafür Vertrauen braucht.«

Sie breitet ihre Bücher auf dem Tisch aus und dreht sich dann langsam zu mir um. »Dann sollten diese Leute mal die Augen aufmachen, denn die Menschen, denen sie vertrauen können, sitzen genau vor ihnen. Und wenn man erzählt, was einen belastet, dann ist es auch leichter zu ertragen.«

»So einfach ist das auch wieder nicht. Nicht jede Wunde ist auf der Haut, manche sind auch auf der Seele. Solche Wunden sind in einem drinnen, so tief eingebrannt, dass sie nie verheilen können.«

Ihr Blick ist ernst und sanft. »Nur weil eine Wunde nicht verheilt, heißt das nicht, dass man sie nicht behandeln kann«, flüstert sie.

Ich atme tief ein und treffe eine Entscheidung. Eine Entscheidung, die ich sicher bereuen werde – und die alles verändern wird. »Manche Leute können mit der bitteren Wahrheit nicht umgehen«, warne ich sie.

»Manche Leute glauben, es reicht, die Wahrheit zu verdrängen«, erwidert sie vage.

»Ist es wirklich hilfreich, in der dunklen Vergangenheit zu graben?«

Sie nickt. »Manchmal muss man sich in der Dunkelheit verlieren, um das Licht wieder schätzen zu können.«

»Dieses Wochenende«, ich senke die Stimme. »Aber ich kann dir nichts versprechen.«

Sie blinzelt kurz. Sie ballt die Hände zu Fäusten und legt sie in ihren Schoß. »Ich hatte bisher immer nur den halben Aston. Ich kann also auch noch eine Weile auf die andere Hälfte von dir warten.«

*

Eine unruhige Nacht mit immer wiederkehrenden Albträumen und Horrorvisionen ist nicht gerade die beste Ausgangslage, um gutgelaunt in den Tag zu starten. Jetzt, wo die Jungs in San Francisco sind, kann Megan ungestört im Verbindungshaus ein und aus gehen. Wenn sie jemand fragen sollte, was sie hier tut, behauptet sie einfach, sie hat ein paar Bücher bei Braden vergessen. Und wenn jemand wissen will, was sie in meinem Zimmer macht, dann hab ich eben eins ihrer Bücher von Braden geliehen. Der Plan ist nicht wirklich wasserdicht, aber andererseits wird schon niemand groß nachfragen. Die Kerle wollen ihr eh nur an die Wäsche, alles andere interessiert die nicht.

»Bist du sicher, dass du den ganzen Scheiß hören willst?«, frage ich und sehe sie zweifelnd an.

Ihre hellblauen Augen sind groß und ernst. Sie zieht die Knie an die Brust und kaut auf ihrem Daumennagel. Dann nickt sie langsam. Ich setze mich ihr gegenüber auf mein Bett, die Sprungfedern der Matratze knarzen unter meinem Gewicht. Gedankenverloren schaue ich aus dem Fenster.

»Ich will für dich da sein«, sagt sie leise und rückt dabei etwas näher zu mir. »Aber ich kann nicht für dich da sein, wenn ich nicht verstehe, was dich quält. Und das will ich, Aston – ich will es verstehen. Ich will alles von dir wissen.«

Ich ziehe scharf die Luft ein. »Ich hab keine Ahnung, wer mein Vater ist. Meine Mom ist mit siebzehn schwanger geworden, von irgendeinem Kerl, dessen Name sie nicht mal wusste.« Meine Stimme klingt hart, jedes Wort trieft vor Bitterkeit. »Sie hat mich, so oft sie konnte, zu meinem Großvater abgeschoben. Das Mutterdasein lag ihr nicht – zumindest nicht in dem Alter. Opa meinte manchmal, sie litte unter postnataler Depression, aber sie wollte nicht darauf hören. Sie hätte eine Therapie machen können, anstatt sich mit Alkohol und billigen Drogen zu betäuben.

Bis zu meinem sechzehnten Lebensjahr, als sie mich für ›stabil‹ befunden haben, war das Jugendamt ständig bei uns. Ich hab mal meine Akte geklaut und gelesen. Darin stand, dass meine Mom mit mir in eine winzige, dreckige Wohnung gezogen ist, als ich zwei war. Und obwohl es immer wieder Beschwerden von Nachbarn gegeben haben soll, weil ein Kind geschrien hat, das offenbar allein gelassen wurde, war immer alles perfekt, wenn die Leute vom Jugendamt vorbeigeschaut haben. Mir ging es gut, die Wohnung war sauber, und meine Mutter wirkte, als ob sie alles im Griff hätte. Daher lief alles so weiter.« Ich schaue gedankenverloren aus dem Fenster. Der Ausblick hier ist so krass anders als der in dem dreckigen Viertel, wo ich aufgewachsen bin.

»Ich musste die Akte gar nicht weiterlesen, ab meinem vierten Lebensjahr etwa hab ich mehr oder weniger deutliche Erinnerungen. In dieser Zeit kamen und gingen die ›Stiefväter‹. Sie waren alle gleich. Alle groß, alle tätowiert, alle auf Drogen und Alkohol. Und alle haben mich gehasst.«

Dreckiger kleiner Hurensohn. Erbärmlicher Wurm. Du Stück Scheiße.

»Das haben sie mich spüren lassen, sobald Mom zur Arbeit weg war. Sie verkaufte nämlich regelmäßig ihren Körper an irgendein reiches Arschloch, um ihre Drogensucht zu finanzieren. Den Bastard, mit dem sie gerade das Bett teilte, finanzierte sie mit.

›Mommy.‹ In der Küchenecke kauernd wimmerte ich und drückte das alte schmuddelige Stofftier an mich. Der Typ beugte sich über mich – ich kannte nicht mal seinen Namen. Ich kannte nie ihre Namen, denn sie waren nicht lang genug bei uns. ›Deine Mommy kann dich nicht hören‹, sagte er in einem höhnischen Tonfall. ›Sie ist damit beschäftigt, eine Nutte zu sein, um mir das gute Zeug zu besorgen.‹

›Ich will meine Mommy‹, rief ich, zog mich noch weiter in die Ecke zurück und schlang die Arme um die nackten Beine. Tränen schossen mir in die Augen. Der Mann machte mir Angst, er stank nach Alkohol. Ich versuchte, meine Nase in meiner Armbeuge zu vergraben, mein Gesicht zu verstecken. Doch ich konnte mich nicht schützen. Ich wusste schon damals, dass er mich nicht ins Gesicht schlagen würde. Das taten sie nie.

Schläge ins Gesicht waren zu offensichtlich. Ein blauer Fleck auf dem Rücken? Oder am Oberschenkel? Sogar am Bauch war es sicherer. Danach wurde nicht gefragt, und wenn doch, gab man halt dieselbe blöde Ausrede wie immer.

›Ach, das …‹ Mom streichelte mir über den Rücken, ihr Blick starr auf den Sozialarbeiter vom Jugendamt gerichtet. ›Wir waren vor ein paar Tagen im Park, und der verrückte kleine Kerl hat gedacht, er könnte vom Klettergerüst springen. Ich hatte ihn nur eine Sekunde aus den Augen gelassen –, da lag er schon auf dem Boden. Er kann Risiken einfach noch nicht abschätzen. Ich versuche ihm einzubläuen, dass so was gefährlich ist, aber er ist eben erst vier. Als wir nach Hause gekommen sind, haben wir ihn erst mal verarztet, stimmt's, kleiner Mann?‹

Ihre blaugrauen Augen sahen mich angstvoll an, ich konnte nur nicken.

›Mommy hat gemacht, dass es nicht mehr weh tut‹, log ich. Ich bin vom Tisch gefallen. Ich bin auf dem Bürgersteig über einen Stein gestolpert. Ich bin auf den Treppen ausgerutscht. Es gab immer eine Ausrede. Wir waren nie im Krankenhaus. Es war immer meine Schuld. Niemals ihre.

Als das Glas mit einem Krachen an der Wand zerschellte, schrie ich auf. Bei meiner Flucht aus dem Zimmer rutschte ich auf dem nassen Fußboden aus und fiel auf die Knie. Panik stieg in mir auf. Ich heulte, jammerte, bettelte. Ich rang um Luft, aber mein Hals war wie zugeschnürt. Verzweifelt robbte ich mich über den Boden, um dem wütenden Schatten zu entkommen, der über mir aufragte. Eine Glasscherbe schnitt mir in die Handfläche, ich schrie vor Schmerz auf. Blut vermischte sich mit dem hochprozentigen Alkohol auf dem Boden, hinterließ Schlieren. Jemand klopfte an der Tür.

›Verfluchte kleine Kröte‹, knurrte der Mann und hob mich vom Boden auf. Ich strampelte wie wild um mich, aber er flüsterte mir mit seinem Alkoholatem ins Ohr: ›Wage es nicht, dich gegen mich zu wehren, du Ratte, oder ich verprügel dich mit meinem Gürtel, so dass dir Hören und Sehen vergeht.‹ Ich hielt also still.

Er öffnete die Tür, draußen stand die alte Frau von nebenan. Sie sah besorgt aus. ›Ich hab ein lautes Krachen gehört – ist alles in Ordnung bei Ihnen?‹

›Alles in Butter. Der Junge hat nur ein Glas runtergeschmissen, und dann wollte er selbst wieder saubermachen. Dabei hat er sich geschnitten. Wenn Sie entschuldigen, ich muss mich um ihn kümmern.‹ Mit dieser Lüge schloss er die Tür.

Meine Mutter kannte die Herkunft der Verletzungen, aber sie hat sich nie darum gekümmert. Das Einzige, was sie interessierte, war das Zeug, das sie sich in die Adern jagen oder durch die Nase ziehen konnte. Solange sie Hochprozentiges im Glas hatte, war alles gut.

›Eines Tages wirst du vielleicht nützlich sein, damit deine Hurenmutter nicht mehr arbeiten muss.‹ Eine Faust. Noch ein blauer Fleck. ›Das ist alles, wozu sie taugt. Zum Ficken. Du wirst eines Tages auch zu nichts anderem taugen.‹ Ein Tritt in den Rücken. ›Niemand wird dich jemals wollen. Nicht, wenn sie wissen, was für eine verfickte Schlampe deine Mutter war.‹ Ein Schlag auf den Kopf. ›Du bist genauso wertlos wie sie. Niemand wird dich je lieben.‹«

»Hör auf«, flüstert eine erstickte Stimme. Hände legen sich an meine Wangen, Lippen streifen meine Stirn. »Du kannst jetzt aufhören.«

Ich öffne die Augen, die ich wohl geschlossen hatte, als ich in meine Erinnerungen abgetaucht bin. Megans blaue Augen sind voller Tränen.

»Du kannst aufhören«, wiederholt sie. »Du bist hier sicher. Du bist bei mir.« Sie streichelt mir über die Wange, dabei rollen ihr selbst die Tränen übers Gesicht. »Du bist sicher.«

Der Nebel beginnt sich zu lichten, die Erinnerungen verblassen, ich sehe wieder klar. Der Schmerz, der in Megans Gesicht geschrieben steht, ist etwas, das ich nie wieder sehen möchte. *Ich* habe diesen Schmerz verursacht. Aus dem Grund wollte ich es ihr nicht erzählen.

»Weine nicht wegen mir, Baby.« Ich wische ihr mit dem Daumen ein paar Tränen weg. »Ich bin deine Tränen nicht wert.«

Sie nickt. »Natürlich bist du das. Du bist jede einzelne Träne, die ich habe, wert.«

»Nein, bin ich nicht«, brülle ich unvermittelt. Ich stehe vom Bett auf und gehe im Zimmer auf und ab. Die Worte reißen die alten Wunden wieder auf, lassen alles hochkommen, was ich verdrängen wollte. »Ich hab dich nicht verdient. Verstehst du das nicht? Sie hatten alle recht, verdammt. Ich bin nichts wert, Megs. Ich komme aus abgefuckten Verhältnissen. Niemand sollte mich lieben –«

»Sie hatten unrecht«, widerspricht sie leise, aber entschieden. »Sie hatten *alle* unrecht. Alle. Du wirst wertgeschätzt und geliebt.«

Ich schüttle den Kopf und stütze mich mit den Handflächen an der Wand ab. Ich lasse den Kopf sinken, presse die Kiefer aufeinander. »Nein. Diese Wichser haben erkannt, wie kaputt ich schon als Kind war. Ich bin wirklich abgefuckt, ein Haufen Scheiße, der nur notdürftig zusammengeflickt ist.«

Das Bett quietscht, dann höre ich Schritte auf den Holzdielen. Eine Hand legt sich sanft auf meinen Rücken.

»Sie hatten nicht recht. In keiner Weise.«

»Das weißt du doch gar nicht.«

»Doch, das weiß ich.« Sie legt von hinten die Arme um mich, und ich spüre ihren Kopf an meiner Schulter. »Ich will dich. Und zwar so, wie du bist – auch wenn du kaputt bist.«

Ich drehe mich zu ihr um, schaue ihr in die Augen. »Wieso? Wieso nur? Ich kann dir keinen Sonnenschein oder einen verfickten Regenbogen geben. Bei mir gibt es keine Hundewelpen und auch keine flauschigen Kaninchen. Ich kann dir das perfekte Leben nicht bieten, das du verdienst.«

»Ich will kein perfektes Leben, und wenn ich mich nach Sonnenschein und Regenbögen sehne, gehe ich einfach zur nächsten Grundschule und statte der Vorschulklasse 'nen Besuch ab.«

Ich stoße mich von der Wand ab. »Es wird immer nur Sex sein. In mir ist sonst nichts. Nur Leere.«

»Du lügst, und das weißt du.«

»Tue ich das?« Ich durchbohre sie mit meinem Blick. Ich lüge wirklich, aber es ist besser so. »Glaubst du etwa, ich fühle was, wenn ich samstags irgendein Mädel abschleppe?«

Sie schweigt, und ich hasse mich total dafür, dass ich ihr das antue. Ich hasse mich dafür, dass ich den einzigen Menschen wegstoße, der sich meiner annimmt.

»Ich weiß, dass du nichts empfindest, wenn du 'ne Tussi für 'nen One-Night-Stand abschleppst.«

Das wird jetzt sogar noch schmerzhafter als ein echter Tritt in den Magen: »Also, wieso bist du dann noch hier?«

»Weil ich nicht irgendeine Tussi bin«, sagt sie mit fester Stimme. »Hältst du mich für so dumm, Aston? Du hast mir gerade dein Herz ausgeschüttet – mir die dunkelsten Ecken deiner Seele gezeigt – und jetzt stößt du mich weg. Wen willst du eigentlich schützen? Mich oder doch eher dich selbst? Du empfindest also nichts für mich, wenn du mich ›Baby‹ nennst? Oder wenn du mich im Arm hältst? Willst du mir erzählen, dass du nichts fühlst, wenn wir zusammen sind? Dann los. Sag es mir! Sag es mir ins Gesicht, dass du nichts empfindest. Sag mir, dass du nichts fühlst.«

Ich kann es nicht.

»Na los, sag es mir!«

Und sie weiß es.

»Los!«

»Ich kann nicht!«, schreie ich sie an. »Ich kann dir das nicht sagen, verdammt nochmal! Und das ist das Problem. Du musst gehen. *Du*. Denn ich kann es nicht. Du musst dich selbst vor mir schützen.«

»Das will ich aber nicht. Ich will nicht, dass einer von uns beiden geht!« Ihr Brustkorb hebt und senkt sich schnell, sie wiederholt mit ruhigerer Stimme: »Ich will nicht, dass du gehst.«

Niemand wird dich je wollen. Niemand wird dich lieben. Du bist einen Scheißdreck wert. Hurensohn. Nutzloser Bastard.

Ich packe sie und ziehe sie an mich ran, vergrabe mein Gesicht in ihren Haaren. Ich zittere – ich weiß nicht, was es ist, aber ich brauche sie mehr denn je. Sie ist alles, was ich auf der Welt brauche. Für sie würde ich gern meine kaputte Seele auseinandernehmen und neu zusammensetzen. Sie erweckt irgendetwas in mir, einen Willen zu leben, einen Willen zu lieben. Wenn sie so die Arme um mich gelegt hat, ihre Hände an meinem Rücken, ihr Kopf an meinem Hals, dann fühlt es sich nach Zuhause an. Megan ist mein Zuhause.

13. Kapitel

Megan

»Hat sie dir wirklich nie etwas von deinem Dad erzählt?«, frage ich, während meine Fingerspitzen Kreise auf Astons Unterarm malen.

»Nein. Mein Opa hat mir vor ein paar Jahren erzählt, dass sie auf dem Geburtstag einer Freundin war und erst ein paar Wochen später von der Schwangerschaft erfahren hat. Sie meinte, dass nur der eine Typ in Frage käme, aber sie konnte sich nicht mal an seinen Namen erinnern«, antwortet er. »Ist sowieso egal. Ich hab ja meinen Großvater, das reicht mir. Er war immer für mich da.«

»Er scheint ein toller Mensch zu sein«, bemerke ich und starre in seine grauen Augen. »Du hast bestimmt viel von ihm.«

Er schnaubt. »Ich bin kein toller Mensch, Baby. Bei weitem nicht.«

»Ich sehe dich von außen, und deshalb sehe ich Dinge, die du selbst an dir gar nicht wahrnimmst«, argumentiere ich. »Du kannst es selbst vielleicht noch nicht sehen, vielleicht wirst du das auch nie, aber ich weiß, dass du ein toller Mensch bist.« Ich streiche ihm über die Wange, spüre die Ansätze seines Dreitagebarts.

»Wenn du es sagst.« Er nimmt meine Hand und führt sie an seine Lippen, küsst jeden meiner Finger einzeln.

»Tut mir leid, dass ich von dir verlangt habe, dich wieder an alles zu erinnern«, sage ich leise.

»Mir tut es nicht leid«, erwidert er mit fester Stimme. »Du hattest recht mit dem, was du gestern gesagt hast. Man muss sich manchmal in der Dunkelheit verlieren, um das Licht schätzen zu können. Mein Kopf ist voller Schatten und Schreckensbilder, aber wenn ich in deine Augen schaue, dann sehe ich Licht – wie das Licht am Ende eines Tunnels, von dem ich nie gedacht hätte, das ich es je finden würde.«

Ich lege ihm die flache Hand an die Schläfe und küsse ihn auf die Lippen. »Das ist schön. Ich finde es schön, dass ich dir dieses Gefühl gebe.«

Seine Mundwinkel zucken, und seine Augen hellen sich unmerklich auf. »Wem sonst könnte ich einfach so am Küchentisch damit drohen, ihr den Hintern zu versohlen?«

»Ich bin mir sicher, da würde sich schon jemand finden«, entgegne ich achselzuckend.

»Vielleicht schon, aber ich will ja nicht irgendjemanden finden.« Sein Gesicht wird wieder ernst. Seine Hand wandert über meinen Arm und bleibt auf meinem Rücken liegen. »Ich muss dir noch etwas erzählen – aber du musst mir versprechen, dass du nicht wütend wirst oder wegläufst, okay?«

»Ich. Laufe. Nicht. Weg.« Ich betone extra jedes Wort. »Okay? Ich gehe nirgendwohin.«

Für den Bruchteil einer Sekunde meine ich den kleinen, verängstigten Jungen in seinen Augen zu entdecken, und es bricht mir fast das Herz.

»Vor ein paar Tagen bin ich abends zu dieser Bar gefahren. Sie ist ziemlich abgelegen, und ich wollte mir selbst beweisen, dass ich nicht wie meine Mom bin.« Er schließt die Augen, scheint sich zu sammeln. »Ich wusste, wenn ich an dem Abend mit jemandem nach Hause gegangen wäre, hätte das bedeutet, dass ich nicht besser bin, als sie es war.«

Ich muss schlucken und bemühe mich krampfhaft, meinen Gesichtsausdruck zu kontrollieren, obwohl ich einen Kloß im Hals fühle. Ich will einfach glauben, dass er es nicht getan hat, ich muss es glauben. »Und?«, sage ich betont ruhig. Innerlich tobt ein Sturm in mir, ich bin so wütend auf die Menschen, die ihm in der Vergangenheit seelisches Leid angetan haben.

»Selbst wenn ich es gewollt hätte, ich konnte es nicht. Ich war vielleicht fünf Minuten da drin, höchstens, dann musste ich raus. Ich musste weg.« Er schaut mich fest an. »Und der Grund dafür bist du. Verdammt, du bist der Grund, dass ich gehen musste, und du bist der Grund, dass ich überhaupt hingefahren bin. Ich hab mir gesagt, wenn ich es schaffe, allein wieder zu gehen, dann bin ich gut genug für dich. Denn dann hab ich Gefühle für dich, dann bedeutest du mir was. Wenn ich allein gehe, bin ich nicht abgestumpft.«

»Du bist nicht abgestumpft.« Ich fahre ihm mit den Fingern durchs Haar. »Du fühlst etwas – sonst würdest du dich gar nicht selbst so quälen. Und was das Gut-genug-Sein angeht ...« Ich schüttle den Kopf. »Wer verlangt so etwas? Die Gesellschaft? Das Fernsehen? Liebesromane? Nein. Nicht mal Braden kann das, Aston. Die einzige Person, die entscheidet, ob jemand gut genug für mich ist, bin ich selbst. Und ich sage dir, du bist auf jeden Fall gut genug für mich.«

Er schiebt mir eine Haarsträhne hinters Ohr. »Woher weißt du das?«

Ich lächle zaghaft. »Na ja, du bist nicht gerade ein Mr Darcy, aber ...«

Er kitzelt mich am Bauch, ich falle prustend aufs Bett. Er rollt sich auf mich, seine Beine schieben sich zwischen meine Schenkel. Unsere Finger verschränken sich ineinander.

»*Du hast mich verhext, meinen Körper und meine Seele*«, murmelt er in mein Ohr. »Ich kann den Akzent nicht so gut, aber es ist das Einzige, was mir von dem Buch noch einfällt.«

»Das ist eine meiner Lieblingsstellen.« Ich lächle begeistert.

Er senkt seine Lippen auf meinen Mund und bewegt sie in sanften Kreisen darüber.

»Ich fass es nicht, dass du tatsächlich Jane Austen gelesen hast.« Ich bin ehrlich beeindruckt.

»Das war der erste Klassiker, den mich mein Opa hat lesen lassen.« Er stützt das Kinn in die Handfläche. »Er meinte, dass Darcy zwar am Anfang ein arrogantes Arschloch sei, aber als Vorbild dennoch tauge. Wenn ich später mal eine Frau so lieben könne, wie er Elisabeth liebt, dann habe er bei meiner Erziehung alles richtig gemacht.« Er streicht mir mit einem Finger über die Wange.

»Er hat dir das Buch zu lesen gegeben, um dir beizubringen, Frauen zu respektieren«, stelle ich verblüfft fest. »Er wollte, dass du dir an Darcy ein Beispiel nimmst, weil dieser erst lernen muss, Elizabeth zu respektieren und zu lieben. Dein Großvater ist ein Genie.«

»Das sag ich ihm bei Gelegenheit.« Er grinst.

»Ich sag es ihm auch gern selbst, wenn ich ihn mal kennenlerne.«

»Klar, wenn du magst?«

»Echt?«

Aston nickt. »Das Schlimmste hab ich dir eh schon erzählt. Und Opa ist ... Na ja, er wird sich bestimmt freuen, endlich jemanden zu haben, mit dem er über Literatur reden kann. Mir fehlt es manchmal an der Geduld für so was.«

»Ich würde ihn echt gern kennenlernen«, meine ich ehrlich. »Auch, um mit ihm über Literatur zu sprechen.«

»Wie wär's mit morgen?«

In Astons Augen blitzt wieder der kleine Junge auf, und ich merke, dass er anfängt, sich mir zu öffnen. Wenn er mich zu seinem Großvater mitnimmt, gibt er mir Einblicke in seine Vergangenheit. Er lässt mich den einzigen Menschen treffen, der ihn und den kleinen Jungen in ihm wirklich kennt …

Ich fahre mit dem Daumen über seine Unterlippe. »Gut, morgen. Ich bring Mr Darcy mit.«

»Nicht nötig.« Er küsst mich zärtlich. »Ich werde ein Mr Darcy für dich sein.«

»Du hast aber gar keinen Zylinder und keinen Frack«, protestiere ich und verschränke meine Hände an seinem Hinterkopf.

»Wer braucht das schon? Das Zeug würde doch eh am Ende auf dem Boden landen.«

Ich kichere, als er mich wieder küsst und seinen Körper an meinen drückt. »Da hast du wahrscheinlich recht.«

*

Ich fühle mich wie mit fünfzehn, als ich mich nachts zu spät nach Hause geschlichen habe. Ich hatte gar nicht vorgehabt, die Nacht bei Aston zu verbringen – es ist einfach passiert. Nachdem mir Aston alles erzählt hatte, konnte ich einfach nicht gehen. Ich konnte ihn nicht so zurücklassen, mit all den Erinnerungen, die er für mich wieder hervorgeholt hat.

So stehle ich mich also in den Klamotten von gestern aus dem Verbindungshaus, um mich zu Hause schnell umzuziehen und dann mit Aston zu seinem Großvater zu fahren. Möglichst lautlos husche ich die Treppe runter in der Hoffnung, dass sonntags um die Zeit noch alle im Bett liegen. Unten angekommen, verharre ich, weil ich Stimmen höre.

»Echt, 'ne Blondine?«, fragt Kyle gerade.

»Ja. Hab nicht erkennen können, wer es war. Soweit ich weiß, ist sie aber den ganzen Abend bei ihm im Zimmer geblieben.«

»Willst du sagen, Aston war gestern gar nicht auf der Party?«

Fuck.

Ich presse mir die Hand auf den Mund, um nicht laut zu fluchen, und schiele zur Ausgangstür. Wenn ich jetzt um die Ecke biege, werden mich Kyle und der andere Typ sehen und wissen, dass ich die Blondine in Astons Zimmer war.

»Megan vielleicht?«, fragt die andere Stimme, und ich beiße mir auf die Zunge.

»Niemals. Braden würde ihn umbringen.«

Das ist die Idee.

Ich streife meine Pumps ab und laufe die Treppe auf Zehenspitzen wieder hoch. Hastig ziehe ich den Schlüssel zu Bradens Zimmer aus meiner Hosentasche und schließe auf. In seinem Zimmer schnappe ich mir eins meiner Bücher von seinem Schreibtisch.

Danke, Braden, dass du ständig meine Sachen ausleihen musst.

Ich schließe die Tür hinter mir wieder ab und schlüpfe in meine Schuhe. Ich weiß, ich sehe alles andere als frisch aus, aber hey, es ist immerhin Sonntagmorgen. Als ich die Treppe runterkomme und um die Ecke biege, schauen mich Kyle und der andere Typ erstaunt an. Es ist Mark.

»Morgen.« Ich lächle und winke flüchtig.

»Äh«, macht Kyle verdutzt, »du bist aber früh hier.«

Ich hebe das Buch in die Höhe. »Braden hat mal wieder ein Buch von mir ausgeliehen. Ein Glück hab ich seinen Schlüssel.«

»Ach, wirklich?« Mark mustert mich misstrauisch.

»Ja, hier, schaut, das ist das Buch. Geht ruhig mal hoch in sein Zimmer. Das ist nämlich voll mit Büchern von mir, die er alle gebunkert hat.« Ich hoffe, dass ich gelassener klinge, als ich mich fühle.

»Nee, lass mal«, erwidert er, und sein Verdacht scheint sich in Luft aufzulösen.

Ich ringe mir ein Lächeln ab. »Ich würde ja gern noch bleiben und mit euch plaudern, aber ich muss dringend einen Essay fertigbekommen. Bis dann.«

»Ciao, Megan.« Kyle winkt, und ich schlendere möglichst lässig auf den Ausgang zu.

Als die Tür hinter mir ins Schloss fällt, atme ich erleichtert aus und muss mich zwingen, nicht auf der Stelle loszurennen. *Fuck.* Das war echt knapp – viel zu knapp. Außerdem hab ich meine beste Ausrede, wieso ich im Verbindungshaus bin, schon verheizt.

»Wo zur Hölle hast du die ganze Nacht gesteckt?«

Kays Stimme lässt mich zusammenfahren. Panik steigt in mir auf. »Was geht dich das an?«, frage ich möglichst ungerührt und öffne die Tür zum Wohnheim. Sie folgt mir ins Treppenhaus.

»Weil ich dich gestern Abend zu ner Party abholen wollte – ner coolen Party, ohne die Idioten vom Verbindungshaus –, aber du warst nicht da. Wo hast du gesteckt?«

Als ich bei meinem Zimmer ankomme, stütze ich mich am Türrahmen ab und grinse. »Das würdest du wohl gern wissen, was?«

Sie grinst zurück. »Allerdings. Hast du endlich einen abbekommen?«

Ich schließe mein Zimmer auf. »Eine Dame schweigt und genießt.« Damit werfe ich ihr die Tür vor der Nase zu, bevor sie mir weitere unangenehme Fragen stellen kann.

»Blöde Schlampe!«, ruft Kay und hämmert an die Tür. »Glaub nicht, dass du mir damit davonkommst!«

»Ja, ja, ich weiß!« Aber wenigstens für den Moment hab ich Ruhe, um mir eine gute Ausrede einfallen zu lassen.

Ich seufze gequält und lasse die Stirn gegen die Tür fallen. Wer ist eigentlich auf die blöde Idee gekommen, eine geheime Beziehung anzufangen? Ach ja, ich.

Das war allerdings, bevor die geheime Beziehung so ernst geworden ist. Seitdem ist viel passiert und die Sache zwischen uns komplizierter geworden. Jetzt, wo ich einige Details über seine schreckliche Kindheit kenne, ist es nicht mehr bloß eine flüchtige College-Bekanntschaft, mit der man sich die Zeit vertreibt. Es ist echt.

Ich schmeiße das Buch etwas zu schwungvoll aufs Bett. Es fällt auf den Boden, doch das ist mir egal, denn ich bin schon auf dem Weg ins Bad und entledige mich im Gehen meiner Klamotten. Eine schnelle, heiße Dusche sollte helfen, meine Gedanken zu ordnen und mich ein bisschen zu entspannen. Dieser Morgen war bisher viel zu stressig. Und trotz aller Ausreden, letztendlich wird die Wahrheit doch ans Licht kommen. Und dieser Moment wird so explosiv sein, dass selbst das Feuerwerk zum Chinesischen Neujahrsfest dagegen abstinkt.

Ich steige aus der Dusche und mach mich zügig fertig. Vor meinem Kleiderschrank verharre ich dann aber doch länger, als ich vorgehabt hatte. Ich meine, das ist immerhin vergleichbar mit dem ersten Kennenlernen der Eltern, oder? Ich sollte also einen möglichst guten Eindruck machen – von der Literatur mal abgesehen. Aber was zur Hölle zieht man an, wenn man den Großvater von jemandem trifft?

Ein Blick aus dem Fenster lässt mich den kurzen Rock

wieder zurückhängen, stattdessen schnappe ich mir eine Jeans. Zusammen mit einem schönen Shirt und einem Wickelpulli wirkt das ganz gut. Ich föhne mir schnell die Haare, fixiere sie dann mit einer Blumenspange und trage einen Hauch Make-up auf.

Mein Handy vibriert, eine Nachricht von Aston:

Von mir aus kann's losgehen.

Gib mir fünf Minuten.

Ich schnappe mir meine Jacke und haste aus dem Zimmer. Als ich das Wohnheim verlasse, ist der Himmel noch etwas dunkler geworden, es regnet aber nicht. Noch nicht.

Ich laufe in Richtung Innenstadt. Schon nach kurzer Zeit erreiche ich den Parkplatz, den Aston mir beschrieben hat. Ich klopfe an die Scheibe auf der Beifahrerseite, er lehnt sich über den Sitz und öffnet die Tür. Ich setze mich zu ihm ins Auto, und er küsst mich stürmisch.

»Riskant, riskant«, murmele ich.

»Und mit dir im Auto gesehen zu werden ist nicht riskant, oder was?«, kontert er lächelnd.

Ich hole meine Sonnenbrille aus der Handtasche und setze sie auf. »Siehst du, ich bin getarnt.«

»Du siehst doch immer noch aus wie du.« Er grinst und parkt aus. »Wir fahren eh nicht am Campus vorbei. Außerdem ist es so früh, dass sowieso fast niemand wach ist.«

»Von wegen. Wenn ich Pinocchio wäre, hätte ich sooo eine lange Nase von den ganzen Lügen, die ich heut Morgen schon erzählen musste.« Ich strecke den Arm aus, um die Länge meiner Lügennase zu demonstrieren.

»Wen musstest du denn anlügen?« Er schaut mich zweifelnd an.

»Erst Kyle und Mark, dann noch Kay«, erkläre ich grummelnd. »Kyle und Mark hab ich erzählt, dass ich ein Buch aus Bradens Zimmer geholt hab, und Kay denkt, ich hätte die Nacht mit nem Typen verbracht.«

»Was ja auch stimmt. Aber sie weiß nicht, wer dahintersteckt, oder?«

»Nö, weiß sie nicht. Ich hab ihr die Tür vor der Nase zugeschlagen.«

»Das wird sie sicher nicht auf sich sitzen lassen.«

»Ich weiß. Aber so kann ich mir wenigstens in Ruhe eine Ausrede einfallen lassen, wieso ich ihr den Namen des Typen nicht sagen kann.«

Er seufzt. »Dir ist schon klar, dass sie Lila und Maddie davon erzählen wird, oder? Und die werden dir dann auch noch im Nacken sitzen.«

Ich schiebe mir eine Haarsträhne hinters Ohr und kaue auf dem Daumennagel. »Ja, ich weiß. Aber mir ist einfach nichts Besseres eingefallen. Ich war immer noch geschockt von der Sache mit Kyle und Mark. Sie hat mich total überrumpelt. O Mann, ich bin echt 'ne miese Geheim-Freundin.«

»Das gefällt mir.«

»Dass ich 'ne miese Geheim-Freundin bin?« Ich mustere ihn stirnrunzelnd von der Seite, als wir in die Einfahrt eines kleinen Einfamilienhauses mit sorgfältig gepflegtem Vorgarten einbiegen.

»Nein, na ja, doch.« Er dreht sich zu mir, seine grauen Augen funkeln mich an. Lächelnd greift er meine Hand und zieht mich zu sich ran. »Das mit der Freundin, meinte ich.«

Ich erröte ein wenig, als mir einfällt, dass wir unseren Status noch gar nicht geklärt hatten. »Oh, äh …«

Er drückt mir einen Kuss auf die Lippen und murmelt etwas atmenlos: »Schon gut. Mir gefällt der Gedanke, dass du meine Freundin bist, egal ob geheim oder nicht.«

»So wie bei *Romeo und Julia*?«

»Die Literaturtheorie kannst du dir für meinen Großvater aufheben.« Er lehnt sich lächelnd zurück. »Aber, ja, irgendwie schon. Nur ohne das mit dem Sterben und so.«

Ich lege meine Hand auf den Türgriff und werfe ihm noch ein Lächeln über die Schulter zu. »Das finde ich gut.«

Ich schwinge die Füße aus dem Auto und merke plötzlich, wie aufgeregt ich bin. Wenn ich mit Aston allein bin und wir nur rummachen oder uns unterhalten, bin ich nie nervös. Aber jetzt, wo ich vor dem Haus seines Großvaters stehe, klopft mir das Herz bis zum Hals, und meine Handflächen sind schweißnass. Ich lecke mir mit der Zunge über die Lippen, die auf einmal megatrocken sind, und schlucke mühsam.

Aston nimmt meine Hand und zieht mich in Richtung Eingangstür. »Du brauchst keine Angst zu haben.«

»Weiß er, dass ich mitkomme?«

Er grinst, die Hand schon an der Türklinke. »Nö.«

Ich reiße erstaunt die Augen auf, aber er öffnet schon die Tür, und uns schlägt der Geruch nach Zigarrenrauch entgegen.

»Ich wünschte, du würdest aufhören, diese verdammten Dinger zu rauchen, Opa!«, ruft Aston im Hausflur.

»Das sagst du immer, Junge, und ich sage dir immer, dass ich nicht damit aufhören werde. Punkt.«

Aston grinst, und ich hab das Gefühl, dass das ihre normale Begrüßung ist.

»Solltest du gerade eine rauchen, dann rate ich dir, das Scheißding auszumachen. Ich hab Besuch mitgebracht.«

»Hoffentlich nicht einer deiner idiotischen Mitbewohner aus dem Verbindungshaus«, knurrt sein Großvater.

»Nein, nein, kein idiotischer Mitbewohner.« Aston schmunzelt amüsiert. »Besser, viel besser.«

»Was denn, hast du mir 'ne Stripperin mitgebracht?«

»Äh, nein. Mach ich vielleicht nächstes Mal.«

Ich lächle, mir gefällt der neckische Tonfall der beiden.

»Also, wer ist es dann?«

Wir betreten das Wohnzimmer. Ein alter Mann sitzt in einem Lehnstuhl am Fenster. Er dreht sich zu uns um, und ich bemerke, wie seine grauen Augen interessiert aufleuchten. Er hat dieselbe Augenfarbe wie Aston.

»Darf ich vorstellen, das ist Megan«, sagt Aston. »Megan, das ist mein Großvater. Du kannst Opa zu ihm sagen.«

»Das ist aber ein hübsches Mädchen, mein Junge«, stellt sein Großvater fest und betrachtet mich lächelnd. »Komm, setz dich doch, Liebes, und achte nicht auf seine schlechten Manieren. Sein gutes Benehmen hat er leider verlernt, seit er mit diesen Idioten aus dem Verbindungshaus verkehrt.«

Ich lache leise und lasse mich von Aston zu einem Sofa führen. Die weichen Kissen geben unter mir nach, Aston macht Anstalten, sich auch zu setzen, hält jedoch inne.

»Lass mich raten, du willst, dass ich meine guten Manieren zeige und Megan etwas zu trinken anbiete, richtig?«, fragt er mit hochgezogenen Augenbrauen.

»Richtig geraten.«

Ich lächle über Astons übertriebenen Seufzer. Die beiden stehen sich nah, das sehe ich an der Art und Weise, wie sie miteinander umgehen.

Astons Großvater zwinkert mir zu. »Man muss den Jungen immer auf Trab halten. Also, Megan, bist du seine Freundin?« Er sieht Aston so ähnlich, dass ich einfach lächeln muss.

»Ja, das bin ich.«

»Er hat noch gar nichts von dir erzählt.«

»Ja, es ist … ähm, kompliziert.«

»Hast du einen großen Bruder, der seine kleine Schwester beschützen will?«

Ich glaub, ich mag den Mann. »So in der Art.« Ich grinse. »Mein bester Freund.«

»Auch so ein Verbindungsidiot?«, fragt er. Ich nicke. »Siehst du, Junge? Ich sag doch immer, das sind alles Idioten. Das war schon zu meiner Zeit so.«

»Und du hast den größten Idioten selbst aufgezogen.« Aston tätschelt dem alten Mann die Schulter und stellt ein Tablett mit Gläsern auf dem Tisch ab. Ein Glas reicht er mir.

»Danke.« Irgendwie bin ich auf einmal schüchtern.

»Da hast du verdammt recht. Auch, wenn er ein Softi ist.« Sein Großvater grinst und trinkt einen Schluck Limonade. »Also, Megan, magst du Literatur?«

Aston grinst und legt den Arm hinter meinem Rücken auf die Sofalehne.

Ich lächle höflich. »Das ist mein Hauptfach.«

Die Augen seines Großvaters leuchten mit einem Mal, und er richtet sich etwas auf. »Wer ist dein Lieblingsautor?«

»Jane Austen. *Stolz und Vorurteil* ist mein Lieblingsbuch.«

»Mein Gott, Junge!«, ruft er freudig aus und klatscht in die Hände. »Das Mädel ist ein Hauptgewinn!« Und wieder an mich gewandt: »Zweitliebster Schriftsteller?«

Ich kaue einen Moment auf meiner Unterlippe. »Dickens oder Louisa May Alcott. Ich kann mich da nie entscheiden, aber ich glaube, Alcott gewinnt ganz knapp. Ihre Fähigkeit, eine ganze Gruppe großartiger, liebenswürdiger Charaktere zu entwickeln – nicht nur einen oder zwei – ist etwas Besonderes, finde ich.«

Der Großvater schüttelt den Kopf. »Willst du etwa sagen, *Little Women* ist ein besseres Buch als *Große Erwartungen?*«

»Nein, nein«, erwidere ich. »Nicht besser – die Geschichten sind auf jeden Fall gleich gut, aber der Stil ist doch ganz unterschiedlich. Ich bevorzuge eben Alcotts Stil, und ich muss gestehen, dass ich ein bisschen in Laurie verliebt bin.« Ich zucke mit den Achseln.

»In wie viele Romanfiguren bist du eigentlich noch verliebt?« Aston pikst mich mit dem Zeigefinger in die Schulter. »Erst Mr Darcy, jetzt Laurie …«

»Das sind ja nur literarische Liebesaffären«, stelle ich fest. »Und in der Literatur gibt es eben viele tolle Männer.«

»Was wäre, wenn ich in einem Buch vorkommen würde?« Aston grinst. »Wäre ich dann auch eine literarische Liebesaffäre?«

»Um Gottes willen, hoffentlich schreibt niemals jemand ein Buch über dich, Junge«, brummt sein Großvater. »Das wäre ein literarisches Desaster.«

Aston streckt ihm die Zunge raus, sein Großvater lacht.

»Benimm dich, alter Mann, oder ich versteck deinen Gehstock.«

»Wenn du das machst, versohl ich dir den Hintern damit!«, droht sein Großvater. »Das wäre nicht das erste Mal, und ich wette, auch nicht das letzte Mal.«

Ich lächle und beobachte Aston, wie er und sein Opa sich liebevoll zanken. Sein Körper und sein Gesichtsausdruck sind entspannt, sein Lächeln ist offen. Das ist der echte Aston, der Aston, den er normalerweise versteckt. Er ist glücklich und verspielt – und doch spürt man, dass ein Schatten auf ihm liegt.

Sollte ich jemals daran gezweifelt haben, dass ich mich in Aston Banks verliebt habe, dann wären jetzt definitiv alle Zweifel wie weggewischt. Es gibt keinen Zweifel. Nur eine Gewissheit.

Astons Gesicht wird ernster, ich höre wieder zu, was die beiden reden.

»Opa …«

»Ich wollte doch nur wissen, ob du hingegangen bist.«

»Nein, bin ich nicht, und ich hab es auch nicht vor.«

Mein Blick wandert zwischen den beiden hin und her, dabei versuche ich, nicht allzu neugierig zu wirken.

»Es tut dir vielleicht ganz gut.«

»Ich bin noch nicht so weit.«

»Es ist jetzt dreizehn Jahre her, Junge.«

»Es ist mir egal, ob es dreizehn oder dreißig Jahre her ist. Ich bin noch nicht so weit!« Aston steht auf und verlässt das Zimmer.

Sein Opa seufzt tief und wendet sich wieder dem Fenster zu. Auch auf seinem Gesicht liegt ein Schatten. »Hat er es dir erzählt? Was mit ihm passiert ist?«

»Zum Teil«, antworte ich ehrlich. »Er hat angefangen, aber … es war zu viel.«

Er nickt. »Ich hab ihn zu mir genommen, als er sechs Jahre alt war – an dem Tag, als seine Mutter gestorben ist. Sie war mein Engel und mein einziges Kind. Sie zu verlieren hat mich fast umgebracht, aber er hat mir einen Grund gegeben, um weiterzuleben. Ich musste ihn beschützen und dafür sorgen, dass er eine anständige Chance im Leben bekommt.

Die ersten beiden Tage hat er im Krankenhaus verbracht, weil sie ihn durchchecken mussten. Er war verwahrlost und unterernährt, aber das war nicht das Schlimmste. In der Handfläche hatte er eine riesige Wunde, in der noch Glassplitter steckten; die Beine waren mit alten und neuen Schnitten übersät; und auf dem Rücken hatte er lauter blaue Flecken.« Er schaut mich an, und ich versuche gar nicht erst, mein Entsetzen zu verbergen.

»Wie konnte …« Ich kann nicht weitersprechen, während ich verarbeite, was er mir gerade erzählt hat.

»Er macht seine Mutter für all das verantwortlich, weil sie ihn nicht beschützt hat – aber ich bin derjenige, den er zur Rechenschaft ziehen sollte. Ich wusste, dass sie nicht dafür gemacht war, ein Kind großzuziehen. Aber ich hab ihn trotzdem bei ihr gelassen. Seine Großmutter ist in dieser Zeit gestorben, und ich bin in meiner Trauer versunken.« Er schaut wieder aus dem Fenster, ich folge seinem Blick und sehe Aston draußen an einem Baum lehnen. »Ich hätte ihn beschützen sollen.«

»Sie wussten doch nicht, was mit ihm passiert, oder?«

»Nein.«

»Wieso sollten Sie dann verantwortlich sein für etwas, von dem Sie gar nichts wussten? Sie haben ihn aufgenommen und zu dem Menschen gemacht, der er heute ist. Und auch, wenn er selbst nicht daran glaubt, ist er ein großartiger Mensch. Und das hat er Ihnen zu verdanken. Sie haben alles getan, um die Fehler Ihrer Tochter gutzumachen.«

»Du bist ziemlich weise.«

»Das liegt an den Büchern.« Ich lächle ihn an, er erwidert es. »Sie haben gerade darüber geredet, dass er irgendwo hingehen sollte …«

»Zum Grab seiner Mutter. Ich versuche es jedes Jahr, ihn dazu zu bewegen, aber er sagt immer, dass er noch nicht so weit ist. Alter Dickkopf. Ich hab das Gefühl, er verdrängt seine Vergangenheit, anstatt sich damit auseinanderzusetzen. Ich hoffe, dass er irgendwann damit klarkommt. Und ich hoffe, dass *du* damit klarkommst.« Er schaut mich aus grauen alten Augen an. »Es ist nicht einfach, mit so was umzugehen. Was du bisher weißt, ist nur ein kleiner Teil von dem, was er durchgemacht hat.«

»Ich kann damit umgehen«, versichere ich ihm. »Und ich kann ihm helfen. Ich will ihm helfen.«

»Ich kann dich gut leiden«, sagt er plötzlich. »Du wirkst zwar zunächst wie eine große Romantikerin, aber du bist auch ziemlich taff und weißt, was du willst. Du lässt dir nicht alles gefallen, stimmt's?«

»Ich hab mich noch nie unterbuttern lassen, und ich hab nicht vor, damit anzufangen.« Ich lächle.

»Tust du mir einen Gefallen?« Er lehnt sich nach vorn. »Kannst du ihn dazu bringen, irgendwann zum Grab seiner Mutter zu gehen? Und wenn es nur für eine Minute ist. Und lass dem Idioten nicht alles durchgehen, er denkt wirklich, er sei Mr Darcy.«

»Dann nennen Sie mich Elizabeth.«

14. Kapitel

Aston

Warum nur musste er wieder mit dem Thema anfangen? Er hätte über alles Mögliche reden können, aber doch nicht über *sie*. Ich will nicht über sie reden. Nicht mit ihm. Er versteht mich nicht, weil er sie nicht so gekannt hat wie ich. In seiner Erinnerung ist sie idealisiert. Wir haben geschwiegen, seit wir Opas Haus verlassen haben und Richtung Norden gefahren sind. Irgendwo sind wir ausgestiegen. Ich kicke einen Stein weg und ziehe mir die Jacke enger um den Körper.

Jetzt sieht mich Megan an. »Alles okay bei dir?«

Ich schüttle den Kopf. »Nein. Es ist immer dasselbe. Jedes Mal muss er mit dem Thema anfangen. Ich hab gedacht, dass er sich zumindest in deiner Gegenwart beherrscht, aber nein.«

»Er hat seinen eigenen Schmerz«, sagt sie leise. »Das ist zwar keine Entschuldigung, aber ich glaub, so ist es. Er fühlt sich schuldig für das, was mit dir passiert ist – dass er es nicht hat verhindern können.«

Ich stutze und schaue sie verblüfft an. »Das hat er dir erzählt?«

Sie nickt, löst sich aus meinem Arm und stellt sich vor mich hin. »Er hat dir das nie sagen können.« Sie legt mir die Hände ans Gesicht. »Er hat seinen eigenen Schmerz, Aston. Ihr beide habt euren Schmerz, aber ihr dürft nicht zulassen, dass es euer Leben bestimmt. Wenn du zulässt, dass der Schmerz überhandnimmt, wirst du dich darin verlieren.«

»Was, wenn ich mich schon verloren habe?«

»Du hast dich nicht verloren. Du versteckst dich vielleicht, aber du bist nicht verloren. Und ich werde auch nicht zulassen, dass das passiert.«

Ich lege die Arme um sie und ziehe sie näher zu mir. »Was, wenn wir den Weg nicht finden?«

»Dann verirren wir uns eben gemeinsam«, flüstert sie. »Ich werde nicht zulassen, dass diese verdammten Dämonen dich kaputtmachen. Du bist mir viel zu wichtig!«

Und das ist die Wahrheit. Ich höre es in ihrer Stimme. Sie legt die Hände um meinen Hals, unsere Köpfe berühren sich.

»Ich werde mein Bestes tun, Megs«, verspreche ich ihr. »Solange du bei mir bist, bin ich okay.«

»Und wirst du wieder mit deinem Opa reden?«

»Wie wäre es, wenn wir uns erst mal darauf konzentrieren, dass ich mich nicht verliere?«

»Du brauchst ein Ziel, das ist alles. Du brauchst etwas, wonach du strebst.«

»Na, dann los«, meine ich lächelnd. »Gib mir ein Ziel.«

»Okay.« Sie hält einen Moment inne, schließt die Augen und kaut auf ihrer Lippe.

»Ich warte …«, necke ich sie.

Sie reißt die blauen Augen auf, ihre plötzliche Begeisterung ist deutlich spürbar. »Streb nach dem Mond, denn wenn du den verfehlst, landest du immer noch in den Sternen.«

»Ich muss gar nicht in den Sternen landen. Mein strahlendster Stern steht gerade vor mir.« Ich küsse sie zärtlich. »Vielleicht ist der Ort, nach dem ich streben muss, ja genau hier.«

»Vielleicht geh ich mit dir mit – egal wohin.«

»Vielleicht würde ich das nie von dir verlangen.«

»Vielleicht müsstest du das nicht verlangen, weil ich einfach immer da sein werde.«

Sie unterbindet meine Widerworte, indem sie mir die Lippen auf den Mund drückt. Ihre Finger gleiten durch meine Haare. Sie stellt sich auf die Zehenspitzen und schmiegt sich fest an mich. Ihr Körper passt genau an meinen. Ich schlinge die Arme fester um ihre Taille. Mit einer Hand umfasse ich ihren Hinterkopf.

Zum ersten Mal denke ich in so einer Situation nicht an Sex. Zum ersten Mal denke ich nicht daran, wie ich ihr die Kleider vom Leib reißen und sie vögeln kann. Ich denke daran, dass sie in mich hineinschauen kann. Dass sie sieht, wie verwirrt ich bin. Dass sie das Chaos genau betrachtet und dann die einzelnen Teile nimmt und wieder zusammenfügt.

Sie wird es nie erfahren, aber sie ist der Klebstoff, der alles zusammenhält. Sie ist der Klebstoff, der mich zusammenhält.

*

»Also, es ist Sonntagabend und saukalt, und wir essen Eis an einem einsamen, dunklen Strand irgendwo in Nordkalifornien«, fasst Megan zusammen und leckt an dem Eisbällchen in der Waffel.

»Stimmt genau.«

»Und wieso essen wir überhaupt Eis, wir sollten eher einen heißen Kaffee trinken.« Sie hebt eine Augenbraue.

Ich zucke mit den Schultern. »Keine Ahnung. Außerdem wüsste ich gar nicht, wo ein *Starbucks* oder Ähnliches wäre, hier in … wo auch immer wir sind.«

»Wo auch immer wir sind? O Gott, erinnere mich dran, dass ich dich nie wieder einfach irgendwohin fahren lasse.«

Ich schüttle den Kopf und muss lachen, weil sie mich schelmisch angrinst. »Muss ich das jetzt verstehen?«

»Nö.« Sie strahlt mich an und gibt mir einen flüchtigen Kuss. »Ich bin wohl einer der Menschen, die du nie verstehen wirst.«

»Weil du zu kompliziert bist.«

»Ich bin gar nicht kompliziert!«

»Wenn du nicht kompliziert wärst, würde ich dich doch verstehen.«

Sie leckt den letzten Rest Eis aus der Waffel und wirft sie anschließend in einen Mülleimer. »Du hast gewonnen.«

»Isst du die Waffel gar nicht?«

»Ich mag die Waffel nicht.« Sie springt auf den Kotflügel meines Autos und baumelt mit den Beinen.

»Wieso kaufst du dann Eis in der Waffel?« Ich stelle mich zwischen ihre Schenkel, sie schlingt die Beine um meine Hüfte.

»Weil ich das Eis mag«, erklärt sie mir, als wäre ich zurückgeblieben. »Wieso denn sonst?«

Ich grinse, ein großer Regentropfen landet auf dem Autodach. Weitere folgen, Megan quietscht auf, als der Regen stärker wird.

Sie versucht, mich wegzuschieben. Ich lache nur, bewege mich aber keinen Millimeter, obwohl uns der Regen völlig durchnässt. Mein T-Shirt klebt bereits an meinem Körper, ich beobachte, wie die Tropfen über Megans Hals laufen und in ihrem Dekolleté verschwinden. Ich nehme ihre Hände und halte sie fest.

»Aston, nein! Lass mich los! Es regnet!«

»Na und?«, frage ich. »Du bist doch eh schon triefnass.« Sie windet sich zwischen mir hin und her, reibt sich dabei unbewusst an meiner Körpermitte, was mir augenblicklich das Blut in den Schwanz schießen lässt. Sie hält inne und schaut mich schuldbewusst an, als sie bemerkt, dass ich ganz hart bin.

»Ups, war ich das?« Sie klimpert mit den Wimpern.

»Mhmm«, mache ich und beuge mich vor.

»Oh, aber der Regen …«

Meine Lippen verschließen ihren Mund, ich küsse sie stürmisch und drücke sie auf die Kühlerhaube des Autos. Unsere Hände klatschen rechts und links von ihrem Kopf aufs Auto, unsere Zungen treffen sich, während ich die Hüfte gegen sie drücke. Unsere nassen T-Shirts reiben aneinander, ihres rutscht dabei nach oben. Sie hebt die Beine und schlingt sie um mich. Dann hebt sie ihren Oberkörper etwas an, so dass wir uns überall berühren.

Es gießt wie aus Eimern, doch es ist uns egal. Ich greife um, fasse ihre Handgelenke mit einer Hand, während die andere über ihren nassen Körper nach unten wandert. Am Rücken ist ihr Shirt noch trocken. Ich lasse die Finger über ihre Haut und in ihre Jeans gleiten. Sie trägt einen Stringtanga. Meine Hüfte presst sich noch fester an sie, und in diesem Moment sind alle unschuldigen Gedanken wie weggeblasen. Eine nasse Megan – in vielerlei Hinsicht – lässt meinen Schwanz zu Hochtouren auflaufen.

Sie schnappt nach Luft, als ich ihren Hals küsse, mein Atem geht schnell an ihrer feuchten Haut. »Megs –«

»Brauchst du mich, oder brauchst du das, was ich dir geben kann?«, fragt sie unvermittelt. Ich schaue sie erstaunt an.

»Dich natürlich«, erwidere ich. »Ich brauche *dich*, verdammt.«

»Und wenn uns jemand erwischt?«

»Siehst du hier irgendjemanden?« Ich umfasse ihre Pobacken und hebe sie hoch. »Du musst die Tür aufmachen, ich hab beide Hände voll.« Ich trage sie zur hinteren Tür, meine Jeans spannt in meinem Schritt. Sie fasst hinter sich und öffnet die Tür. Ich setze sie auf dem Rücksitz ab und klettere hinterher. Als die Tür wieder geschlossen ist, lehne ich mich über sie. Ihr Atem geht schnell, als sie mit verschwommenem Blick zu mir aufschaut; ich senke den Kopf und küsse sie aufs Ohr.

Ich lasse meinen Mund nach unten gleiten, bis in ihren Ausschnitt. Mit der Zunge taste ich über die Wölbung ihrer weichen Brüste, bis ich ihre Brustwarze streife. Sie stöhnt auf, krallt sich in meinen Rücken.

Hastig knöpfe ich ihre Bluse auf und küsse sie weiter, während ich am Verschluss ihrer nassen Jeans rumhantiere. Ich schiebe ihr die Hose über die Oberschenkel, dabei tritt sie aus Versehen an die Decke.

»Fuck«, flucht sie und lässt den Kopf zurückfallen.

Ich lache leise und fahre ihr mit den Händen über die Beine. Sie packt mich am T-Shirt und zieht mich zu sich. »Hör auf zu lachen und küss mich lieber!«

»Nur zu gern.« Ich senke meinen Mund auf ihren.

Ihre Finger gleiten unter mein Shirt, sie streichelt kurz über meinen Bauch und öffnet dann meine Jeans. Mit Hilfe ihrer Füße entledige ich mich meiner Hose und drücke meinen Körper an ihren. Mein Schwanz reagiert sofort auf den Kontakt, und ich murmle einen unverständlichen Fluch, reiße mir die Boxershorts runter und schiebe ihren Tanga zur Seite. Meine Finger gleiten über sie und in sie hinein, sie ist eng und feucht. Ich ziehe die Finger zurück und ersetze sie mit meinem Schwanz. Als ich tief in sie eindringe, schlingt sie die Beine fest um mich. Ihre Hände ruhen auf meinem unteren Rücken.

So wie sich ihre Muskeln zusammenziehen und so feucht,

wie sie ist, gehe ich davon aus, dass Megan auf Outdoor-Sex steht. Meine Finger vergraben sich in ihrem feuchten Haar, meine Zunge taucht in ihren Mund ein. Unsere Hüften bewegen sich in einem gemeinsamen Rhythmus.

An diesem verlassenen Ort, wo sie niemand kennt, wo mich niemand kennt, sind wir eins. Und ich weiß auf einmal, dass es wirklich sie ist, die ich brauche.

Mommy war wütend. Ich hatte schon eine Weile zugehört, wie sie ihn anschrie. Viele der Worte, die sie benutzte, kannte ich nicht, aber es waren alles Worte, die ich nicht sagen durfte. Worte für Erwachsene, wie Mommy immer sagte.

»Sie kommen morgen vorbei!«, schrie Mommy gerade. »Was soll ich ihnen denn bitte dieses Mal erzählen, verdammt?«

»Fuck! Was weiß ich? Er ist fünf, erzähl ihnen halt, er ist von nem Scheißbaum gefallen oder so.«

»Und hat sich ein blaues Auge geholt? Wie das denn? Von ner verdammten Baumwurzel?«

»Denk dir halt was aus!«, schrie er sie an, seine Schritte hallten schwer durch den Flur. »Die glauben dir doch eh alles.«

»Wo willst du hin?«

»Ich verlasse dieses beschissene Dreckloch, bevor ich dir auch ein blaues Auge verpasse!«

Die Tür fiel krachend ins Schloss, ich fuhr zusammen und drückte Bunny fester an mich. Er war so schön weich. Ich mochte diesen Mann nicht. Ich mochte keinen der Männer, aber der hier war der schlimmste. Er war sehr groß und hatte lauter Bilder auf den Armen. Ich hatte ihn mal danach gefragt, aber er hatte mich nur angeschrien.

»Fuck! Verficktes Arschloch!«, schrie Mommy ihm hinterher. Dann fiel die Tür wieder ins Schloss. Mir machte es nichts aus, dass sie auch weg war. Sie würde bestimmt Geld für Es-

sen besorgen. Normalerweise war immer ein ekliger Mann bei uns, der ganz viel ekliges Bier trank, während sie bei der Arbeit war.
Ich stand auf und öffnete vorsichtig meine Tür einen Spalt. Ich war wirklich allein, und es war dunkel. Ich fürchtete mich vor der Dunkelheit. Die ekligen Männer sagten, in der Dunkelheit gäbe es schreckliche Monster, die kleine Jungs wie mich auffressen wollten.
Angstvoll lugte ich in Richtung Küche. Mein Bauch zitterte vor Hunger. Am Morgen hatte ich von Mommy nur einen Cracker bekommen. Einen trockenen Cracker. Ich hatte Lust auf Butter. Bunny fest an mich gedrückt, schaute ich mich in der Küche um. Vielleicht würde ich ja etwas zu essen finden, wenn ich nur richtig suchte.
Plötzlich klopfte es an der Tür, ich schrie erschrocken auf. Das war bestimmt ein schreckliches Monster. Weinend rannte ich zurück in mein Zimmer und schloss hastig die Tür hinter mir. Dann schnappte ich mir meine Decke und krabbelte unters Bett. Die Decke zog ich fest um mich. Hier fand mich nie jemand. Hier war ich sicher vor dem Monster.

Dunkelheit. Monster. Ich schlage mit der flachen Hand auf die Matratze neben mir. Auf die Matratze, nicht den Boden. Dann rolle ich mich auf die Seite und mache das Licht neben meinem Bett an. Ich bin in meinem Zimmer – im Verbindungshaus in Berkeley – und nicht in der winzigen Wohnung in San Francisco. Es gibt hier keine Monster, keine Männer und keine Mom. Ich bin allein.

Ich vergrabe das Gesicht in den zitternden Händen. Noch immer rauscht mir das Adrenalin durch den Kopf, so sehr hat mich der Traum aufgewühlt.

Vom Baum gefallen. Pah! Und sie haben es geglaubt. Das

Arschloch hatte mir mit der Faust ins Gesicht geschlagen, weil ich durch das Fernsehbild gelaufen war, als gerade ein Footballspiel lief, und er den Touchdown verpasste. Das hatte gereicht, und ich hatte eine neue Verletzung.

Und sie unternahm nichts, sondern vertuschte immer alles. Ich war ihr einfach nicht wichtig genug.

Es erstaunt mich bis heute, dass ich immer so viel Angst vor fabelhaften Monsterwesen hatte. Die wahren Monster hatten Tätowierungen und waren alkohol- und drogenabhängige Arschlöcher, die meine Mum wieder und wieder mit nach Hause brachte. Alle Phantasiegebilde, die sich ein Fünfjähriger ausdenkt, waren dagegen harmlos.

Ich drehe mich auf die andere Seite, ziehe die Knie zur Brust. Das Licht habe ich angelassen, meine kuschelige Decke ist genauso fest um mich gewickelt wie damals. Das Bedürfnis, mich zu verstecken, meinen Körper zu beschützen, ist stärker als alles andere. In meinem Kopf bin ich wieder fünf Jahre alt.

15. Kapitel

Megan

Und wir machen einfach weiter. Wir lügen und machen den anderen etwas vor: werfen uns sehnsüchtige Blicke zu, lächeln uns heimlich an, zoffen uns vor den anderen zur Show – mit unterschwelligen Botschaften, die nur wir verstehen.

Und wieder muss ich mich daran erinnern, dass wir es so gewollt haben. Wir wollten die Sache geheim halten – vor allem vor Braden. Ich frage mich nur, wie lange das noch gutgeht. Irgendwann wird es jemand herausfinden, egal, wie vorsichtig wir sind. Scheiße, Kay und Lila ahnen sogar schon was.

»Sag mir einfach, wer es ist«, bettelt Lila gerade. »Ich verrat es auch niemandem, großes Ehrenwort.«

»Es ist nicht wichtig«, lüge ich. »War doch nur eine Nacht. Ihr sagt mir doch dauernd, ich soll mal wieder Spaß haben, und das hatte ich. Also, was soll der Stress?«

»Machst du Witze?«, ruft Kay entrüstet aus. »Ich will gefälligst wissen, was abging!«

»Jetzt sei doch nicht so indiskret. Vielleicht will ich nicht erzählen, was abging.«

»Dann werd ich dich so lange nerven, bis du bereit bist, es mir zu erzählen.«

»Damit verschwendest du nur deine Zeit«, erwidere ich kopfschüttelnd. »Jetzt mal ernsthaft, Leute, ich werde euch nichts erzählen.«

Maddie grinst. »Dickkopf.«

»Nein, das ist einfach privat.« Ich zwinkere ihr zu.

»Langweilig«, kontert Lila. »Du bist langweilig.« Sie seufzt. »Ich und Maddie haben von unseren Beziehungen berichtet, Kay hat uns so viel Material geliefert, dass es für ein ganzes verdammtes Buch reicht. Jetzt fehlst nur noch du. Jetzt sei nicht so verschlossen!«

»Es gibt eben nichts zu erzählen!«, protestiere ich und versuche, das schlechte Gewissen zu ignorieren, weil ich meine Freundinnen zum wiederholten Mal anlügen muss. Natürlich gäbe es *jede Menge* zu erzählen. »Es ist einfach so passiert und wird nicht wieder erwähnt werden. Also, bitte, Ende der Diskussion.« Ich schiele auf meine Armbanduhr, schnappe mir meine Bücher und springe auf. »Ich muss zum Unterricht. Bis später.«

»Was verheimlichst du uns, Megan Harper?«, ruft mir Lila hinterher.

Ich schüttle den Kopf, als ich grübelnd zu meinem Klassensaal gehe. *Aston*, ist das Wort, das mir auf der Zunge liegt. Ich sage nichts und schiebe mich an einer Gruppe kichernder Mädels im Gang vorbei. Als ich um die Ecke biege, fällt mein Blick auf Aston, der unten an der Treppe steht. Ich erstarre mitten in der Bewegung, er schaut sich kurz um. Als er auf mich zugeht und die Arme um mich legt, bin ich erleichtert. Er vergräbt das Gesicht an meinem Hals. In seinen Augen liegt eine große Traurigkeit.

Ich umarme ihn, halte ihn so fest wie er mich. Sein Atem geht schwer, sein Körper zittert unmerklich. Er küsst mich zärtlich auf den Hals, atmet tief ein. Dann lässt er mich ganz plötzlich los und geht in die Richtung davon, aus der ich gekommen bin.

Ich starre ihm hinterher, mein Herz ist schwer wie Blei. Er hat gesagt, ich mache alles leichter, aber ich wette, er hat die ganze Nacht wach gelegen, verfolgt von Albträumen und schlimmen Erinnerungen, die er verdrängen wollte. Und dass er mir von seiner Vergangenheit erzählt hat, war bestimmt der Auslöser dafür. Fünf Sekunden sind alles, was ich bekomme, um seinen Schmerz zu lindern. Fünf riskante, gestohlene Sekunden.

Gedankenverloren gehe ich die Treppe hoch zu meinem Klassenraum. Ich bekomme ihn einfach nicht aus dem Kopf. Sogar als ich auf meinem Platz sitze und meine Bücher vor mir liegen, sehe ich nur sein Gesicht vor mir und den Schmerz, der sich darin spiegelt.

Er hatte recht. Die schlimmsten Narben sind die innerlichen, die man vor dem Rest der Welt verstecken kann. Ich habe so etwas nicht. Ich hatte eine glückliche, behütete Kindheit in einer netten Gegend, ewig weit weg von der Realität anderer Leute. Ich werde Astons Dämonen nie nachempfinden können.

»Die Hölle ist leer, und alle Teufel sind hier«, zitiert meine Professorin aus *Der Sturm*. Die Worte reißen mich aus meinen Grübeleien. »Eine bedeutsame Aussage – besonders in einer Zeit, in der der Glaube an den Teufel noch sehr lebendig war. Was hat Shakespeare wohl mit diesen Worten gemeint?«

»Er hat genau das gemeint, was er gesagt hat«, antworte ich, den Blick starr auf die Frau in den Fünfzigern gerichtet, die vor der Klasse auf und ab geht. »Die Teufel sind hier. Ob er dabei an Gott geglaubt hat oder nicht, spielt keine Rolle. Aber die Menschen haben einen freien Willen, um sich zu entscheiden: böse zu sein, zu stehlen, andere zu schlagen, zu morden – das waren die Teufel. Das sind sie immer noch.«

»Also stimmst du der Aussage zu, Megan?«

»Wie kann man dem nicht zustimmen? Ich meine, ich bin

ja nicht mal wirklich religiös oder so, aber ich bin auch nicht blind. Das Böse sitzt in den Gefängnissen wie auf den Parkbänken und überall in den Städten. Wenn es eine Hölle gibt, dann ist sie garantiert leer. Da können Sie jeden fragen, der mal mit einem bösen Menschen zu tun hatte und jetzt seine eigenen Dämonen mit sich herumträgt. Alle, die mal Opfer von etwas Bösem waren, werden Ihnen sagen, dass die Teufel hier sind, verkleidet als normale Menschen.«

»Willst du sagen, dass du vielleicht zwischen Teufeln sitzt, ohne es zu wissen?« Sie zieht die Augenbrauen hoch und bleibt stehen.

»Man begegnet ihnen jeden Tag, oft ohne es zu wissen. Das tun wir alle, und wir kennen wahrscheinlich alle jemanden, der Dämonen in sich trägt, vielleicht auch ohne sich dessen bewusst zu sein.«

Meine Professorin nickt und nimmt einen anderen Studenten dran, der sich meldet.

Dämonen. Genau wie bei Aston. Dämonen, ausgelöst durch etwas Böses. Shakespeare hatte recht. Wenn es einen Teufel gibt, ist er auf jeden Fall hier auf der Erde.

*

Grüngraue Augen. Kastanienbraunes Haar. Schöne breite Schultern, ein Hauch von Sommer auf der Haut. Und so langweilig wie eine monoton vorgetragene Psychologievorlesung. Ich höre schon seit geraumer Zeit nicht mehr zu. Das wird mir Lila büßen.

»Tut mir leid,« ich versuche, mich wieder zu konzentrieren, »was hast du gesagt?«

Sein Gesicht verfinstert sich ein wenig. »Hast du mir überhaupt zugehört?«

»Ähm.« Ich spüre, wie ich rot werde. »Nicht wirklich. Tut

mir echt leid, ich bin grad nicht die beste Gesprächspartnerin. Hab grad ein bisschen, äh, Stress.«

»Willst du darüber reden? Das hilft manchmal, weißt du?«

Mann, ich kann mich grad nicht mal an deinen Namen erinnern. Da werde ich dir wohl kaum meine Lebensgeschichte aufs Auge drücken. »Nein, nein, schon gut. Aber danke.« Ich ringe mir ein Lächeln ab und hoffe inständig, dass meine Schauspielfähigkeiten besser sind, als sie sich anfühlen. »Vielleicht sollten wir das hier auf ein andermal verschieben.« »Klar.« Er winkt dem Kellner zu, ich unterdrücke ein erleichtertes Seufzen. Trotz meines Protests bezahlt er die Rechnung, und wir verlassen das Café. »Also, dann, Megan …«

O nein. Bitte nicht.

»Mm?« Ich hoffe, ich sehe nicht so entnervt aus, wie ich mich fühle. Mist. Ich bin ein hundsmiserabler Lügner.

»Ich weiß, du bist heute nicht so in der Stimmung, aber vielleicht können wir ja demnächst mal zusammen ausgehen?«

Fuck. »Öhm.« Ich kratze mich am Kopf. Wie hieß er noch mal? Doppel-Fuck. »Hör mal, ich weiß nicht, was Lila dir erzählt hat … Sie versucht irgendwie, mich zu verkuppeln, aber ich bin gerade nicht auf der Suche nach etwas. Es liegt nicht an dir, ich bin mir sicher, du bist ein toller Kerl.«

Er lächelt breit und zuckt mit den Schultern. »Ja, sie hat so was erwähnt. Aber ich dachte, ich probier mal mein Glück.«

»Äh, klar.« Ich lächle erleichtert. »Ich glaub, ich muss los und mal ein ernstes Wörtchen mit Lila reden. Danke für die Einladung.«

»Gern geschehen.« Er winkt zum Abschied und geht davon.

Auf dem Weg zurück zum Campus überlege ich, was ich

Lila gleich sagen werde. Ich weiß jetzt schon, wie das laufen wird. Sie wird natürlich von mir wissen wollen, weshalb ich auf keine Dates gehen will, und ich werde mir eine faule Ausrede einfallen lassen müssen. Das Ganze wird so glaubhaft sein, als würde ich ihr sagen, dass ich jetzt als Stripperin in Vegas arbeite.

Ich verfalle in einen leichten Trab, als es anfängt zu regnen. Der Regen … Ich erschaudere beim Gedanken an gestern Abend. Nichts, was ich je erlebt habe, ist vergleichbar mit dem Gefühl, als mich Aston auf der Kühlerhaube seines Autos geküsst hat. Vielleicht kann ich mir deshalb niemand anderes vorstellen, und jedes von Lila arrangierte Date ist total sinnlos.

Ich erreiche das Wohnheim und schüttle meine nassen Haare im Gang. Als ich in unser Zimmer komme, schaut Lila erwartungsvoll von ihren Büchern auf.

»Und, wie war's? Ich muss sagen, ich hätte erst später mit dir gerechnet …«

»Du musst damit aufhören«, erkläre ich rundheraus. »Diese Dating-Scheiße, ich mache da nicht mehr mit!«

»Wieso denn? War er so ein Arschloch?«

Ich werfe meine Jacke über einen Stuhl. »Nein, er war ziemlich nett. Aber es knistert einfach nicht – wie bei all den anderen auch nicht.«

»Lass mich raten, er war nicht Mr Darcy?« Sie zieht eine Augenbraue hoch.

Mit einem lauten Plumps lass ich mich auf meine Matratze fallen. »Genau.«

»Dann lass mich dir helfen, ihn zu finden.«

»Ich brauche deine Hilfe aber nicht.«

»Megs, ich will doch nur, dass du jemanden an deiner Seite hast, der dich glücklich macht.«

»Ich bin aber glücklich.«

»Ich hab ja nicht gesagt, dass du das nicht bist – ich will nur, dass du deinen Mr Darcy findest. Nimm doch meine Hilfe einfach an!«

»Ich brauch aber keine Hilfe!«

»Megs –«

»Ich hab ihn schon gefunden!«

Omeingottomeingottomeingott. Ich halte mir schnell den Mund zu, meine Augen sind weit aufgerissen vor Schreck. Was hab ich da nur gesagt? Fuck. Fuck. Lilas Augen werden groß, sie lässt den Stift auf ihr Bett fallen. Mir kommt es vor, als würde alles in Zeitlupe passieren. Wieso nur hab ich das gesagt?

»Waaas?«, fragt sie gedehnt. »Du hast ihn schon gefunden? Wie? Und wann? Und wer ist es?«

»Ähm. Hab ich das gesagt?« Ich lache nervös. »Echt? Ha. Äh, war nicht so gemeint. Also … ähm, Fuck.« Ich lasse mich seitlich aufs Bett kippen und vergrabe mein Gesicht in den Kissen. Mein Herz klopft wie wild.

»Nein, nein!«, ruft Lila. »Nicht ausweichen. Du sagst so was nicht einfach zu mir und lässt mich dann hängen, Megan Harper!« Ich höre ihr Bett quietschen, als sie aufspringt. Sie packt mich am Arm und zieht mich hoch.

Ich klammere mich an einem Kissen fest, aber sie nimmt es mir weg. Also schlage ich die Hände vors Gesicht. »Äh, ich hab gelogen?«, starte ich einen letzten Versuch. »Damit du endlich aufhörst …«

»Ja, klar. Auf keinen Fall. Nee, nee! Ich fasse es nicht, dass du irgendeine Affäre hast und mir nichts davon erzählst!«

Ja … na ja. »Es ist halt … Ich kann es dir nicht erzählen.« Ich lass die Hände sinken.

»Ich bin deine beste Freundin! Was soll das heißen, du kannst es mir nicht erzählen?«

»Genau das. Ich kann es dir nicht erzählen.«

»Was soll das? Bist du jetzt Julia und hast eine geheime Affäre mit Romeo? Die niemals ans Licht kommen kann?« Sie schnaubt beleidigt und geht wieder zu ihrem Bett. »Megan«, sie schaut mich mit ernster Miene an.

Ich kaue auf meiner Unterlippe »Mh?« Ist das alles, was ich ihr geben kann? Ein verdammtes ›Mh‹?

»O mein Gott. Du hast doch nicht etwa …?«

»Das Recht zu schweigen? Doch allerdings.« Ich ziehe die Knie an den Oberkörper und kaue jetzt auf meinem Daumennagel herum. »Du weißt schon, wie bei einem Polizeiverhör … Ohne meinen Anwalt muss ich gar nichts sagen.«

Lila starrt mich regungslos an. »Es stimmt also. Du bist echt die mieseste Lügnerin der Welt.« Sie schüttelt seufzend den Kopf. »Ich weiß nicht, ob ich dich umarmen oder dir eine scheuern soll.«

»Ich sage kein Wort mehr.«

»Megs, bist du und –«

»Bitte, Lila, frag mich nichts mehr«, flüstere ich und sehe sie flehentlich an. »Ich will dich nicht weiter anlügen müssen.«

Schweigen legt sich über den Raum. Ich schlucke schwer. Kaue auf meinem Nagel. Wippe mit dem Fuß. Lila steht auf und geht im Zimmer auf und ab. Ich kaue weiter frenetisch auf meinem Nagel. Sie geht auf und ab.

»Aston«, murmelt sie und setzt sich endlich wieder hin. »Wann? Wie?«

Ich schüttle nur den Kopf.

Ihr Gesicht erhellt sich, eins fügt sich zum anderen: »Als Braden mit Maddie übers Wochenende bei seiner Familie war. Und seitdem … hat er mit niemand anderem mehr geschlafen. Er war immer bei dir. Dieses Wochenende – als ich im Verbindungshaus geschlafen habe – war er hier. Deshalb hat ihn auf der Party niemand gesehen. Verdammt.« Sie schüttelt den Kopf. »Ihr habt das echt durchgezogen, ohne dass es jemand bemerkt.«

Sie wird das Thema jetzt nicht mehr fallen lassen. Das weiß ich. Also kapituliere ich. »Irgendwie schon. Aber, Lila, du darfst es niemandem erzählen«, bettle ich. »Das meine ich ernst. Es darf niemand sonst erfahren. Du bist die Einzige, die bisher davon weiß.«

»Und ist es wahre Liebe? Oder nur Sex?« Sie legt zweifelnd den Kopf schief.

Ich zupfe an meiner Bettdecke herum. »Er ist so anders als er wirkt. Es ist nicht nur Sex. Ich …«

»Er ist dein Mr Darcy«, stellt sie nüchtern fest. »Er ist der Regen in deiner Wüste, dein Ein und Alles. Dein Seelenverwandter, der dir vom Universum vorherbestimmt ist, stimmt's?«

»Ja«, seufze ich. »Und genau deshalb darfst du es niemandem erzählen«, bläue ich ihr ein. »Wirklich niemandem. Nicht mal Ryan.«

»Und Braden hat echt keine Ahnung?«

Ich schnaube. »Glaubst du echt, es wäre noch ein Geheimnis, wenn Braden davon wüsste? Der würde vor Wut alles kurz und klein schlagen.«

»Warum eigentlich? Ihr seid doch beide seine besten Freunde, oder? Ich versteh das Problem einfach nicht.«

»Sein Problem ist, dass ich wie eine Schwester für ihn bin und er Aston für einen gefühllosen Playboy hält, der nur seinem Sexualtrieb folgt.«

Lila lehnt sich seufzend zurück. »Aber dir ist schon klar,

dass Braden es so oder so irgendwann rausfindet, oder? Früher oder später kommt so was immer ans Licht, Megs.«

»Ich weiß. Ich hoffe nur, es ist eher später.«

»Wieso? Warum bringst du es nicht gleich hinter dich?«

Ich schaue sie ruhig an. »Weil ich eine verdammt gute Entschuldigung dafür brauchen werde, wieso wir es so lange vor ihm geheim gehalten haben.«

16. Kapitel

Aston

Das Haus meines Großvaters hat noch nie abschreckender auf mich gewirkt. Der Ort, an dem ich aufgewachsen bin, das einzige Zuhause, dass ich je gekannt habe, ist auf einmal der furchteinflößendste Ort der Welt. An diesem glücklichen Ort lauern Dämonen, die in ihren Kisten darauf warten, freigelassen zu werden. Ich kann mich nicht entscheiden, ob es eine gute Idee ist, hier zu sein. Ich bin verunsichert, ob ich die richtige Entscheidung treffe oder nicht. Aber ich weiß, dass dieses Gespräch endlich stattfinden muss. Ich kann nicht länger so leben – gefangen in meiner Vergangenheit. Dies bedeutet, dass auch mein Großvater die Vergangenheit loslassen muss.

»Was machst du denn hier mitten in der Woche?«, begrüßt mich mein Großvater auf seine wie üblich grummelige Art, als ich die Tür öffne und das Haus betrete.

»Ich wollte mal mit dir reden«, antworte ich und lass mich auf dem Sofa nieder.

Er zieht an seiner Zigarre, der Rauch kräuselt sich gen Zimmerdecke. Mit seinem Blick fixiert er mich. »Du hast auch lang genug in deinem schicken kleinen Auto da draußen gesessen. Über was willst du reden?«

Ich atme tief durch und schaue weg, wohl wissend, dass das nächste Wort alles verändern wird. »Mom.«

Er atmet gemächlich seinen Zigarrenrauch aus und rutscht ein wenig auf dem Sessel hin und her. »Ich dachte, sie ist dir egal.«

»Vielleicht stimmt das nicht. Vielleicht will ich jetzt hören, was du dazu zu sagen hast.« Ich drehe langsam den Kopf wieder in seine Richtung. »Vielleicht ist es an der Zeit, Opa, dass wir beide ehrlich sind.«

»Megan ist wirklich ein gutes Mädchen. Sie hat dich dazu gebracht, hierherzukommen, stimmt's?«

Ich schüttle den Kopf. »Sie hat mich dazu gebracht, nicht ewig in der Vergangenheit leben zu wollen. Aber ich bin hier, weil ich es so will.«

»Weiß sie, dass du hier bist?«

»Nein.«

Mein Großvater lehnt sich zurück, lässt die Zigarre auf dem Aschenbecher liegen. Seine Ellenbogen sind auf den Armlehnen des Sessels abgestützt, die Hände hat er gefaltet. »Was möchtest du denn wissen?«

»Egal. Alles, was du mir erzählen willst oder was du denkst, das ich wissen sollte.«

»Dann ist das Erste, was du wissen solltest, dass deine Mom nicht immer der Mensch war, den du kanntest. Bis sie sechszehn wurde, war sie die perfekte Tochter. Einser-Schülerin, höflich, freundlich ... Ich hätte mir keine bessere Tochter vorstellen können. Sie war die Art Mädchen, die dir zuckerfreie Kekse gebacken hat, wenn du ihr gesagt hast, dass du keinen Zucker essen kannst. Doch als sie in die nächste Klasse versetzt wurde, geriet sie plötzlich an die falschen Leute.

Das ist natürlich keine Entschuldigung für das, was sie getan hat, aber diese Kids hatten einen großen Einfluss auf sie. Ich weiß, sie hat ihre Entscheidungen alle selbst getroffen, und es hat sie niemand dazu gezwungen. Sie hat das Leben selbst gewählt, dass sie dann führte.

Der Tag, an dem sie nach Hause kam und uns eröffnete, dass sie schwanger ist, war ein verrückter Tag. Deine Großmutter und ich waren völlig vor den Kopf gestoßen. Wir sollten ein Enkelkind bekommen, dabei war sie doch selber noch unser kleines Mädchen. Sie war ja erst siebzehn – und ich hätte mir niemals erträumt, dass ein einziges Wochenende bei einer Freundin zu so etwas führen könnte. Trotzdem haben wir natürlich versucht, ihr so gut wie möglich zu helfen.«

»Wann habt ihr … es erfahren? Das mit den Drogen, meine ich?«

»Etwa fünf Monate später. Deine Oma war mit ihr beim Ultraschall, und du warst noch ein winziges Würmchen auf dem Foto – du warst eigentlich die ganze Schwangerschaft durchweg sehr klein. Der Arzt wusste durch die Bluttests von den Drogenproblemen deiner Mom, aber sie hatte ihm hoch und heilig versprochen, damit aufzuhören. Er besorgte ihr einen Platz in einem Programm, damit sie noch während der Schwangerschaft einen Entzug machen konnte, um die Risiken für dich zu minimieren.«

»Aber auf dem Ultraschall hätte man die Schäden von den Drogen doch eh nicht gesehen, oder?«

Er schüttelt den Kopf. »Richtig, mein Junge. Körperlich war mit dir alles in Ordnung. Du warst zwar klein, aber sonst war alles normal. Aber die Auswirkungen der Drogen hätten sich vielleicht später gezeigt, zum Beispiel beim Erlernen von Sprache oder beim Laufen.«

»Also habt ihr versucht, sie davon abzuhalten, weiterhin Drogen zu konsumieren?«

»Natürlich haben wir das. Sie war unter achtzehn, wir haben sie so gut wie nie ohne Begleitung aus dem Haus gelassen. Irgendwie hat sie es aber trotzdem immer geschafft, sich das Zeug zu besorgen. Sie hat die Drogen einfach an uns vorbeigeschmuggelt. Der Tag, an dem du winziges kleines

Ding geboren wurdest – du warst fünf Wochen zu früh –, war der zweitbeste Tag meines Lebens. Das kannst du mir ruhig glauben. Ich erinnere mich daran, wie ich deine Oma angeschaut und zu ihr gesagt habe ›May, dieser Junge hier ist mein Junge. Wenn er groß ist, geh ich mit ihm angeln und bringe ihm Footballspielen bei, und er soll wissen, wie man eine Frau respektvoll behandelt.‹« Opa hält einen Moment lang inne und wischt sich über die Augen. »In diesem Moment hab ich mir geschworen, dass ich niemals zulassen werde, dass dir etwas passiert. Und dann … dann hab ich es doch zugelassen.«

Ich muss schlucken. »Es war nicht deine Schuld, Opa.«

»Ich hätte dich von Anfang an zu mir nehmen sollen!« Er schlägt mit der Faust auf die Armlehne. »Ich hätte niemals zulassen dürfen, dass sie das alleinige Sorgerecht für dich bekommt. Aber ich dachte, es ginge ihr besser. Ich dachte, mein Mädchen wäre wieder wie früher.« Tränen laufen ihm über die Wangen, ich rutsche vom Sofa und knie mich vor ihn. »Ich dachte, es geht dir gut«, fährt er fort. »Im Alter von zwei Jahren zog sie mit dir aus. Und ich dachte auch damals, es wäre alles gut. Du sahst so gesund aus. Bis du vier warst, haben wir dich jedes zweite Wochenende gesehen. Dann ist deine Oma durch den Schlaganfall gestorben, und ich war allein. Ich hab alles um mich herum vergessen, ich wusste nur noch, dass ich meine Frau verloren hatte, meine beste Freundin, meine Seelenverwandte. Leider habe ich auch dich darüber vergessen.«

»Du hast mich nie vergessen, Opa. Du warst nur einfach von deiner Trauer überwältigt.«

»Dann, zwei Jahre später, steht die Polizei vor meiner Tür und teilt mir mit, dass sie eine Leiche gefunden haben, die sie als meine Tochter identifiziert haben, und dass da ein sechsjähriger Junge ist, der ohne einen Vormund ins Heim gesteckt werden würde. Das konnte ich auf keinen Fall zulassen. Ich hatte schon meine eigene Tochter im Stich gelassen …«

Ich berühre ihn am Arm, und er schaut mich an, seine grauen Augen stehen voller Tränen. Ich muss schlucken, um nicht selbst anzufangen zu weinen. »Opa, du hast mich gerettet – du hast mir beigebracht, wie man lebt. Du hast mich mit zum Angeln genommen, mir beigebracht, wie man Football spielt und wie man eine Frau respektvoll behandelt. Du hast mein Scheißleben genommen und es zu etwas Besserem gemacht. Du hast mich nicht alleingelassen, nicht für eine Sekunde.«

»Ich hätte aber –«

»Du hast nie die Hand gegen mich erhoben. Du hast mich nie mit dem Gürtel geschlagen. Du hast mich nie in den Bauch getreten, bis ich gebrochen habe. Du hast nie meinen Kopf gegen die Tischkante geschlagen –« Ich zittere plötzlich am ganzen Körper, während die Bilder in schneller Folge vor meinem inneren Auge aufflackern. »Du hast das. Nicht. Getan. Du wusstest es nicht. Aber *sie* wusste es. Und sie hat die Ärzte und Sozialarbeiter willentlich angelogen – sie hat es immer auf mich geschoben. Du konntest nichts davon wissen. Es war dir daher auch nicht möglich, etwas dagegen zu tun, weil du es nicht wusstest.«

»Das ändert nichts an meinen Schuldgefühlen, mein Junge.«

»Dann erinnere dich doch lieber daran, was du getan hast.« Unsere Blicke treffen sich. »Erinnere dich daran, was du mir beigebracht hast. Nur durch dich bin ich der Mensch geworden, der ich jetzt bin.« Ich halte inne. Was jetzt kommt, sage ich sowohl zu ihm als auch zu mir selbst. »Du hast mir

Elizabeth und Darcy gezeigt, du hast mich mit seiner Arroganz bekannt gemacht. Bis vor kurzem war ich Darcy. Mir war nichts wichtig, außer mir selbst. Dann kam Megan. Ohne Jane Austen wäre sie für mich ein One-Night-Stand gewesen. Mehr nicht. Aber du hast mir gezeigt, wie Darcy Elizabeth liebt, und dadurch hast du mich gelehrt, wie man liebt. Das war dein Verdienst. Nur deines.«

Mein Opa lehnt sich nach vorn und umarmt mich. Sein Körper bebt, als er an meiner Schulter weint. Das war es, was ich ihm die ganze Zeit verweigert habe, weil ich zu sehr in meinem eigenen Schmerz gefangen war. Ich umarme ihn noch fester und lasse endlich auch meine eigenen Tränen zu.

»Weißt du was, Junge?«, murmelt er und wischt sich übers Gesicht.

»Was denn, Opa?«

»Deine Oma wäre verdammt stolz auf den Mann, der du geworden bist.«

Und ich glaube ihm. Zum ersten Mal glaube ich, dass sie wirklich stolz auf mich wäre.

*

Megan sitzt mit dem Rücken an einen Baumstamm gelehnt. Ihre Haare hat sie auf eine Seite gestrichen, so dass ihr leicht gebräunter Hals freiliegt. Ihre Beine hat sie angewinkelt, was ihre Jeans enger wirken lässt, und als sie die Arme um den Oberkörper schlingt, wünschte ich, ich wäre es, der das tun könnte. Ich will meine Arme um ihre Taille legen, ihren Rücken an meinem Oberkörper spüren, ihren Kopf an meiner Schulter, während ich ihr von hinten mein Gesicht an den Hals drücke.

Stattdessen liege ich hier auf dem Rasen und versuche, sie möglichst nicht anzustarren. Ich versuche, sie zu ignorieren und so zu tun, als würde ich nicht alles dafür geben, sie zu halten.

»Du willst mir also weismachen, die Chargers wären besser in Form als die Cowboys?« Braden schüttelt entrüstet den Kopf. »Fuck off, Mann! Romo spielt die Saison seines Lebens.«

Lila öffnet den Mund. »Es ist doch nur –«

Ryan hält ihr schnell den Mund zu. »Sag. Es. Nicht.«

»Ein Spiel«, beendet Megan den Satz für sie. »Es ist nur ein Spiel, Jungs. Ein *Spiel.* Ich weiß, ihr seid in eure Jungs verliebt, und Bray, wenn du schwul wärst, würdest du so was von auf Romos süßen Arsch stehen, aber: Es ist nur ein Spiel.«

»Was ist es?« Ich grinse sie an. »Sag es doch noch mal. Ich glaub, ich hab's noch nicht mitbekommen.«

»Muss ich es dir erst noch buchstabieren? Hast du trotz deines Schlaumeier-Notendurchschnitts eine Hörschwäche?« Sie hebt die Augenbrauen. »Das könnte zu einem Problem für dich werden.«

»Wenn ich eine Hörschwäche habe, dann nur, weil mir schon so viele Mädchen ins Ohr gestöhnt und geschrien haben.«

Braden prustet los, Maddie gibt ihm einen Klaps auf den Oberschenkel. »Ermutige ihn nicht auch noch!«

»Ich hab doch nur … Ach, egal.« Braden versucht, sich das Grinsen zu verkneifen.

»Du weißt schon, dass Schreien nicht immer was Gutes ist, oder?« Sie fährt sich mit dem Daumen über die Unterlippe. »Wenn die Frau beim Sex schreit, muss das nicht unbedingt heißen, dass sie Spaß hat. Frauen schreien auch in Horrorfilmen.«

Lilas Schultern zucken, als sie in sich hineinlacht, Maddie

beißt sich schmunzelnd auf die Lippen. Ich beobachte Megan und bemerke das Funkeln in ihren blauen Augen. Ein Lächeln huscht über ihre Lippen. Meine eigene Lippe zuckt, ich springe auf.

»Pass auf, was du sagst, Megan«, warne ich sie. »Mein Angebot von neulich steht noch.«

17. Kapitel

Megan

Ich sitze mit offenem Mund da: nicht weil er gesagt hat, was er gesagt hat, sondern weil er es so offen vor den anderen getan hat – besonders vor Braden.

Aston grinst und zwinkert mir zu. Dann geht er in Richtung des Verbindungshauses davon. Ich sehe ihm nach, ohne zu wissen, was ich erwidern soll. Ich spüre Lilas bohrenden Blick auf mir, beschließe aber, sie zu ignorieren.

»Sein Angebot von neulich?« Braden mustert mich misstrauisch.

»Er hat angeboten, mir den Unterschied zwischen einem Klaps auf den Arsch und einem versohlten Hintern zu erklären«, erkläre ich zähneknirschend. »Er ist ein Idiot.«

»Ganz ruhig, Brauner.« Maddie tätschelt Braden die Wange. Dann steht sie auf.

»Schon gut, schon gut«, murmelt er widerwillig.

»Na dann bin ich ja beruhigt.« Sie küsst ihn auf die Wange.

Ryan und Lila stehen ebenfalls auf. »Dann bis nachher, Megs.« Lila schaut mich vielsagend an, ich nicke brav.

Wir sitzen uns schweigend gegenüber, als die anderen weg sind, und ich starre ins Leere. Es ist das erste Mal, dass ich mit Braden allein bin, seit das mit Aston läuft. Zum ersten Mal in meinem Leben hab ich das Gefühl, dass da eine Art Abgrund zwischen uns ist. Und ich weiß, dass ich den Abgrund geschaffen habe. Ich weiß auch, dass ich es ihm sagen muss. Jetzt wäre eine Gelegenheit. Ohne Aston. An der frischen Luft.

Ich setze an, um es ihm zu erklären, aber er kommt mir zuvor.

»Wo warst du in letzter Zeit eigentlich immer?«

»Hm?« Ich sehe ihn fragend an. »Ich war hier im College, wo denn sonst?«

»Oh, haha. Echt lustig«, erwidert er trocken und wirft mit ein paar ausgerupften Grashalmen nach mir. »Ich meine neulich, als wir nach San Francisco gefahren sind. Ich hatte gedacht, du kommst vielleicht mit.«

Ich zucke mit den Schultern. »Ich hatte irgendwie keinen Bock. Außerdem gab's viel zu tun, 'ne Hausarbeit war fällig und so.«

Er nickt. »Kyle meinte, du wärst am Sonntagmorgen vorbeigekommen, um eins deiner Bücher zu holen.«

»Stimmt. Du hattest mein Shakespeare-Buch. Mal wieder.«

»Ich brauch einfach dein Shakespeare-Buch, weil ich ohne deine schlauen Notizen gar nix raffe.« Er grinst und wischt sich die Haare aus der Stirn.

»Du musst mal zum Friseur«, merke ich an. »Und außerdem schreibst du schon seit der achten Klasse bei mir ab. Ich hab echt keine Ahnung, wieso ich das immer noch mitmache.«

»Weil ich einfach geil bin und du mich liebhast.«

»Und du bist immer noch der größte Dummlaberer, den ich kenne.«

Er grinst noch breiter. »Deshalb liebst du mich doch, Megs. Ich bin der Bruder, den du nie hattest.«

»Ich glaub eher, du bist der Grund, weshalb ich nie einen Bruder hatte«, erwidere ich und grinse zurück. »Mom hat wahrscheinlich gesehen, wie wir im Sand gespielt haben, und sich gedacht, dass ein adoptierter Sohn schon mehr als genug ist. Wenn wir mal ganz ehrlich sind, haben wir doch schon immer nur Scheiße gebaut, oder?«

Er räuspert sich. »Ich hab nie Scheiße gebaut.«

»Die Katze, Braden. Die Katze.«

»Das war ja wohl keine Scheiße, ich hab versucht, ein Gentleman zu sein.«

Ich muss lachen. »Ich bin mir nicht sicher, dass deine Mom das verstanden hat.«

»Aber ich hab es ihr erklärt«, verteidigt er sich. »Ich wollte dem Mädchen, das ich am liebsten hatte, ein Geschenk machen.«

Ich trete spielerisch nach seinem Fuß. »Weiß Maddie davon?«, necke ich ihn.

»Meggy.« Er wirkt auf einmal ernst. »Ich liebe Maddie, aber du bist meine beste Freundin. Das warst du immer. Du bist die einzige Person auf der Welt, die mir mehr bedeutet als Maddie. Ich liebe dich auf eine andere Art und Weise, und Maddie versteht das. Außerdem kannst du ja noch anders meine Lieblingsfreundin sein.«

Ich lache kopfschüttelnd und trete wieder nach ihm: »Kannst du eigentlich immer nur an Sex denken?«

Er hält einen Moment inne und kaut nachdenklich auf der Unterlippe. »Nö. Grad hab ich an Essen gedacht.«

»Essen und Sex?«

»Xbox.«

»Bier?«

»Und genau deshalb bist du meine beste Freundin.« Er zwinkert mir zu. »Du verstehst mich einfach.«

»Irgendjemand muss dich ja verstehen, Bray.«

»Schickt dich Lila eigentlich immer noch auf diese blöden Dates?«

Ich schüttle den Kopf. »Hab die Schnauze voll.«

»Waren das nur Arschlöcher?«

»Nein, ging eigentlich. War nur keiner dabei, der mich interessiert hat. Und was mich interessiert, entscheide nur ich.«

»Dich sollte am besten gar niemand interessieren«, murmelt Braden in seinen nicht vorhandenen Bart.

Ich räuspere mich. »Erinnerst du dich an unser Gespräch über dieses Thema? Müssen wir das wieder in Tarzan-Sprache machen? Megan, großes Mädchen. Passen auf sich selbst auf. Braden, schauen zu und halten Mund.«

Braden kichert. »Soll das heißen, ich darf den Kerlen, die mit dir schlafen, kein blaues Auge verpassen?«

Dann fang mal bei deinem besten Freund an. Ihm bist du noch ein paar schuldig. »Nein. Keine blauen Augen, keine Drohungen, keine Befehle und definitiv kein Neandertaler-Benehmen.«

»Wenn du Maddie fragen würdest, gehört alles, was du gerade aufgezählt hast, zum Neandertaler-Benehmen.«

»Ich weiß, ich wollte es dir nur noch mal im Einzelnen aufführen.« Ich zucke mit den Schultern.

»Mann, Megan, vielen Dank, was würde ich nur ohne dich tun?« Er grinst kopfschüttelnd und steht auf. Ich nehme seine entgegengestreckte Hand, und er zieht mich hoch. Er geht auf das Unigebäude hinter uns zu. »Ich muss los. Noch ein paar Typen verschrecken, die dir an die Wäsche wollen.«

»Braden Carter!«, rufe ich ihm nach, als er sich schon umdreht. »Wage es ja nicht!«

Er bleibt an der Tür stehen, dreht sich noch mal um und grinst mich an. Dann geht er hinein. Ich schlage die Hände über dem Kopf zusammen, stöhne und wende mich in Richtung Strand.

Mal wieder hab ich es nicht geschafft, ihm von mir und

Aston zu erzählen. Ein paar Worte, das ist alles, was es bräuchte, aber je länger wir uns verstecken, desto schwerer wird es, die richtigen Worte zu finden. Desto schwerer ist es, ehrlich zu sein.

Lügen. Ich hasse es – ich hasse es, alle ständig anlügen zu müssen. Und ich will nicht verstecken müssen, was ich für Aston empfinde. Ich will ihn nicht verstecken müssen. Aber ich will auch niemandem weh tun, und ich weiß, dass ich Braden weh tun würde. Andererseits je länger ich warte, umso größer wird sein Schmerz sein.

Eine frische Brise vom Meer weht mir entgegen, ich ziehe die Jacke enger um mich. Die Haare flattern mir um den Kopf, ich wische sie mir vergeblich aus dem Gesicht.

Immer diese Spiele. Sie sind nur so lange lustig, bis sich einer weh tut. Das Spiel zwischen Braden und Maddie wurde auch irgendwann schmerzhaft, und beide waren total am Ende – er hat sich abgewendet, sie ist weggelaufen. Das Spiel zwischen mir und Aston wird so lange gut sein, bis es herauskommt – und das wird es. Danach kann nur Leid kommen.

Ich könnte die Sache jetzt einfach beenden, ich könnte Aston sagen, dass es vorbei ist, dass ich das alles nicht mehr will. Aber auch das wäre gelogen. Weil ich es wohl will, weil es nicht vorbei ist.

Lügen. Sie gehen leicht von der Zunge, bis sie anfangen, sich zu verheddern, und du auf einmal ein ganzes Netz davon gesponnen hast. Lügen sind so lange gut, bis man merkt, wen man eigentlich belügt.

*

»Das war ziemlich seltsam heute Mittag«, meint Lila, als sie ins Zimmer kommt.

Ich schaue von meinem Buch auf. »Willkommen in meiner Welt.«

»Wohl eher: in der Welt, die du geschaffen hast.«

»Dein Taktgefühl ist umwerfend«, bemerke ich trocken. »Echt jetzt, Li.«

»Ich verstehe bloß nicht, wieso du es nicht einfach zugibst.«

»Ich wünschte, ich könnte es, glaub mir«, versuche ich, mich zu verteidigen. »Es ist aber nicht so einfach, wie es vielleicht aussieht. Für dich ist es nur ein Geheimnis, das aus einem einfachen Grund nicht erzählt wird. Aber das trifft es eben nicht ganz. Es ist nicht nur: Junge und Mädchen verlieben sich, und gut ist. Eher: Junge und Mädchen verlieben sich, und plötzlich ist die Hölle los – in seinem Kopf und in der Realität.«

»Willst du mir etwa erzählen, dass das, was in Astons Kopf abgeht, dich davon abhält, ehrlich mit uns zu sein?« Sie zieht ungläubig eine Augenbraue hoch, und ich klappe mein Buch zu.

»Du kennst ihn nicht richtig. Du meinst, ihn zu kennen – ihr alle tut das, aber ihr kennt ihn nicht. Für euch ist er nur ein frauenverschleißendes Arschloch, das allein mit dem Schwanz denkt. Aber ich weiß es besser. Ich weiß, dass er nicht so ist, wie er wirkt; und ich weiß, dass er nur so tut, als wäre er ein Arschloch, um sein wahres Ich zu verstecken.«

»Okay, okay.« Sie setzt sich aufs Bett. »Ich glaub dir ja. Aber wann soll euer Theater denn aufhören? Wie lang willst du noch so tun als ob, Megs?«

Ich seufze und lehne mich mit dem Rücken an die Wand. »Keine Ahnung. Ich wollte Braden eigentlich vorhin davon erzählen, ehrlich. Aber … vielleicht hab ich es nicht stark genug gewollt. Immerhin war es ein Versuch, nur ... die Worte wollten mir einfach nicht über die Lippen kommen. Die ganze Zeit hab ich mir vorgestellt, was er für ein Gesicht machen würde, wenn er es erfährt. Wenn er wüsste, dass ich ihn angelogen habe.«

»Es ist doch egal, wann er es rausfindet. Er wird so oder so nicht glücklich darüber sein, ob du es ihm morgen sagst oder nächstes Jahr.«

»Die Heimlichtuerei macht auch alles so kompliziert. Ich würde Aston gern helfen, Lila, aber durch dieses Versteckspiel kann ich eben nicht so für ihn da sein, wie ich es gern wäre. Und das ist ätzend«, meckere ich leise. »Ich sehe doch, dass er mich braucht.«

Sie zuckt mit den Schultern. »Immerhin weiß ich es ja jetzt. Ich kann euch helfen. Euch das Zimmer hier überlassen und dir den Rücken freihalten.«

»Ich hätte schwören können, dass du mir jetzt sagst, ich müsste es Braden beichten.«

»Das musst du ja auch.« Sie seufzt. »Aber vorerst wirst du das wohl nicht tun – oder kannst es nicht«, fügt sie schnell hinzu, als sie meinen genervten Gesichtsausdruck sieht. »Also kann ich dir auch genauso gut helfen. Natürlich werde ich ganz schön Ärger bekommen, wenn das alles rauskommt, aber wenigstens habe ich das Gefühl, das Geheimnis aus einem guten Grund zu bewahren.«

»Du musst nicht für mich lügen. Ich hab mir den Schlamassel selbst eingebrockt.« Ich fahre mir mit den Fingern durch die Haare und seufze. »Erst mal will ich versuchen, Aston irgendwie zu helfen, alles andere ... wird sich vielleicht dann von selbst erledigen. Hoffentlich. Irgendwann.«

»Bis sich das andere von selbst erledigt, helfe ich dir jedenfalls. Er scheint dir wirklich wichtig zu sein, und du bist mir wichtig, also, was soll's? Ich kann wenigstens dafür sorgen, dass du mit Aston unter vier Augen sprechen kannst. Ich muss dafür ja nicht mal lügen.«

Ich schaue sie einen Moment sprachlos an, dann lächle ich leise. »Du bist die beste Freundin der Welt.«

»Oder die dümmste, wenn Braden es rausfindet«, murmelt sie und steht auf.

»Li? Du wirst ihm doch nichts sagen, oder?«

Sie bleibt im Türrahmen zum Badezimmer stehen und wirft mir einen Blick über die Schulter zu. »Auch wenn ich eure Heimlichtuerei nicht gut finde, heißt das noch lange nicht, dass ich ihm was sage, Megs. Ich kann deine Entscheidungen nicht nachvollziehen, aber ich respektiere sie.«

»Danke.«

»Außerdem«, fährt sie fort. »Wenn ich ihm jetzt was sagen würde, wäre ich erst mal die Gearschte, dabei bin ich doch total unschuldig.«

»Und ich hatte schon gedacht, du würdest mir aus reiner Selbstlosigkeit helfen!«

»Von wegen.« Sie grinst. »Ich rette nur meinen eigenen Arsch – und du solltest Aston erzählen, dass ich euch helfe, dann hab ich nämlich was bei ihm gut.« Sie zwinkert, und ich angele mir lachend mein Handy vom Tisch.

Lila weiß es, schreibe ich Aston.

Was? Wieso das denn?

Sie hat es erraten. Immerhin nicht total gelogen …

Und?

Und nichts. Sie wird dichthalten.

Das gefällt mir nicht, Megs.

Mir auch nicht, aber entweder glauben wir ihr, oder wir erzählen es Braden.

Lass es uns erst mal mit Lila probieren.
Wir müssen uns unterhalten.
Worüber?
Über Dich.

*

Ich lasse mich in Astons Arme sinken, fahre mit einer Hand unter sein Shirt. Seine Lippen senken sich auf meinen Mund, er zupft an meiner Unterlippe.

»Was macht Lila grad?«, murmelt er.

»Lila ist mit den anderen zum Minigolf gegangen.« Ich zucke die Achseln und schaue ihn an. »Frag mich nicht. Ryan war ganz aus dem Häuschen deswegen.«

»Lila hasst Minigolf. Genau genommen hasst sie alles, was nur ansatzweise mit Sport zu tun hat.«

»Ich weiß. Sie meinte, du schuldest ihr was.«

»War ja klar.« Er seufzt und fährt mir mit den Fingern durch die Haare. Dann gibt er mir einen Kuss auf die Nasenspitze. »Also, schieß los. Worüber wolltest du mit mir reden? ›Über dich‹ ist nicht gerade sehr aufschlussreich.«

Ich schiebe ihn aufs Bett, er setzt sich mit dem Rücken an die Wand gelehnt hin. Ich lasse mich auf seinem Schoß nieder und verschränke die Hände hinter seinem Nacken.

»Über alles. Da ist doch mehr, Aston. Das spüre ich.«

Er verkrampft sich merklich. »Was willst du denn noch wissen?«

»Alles«, flüstere ich. »Alles, was es noch zu wissen gibt. Egal, wie lang es dauert, egal, wie schmerzhaft es ist … Ich bin für dich da.«

Sein Brustkorb hebt und senkt sich, als er tief ein- und ausatmet. In seinen Augen entdecke ich einen Funken Angst. Ich hätte nie gedacht, dass er Angst vor dem hat, was er die ganze Zeit verdrängt. Aber das hat er, er verspürt tierische Angst davor.

»Da gibt es nicht mehr viel zu erzählen, was meine Kindheit angeht. Es war immer dasselbe. Mom hat ihren Körper verkauft, das Geld ging für Drogen und Alkohol drauf. Essen und Rechnungen kamen immer erst danach. Regelmäßig lernte sie neue Typen kennen, die dann auf mich ›aufpassten‹, während sie ihrer ›Arbeit‹ nachging. Und dass die Typen nicht gerade zärtlich zu mir waren, hab ich dir schon erzählt. Die vom Sozialamt sind immer mal wieder vorbeigekommen, und trotzdem ist sie jede Nacht raus, um irgendeinen reichen Schnösel zu ficken, damit sie sich weiterhin die Scheiße in die Adern jagen konnte. So ging das sechs Jahre lang, von denen ich mich Gott sei Dank nur an zwei wirklich erinnern kann. Aber das waren sicherlich die zwei schlimmsten Jahre meines Lebens.«

Seine Fingerspitzen graben sich in meine Haut, ich versuchte ihm den Halt zu bieten, den er so sehr braucht, und sehe in fest an.

»Sie war einfach keine gute Mutter, sie hatte keinen Beschützerinstinkt mir gegenüber. Ich war immer nur eine Nebensache für sie – und mir gab sie auch immer die Schuld, wenn irgendetwas schlecht gelaufen war. Und wenn man das die ganze Zeit eingebläut bekommt, glaubt man es irgendwann selbst. Jeder Schnitt und jeder blaue Fleck wurde den Sozialarbeitern damit erklärt, dass ich so ein wilder Junge war, und *mir* wurde es damit erklärt, dass ich so ein nutzloser Bastard war. Ein nutzloses Stück Scheiße, nicht besser als meine Mom. Das waren die Worte der Typen, die sie anschleppte.«

Er hält kurz inne, sein Atem geht schnell. Ich lege meine Hände an seine Wangen, bis er sich beruhigt hat, obwohl sich mir selbst gerade der Magen umdreht.

»Daran erinnere ich mich am besten, an die Dinge, die sie zu mir gesagt haben. Die Worte verletzten mich noch mehr als die Schnitt- und Platzwunden. Ich erinnere mich noch so gut daran, dass sie mir wieder und wieder einbläuten, dass ich nicht besser bin als sie. Sex, Drogen und Alkohol – sie haben mir immer gesagt, dass das auch mein Leben sein würde. Und so wäre es auch gekommen, denn sie hat mich ja nie zur Schule geschickt. Vor den Lehrern waren ihr meine Verletzungen nämlich peinlich. Ich wäre also auf jeden Fall irgendwo in der Gosse geendet, wenn sie nicht vorher gestorben wäre.«

»Wie ist sie eigentlich gestorben?«

»Drogen. Wie sonst?« Er zuckt mit den Schultern und legt dann die Arme um mich. »Im offiziellen Bericht steht, dass sie an einer Überdosis schlechten Heroins gestorben ist. Die Droge war gepanscht, so dass sie noch gefährlicher war. Und es war wohl auch einfach zu viel davon. Sie war gerade auf Entzug gewesen, und in ihrem verwirrten Zustand hatte sie sich aus Versehen mehr gespritzt als sonst. Sie wurde drei Blocks von unserer Wohnung entfernt gefunden, in irgendeiner schmuddeligen Bar. Ich wurde einen Tag später in unserer Wohnung gefunden. Das sagt Opa zumindest. Ich erinnere mich nicht wirklich, es ist alles ziemlich verschwommen. Zeiteinheiten wie Tag und Nacht hatten sowieso nicht viel Bedeutung für mich. Tagsüber schlief Mom ja eh immer, nachts war sie arbeiten. Die meiste Zeit verbrachte ich also allein – außer einmal die Woche, da ist sie mit mir in den Park gegangen, um den Schein zu wahren. Es war der einzige Tag, an dem ich je das Gefühl hatte, dass sie für mich da ist.«

Seine Stimme klingt so gebrochen, so klein, so verloren. Es ist, als stecke er wieder im Geist des Sechsjährigen, der er damals war, als würde er die Welt wieder durch dessen

Augen sehen. Ich betrachte ihn eingehend und sehe lange in seine traurigen Augen. Mein Herz macht einen Sprung, als ich bemerke, wie sich eine Träne aus seinem Augenwinkel stiehlt. Ich hab ihn schon wütend gesehen, hab gesehen, wie er mit seinen Dämonen ringt, aber das? Das bricht mir das Herz.

Ihn weinen zu sehen ist schlimmer, als ich es mir je hätte vorstellen können.

18. Kapitel

Aston

Eine Träne fällt, dann noch eine und noch eine. Der Schmerz ist echt. Er ist alt, aber echt. Er war immer da, endlich bricht er durch. Ich hatte ihn so lange verdrängt, aber jetzt kann ich ihn endlich zulassen.

Megans Berührung ist warm und zärtlich, und als sie mich tröstend in ihre Arme zieht, lasse ich es zu. Sie spricht dabei kein Wort. Sie tut nichts, außer mich zu halten. Dadurch erinnert sie mich daran, dass ich nicht allein bin, dass ich hier bei ihr sicher bin. Es ist wichtig, dass sie mich genau auf diese Art und Weise hält. Sie bringt mich auf den Boden der Tatsachen zurück, damit ich begreife, dass die Zeit als sechsjähriger, ängstlicher Junge endgültig vorbei ist. Sie hat die Macht, die Flashbacks zu stoppen, die mich auffressen.

»Das ist der Grund, wieso ich Psychologie im Hauptfach gewählt habe«, erkläre ich nach einer Weile mit erstickter Stimme. »Weil ich dann irgendwann Kindern helfen kann, denen es genauso mies geht wie mir damals. Wenn da jemand gewesen wäre, mit dem ich hätte reden können, als ich jünger war, wäre ich vielleicht heute nicht so abgefuckt.«

»Du bist nicht abgefuckt.« Sie fährt mir mit den Daumen über die Wangen, wischt mir die Tränen weg. »Du hattest eine schwere Kindheit, Aston, aber jetzt setzt du dich damit auseinander. Du beweist dir und der ganzen Welt, dass diese Männer alle falschlagen. Damit, dass du deinen Highschool-Abschluss gemacht hast und jetzt hier studierst, beweist du es. Das hast *du* allein geschafft und sonst niemand.«

»Nein, Megan, ich werde immer ein bisschen abgefuckt bleiben. Ich werde immer wieder nachts hochschrecken und mich fragen, ob ich mich gerade unter meinem Bett verstecke oder ob ich in Sicherheit bin. Und ich werde mich auch in Zukunft, egal was ich tue, immer wieder in Frage stellen, denn die Verletzungen waren einfach zu groß.«

»Aber du wirst auch jeden Tag ein bisschen mehr heilen«, erwidert sie leise. »Wir werden einen Weg finden, wie du mit diesen Albträumen und diesen Flashbacks, die du hast, umgehen kannst. Ich verspreche es dir, Aston, ich werde dir helfen.«

Ihre blauen Augen blicken mich fest an, als sie sich über mich beugt. Die blonden Haare bilden einen Vorhang um unsere Gesichter, der uns vor der Welt versteckt. Ich könnte mich in ihren Augen tausendmal verlieren und immer noch nicht genug von ihr haben. Sie gibt mir etwas, das mir noch nie jemand gegeben hat. Ihre Berührungen sind so kostbar für mich, dass ich das Gefühl habe, niemals wieder aufstehen zu wollen. Deswegen ist sie so anders für mich als alle anderen. Sie hat mich von jemandem, dem alles egal war, zu jemandem gemacht, dem sie etwas bedeutet. Und sie hat mich dazu gebracht, viele Dinge über mich selbst zu erkennen.

Egal, was die Freunde meiner Mom damals gesagt haben, ich konnte ihnen bewiesen, dass sie unrecht hatten. Ich selbst war es, der sein Leben irgendwie wieder in den Griff bekommen hat, ich hab den Abschluss geschafft und bin aufs College gegangen. Ich war es, der das alles geschafft hat, damit ich Megan treffen konnte.

Ich werde daher auch nie wie meine Mom sein, weil sie nur sich selbst geliebt hat. Es war ein kaputtes Leben, das nur aus Sex, Drogen und Alkohol bestand. Ich bin nicht so. Denn ich bin bis über beide Ohren in das Mädchen auf meinem Schoß verliebt.

*

Hier sind wir also wieder, es ist ein typischer Freitagabend, so wie ich sie früher geliebt habe. Freitag und Samstag waren die besten Abende, weil ich auf den Partys abschalten konnte und mich nur noch auf die körperlichen Gefühle konzentriert habe. Aber jetzt will ich mir am liebsten Megan schnappen und weglaufen, sie von dieser Scheißparty wegbringen. Besonders jetzt, wo Lilas beschissener Plan, Megan zu verkuppeln, die Runde gemacht hat, und jeder Tom, Dick oder Harry meint, es bei ihr mal versuchen zu können.

Jedes Mal, wenn wieder so ein Arschloch sie anlabert, hasse ich Braden für einen kurzen Moment. Er ist der Grund, weshalb wir diese Beziehung geheim halten müssen. Jetzt würde ich gerne zu ihr rübergehen, sie von diesem Idioten wegziehen, der gerade bei ihr steht, und sie vor allen küssen, dass ihr Hören und Sehen vergeht. Ich würde alles tun, um zu zeigen, wohin sie gehört. Zu wem sie gehört. Denn sie gehört mir, und das meine ich nicht so, als wäre sie mein Besitz oder so. Aber es sind meine Arme, in die sie sich fallen lässt, meine Lippen, die sie küsst, mein Herz, das sie hält. Was will also dieser arrogante Arsch, der sie gerade vollschwallt?

Ich stelle die Bierflasche mit einem Krachen auf dem Tresen ab, ignoriere die erschrockenen Blicke um mich herum und schiebe mich durch die Menge. Als ich an Megan vorbeikomme, rempele ich sie absichtlich an. Dann gehe ich weiter in Richtung Treppenhaus. Immer zwei Stufen auf einmal nehmend, laufe ich zu meinem Zimmer rauf. Drinnen angekommen, ist es still. Ich setze mich aufs Bett und warte auf sie.

Ich hab keine Ahnung, wie lange es dauern wird. Wenn sie zu lange braucht, werde ich wieder runtergehen. Wenn sie zu früh hinter mir herkommt, könnte es jemand sehen und Verdacht schöpfen … Aber das ist mir eigentlich inzwischen scheißegal.

Die Tür geht auf, Megan schlüpft hindurch. »Ich hoffe, du hast einen guten Grund dafür, dass du hier raufrennst wie ein Mädchen, das seine Tage hat und dringend Schokolade braucht«, meint Megan vorwurfsvoll.

»Ich halte diese verfickte Heimlichtuerei nicht mehr aus, Baby.« Ich schaue sie ernst an, dabei entgeht mir nicht, wie gut ihr die engen Jeans stehen. »Ich kann nicht mit dir auf dieser Party sein und zusehen, wie dich diese Arschlöcher angraben. Fuck, ich kann das nicht mehr. Nicht so.«

»Das hat dich doch sonst nicht gestört.«

»Es hat mich schon immer gestört! Glaubst du wirklich, es war mir egal, wenn du mit anderen Typen gelacht und rumgealbert hast, obwohl ich wusste, dass die dir alle nur an die Wäsche wollten?«

Sie kommt einen Schritt näher. »Ich hab nie gesagt, dass es dir egal war. Ich meinte doch nur, dass es dich nicht gestört hat – und wenn doch, dann hast du es mir nie gezeigt!«

»Willst du mir etwa erzählen, dass es dich nicht stören würde, wenn ich anfange mit irgendwelchen Mädels zu flirten, nur um den Schein zu wahren?« Ich schaue sie hilflos an. »Ich ertrage es nicht, wie sie dich anschauen, Megs. Diese geheime Beziehung geht schon viel zu lang. Wir müssen endlich damit rausrücken.«

Ihre Augen werden groß. »Das können wir nicht … Braden –«

»Braden wird, verdammt nochmal, damit klarkommen müssen!« Ich stelle mich vor sie, nehme ihr Gesicht in die

Hände. »Er wird damit klarkommen müssen. Er muss sich einfach damit abfinden, weil ich keinen Bock mehr habe, allen etwas vorzumachen. Und ich gebe dich für nichts in der Welt mehr her.«

»Er wird uns hassen«, flüstert sie.

»Der Schaden ist schon angerichtet, Baby. Wenn wir es ihm nicht sagen, geht letztendlich unsere Beziehung kaputt. Jetzt geht es darum, wen es trifft, uns oder ihn?«

Sie kaut nachdenklich auf der Unterlippe. »Braden.«

Ich hasse es, wie sie seinen Namen ausspricht. »Dann müssen wir es ihm sagen.« Ich küsse sie hingebungsvoll. »Jetzt. Wir müssen es ihm jetzt sagen.«

In dem Moment wird die Tür aufgerissen.

»Mir was sagen?«

19. Kapitel

Megan

Ich mache einen Satz nach hinten und halte mir erschrocken die Hand vor den Mund, als ich Braden in der Tür stehen sehe. Sein Blick wandert hektisch zwischen uns hin und her, seine Miene verfinstert sich. Die Spannung im Zimmer ist fast schon greifbar. Ich spüre, wie sich Aston neben mir versteift, sehe die Wut, die Braden ins Gesicht geschrieben steht. Ich bin wie versteinert, kann nichts tun, außer zu warten, was als Nächstes passiert.

Tausende Ausreden und Erklärungen schwirren mir durch den Kopf, aber kein Wort kommt mir über die Lippen. Es gibt keine Entschuldigung. Und es ist Zeit, ehrlich zu sein.

»Ryan hat gesehen, wie du ihm hinterhergegangen bist.« Braden fixiert mich mit eisigem Blick. »Ich hab ihn für verrückt erklärt, hab ihm gesagt, dass das irgendeine andere Tussi gewesen sein muss. Aber als auch ein paar andere meinten, sie hätten dich gesehen, wollte ich nachzuschauen, nur so zum Spaß. Nie im Leben hätte ich gedacht, dass ich dich tatsächlich bei ihm in seinem verdammten Schlafzimmer finden würde!«

»Bray …«

»Wie lange?«, fragt er an Aston gewandt. »Wie lange fickst du sie schon?«

»Braden!«

»Es ist nicht so, wie du denkst«, erwidert Aston. Er ist genauso angespannt wie Braden.

»Ach wirklich? Und du erwartest, dass ich dir diesen Scheiß glaube?«, schreit Braden. »Wie lange?«

»Seit du mit Maddie bei deiner Familie warst.«

»Das war das erste Mal?«

Ich nicke, nehme die Hand vom Mund.

»Das ist ja wohl unfassbar! Da fahr ich mal zwei Tage weg, und schon hüpfst du mit ihr in die Kiste?«

»Miteinander!« Ich mache einen Schritt auf ihn zu. »Braden, miteinander!«

»Oh, und das soll es jetzt besser machen, ja?«

Ich stelle mich vor Aston. »Du musst mal einsehen, dass ich meine eigenen Entscheidungen treffen kann. Ich bin alt genug. Du kannst nicht immer da sein, um mich zu beschützen! Aston hat mich nie zu etwas gezwungen. Kapierst du das? Ich *wollte* es so!«

Er starrt mich an, mein Brustkorb hebt und senkt sich schwer. Aston legt mir die Hand auf den Arm.

»Megs, lass gut sein, ich –«

»Nein«, unterbreche ich ihn, den Blick weiter starr auf Braden gerichtet. »So gern er das auch glauben würde, es ist nicht allein deine Schuld. Ich werde nicht hier stehen und stumm mit ansehen, wie er seine Wut an dir auslässt – für etwas, das wir beide zu verantworten haben.«

»Na gut, wie lange fickt ihr schon *miteinander?*«, zischt Braden. »Weil das ja den Megaunterschied macht.«

»*Wir* haben eine *Beziehung* seit dem Wochenende, wo ihr weg wart«, erkläre ich ruhig.

»Ha!« Braden schlägt mit der flachen Hand gegen die Wand. »Eine Beziehung? Wollt ihr mich verarschen?«

»Nein.«

»Das ist jawohl nicht dein Ernst, Megan! Du hast ja schon einige miese Entscheidungen getroffen in deinem Leben, aber die hier toppt echt alles!« Er stürmt durch die Tür.

Ich reiße mich von Aston los und folge Braden auf den

Gang. Es ist mir egal, wer unser Gespräch hört. »Die Entscheidung, mit Aston zusammen zu sein, ist keine schlechte! Es vor dir geheim zu halten, das war eine schlechte Entscheidung – aber weißt du, wieso wir das gemacht haben? Weißt du, warum ich es dir nicht erzählt habe? Genau deswegen. Um so etwas zu verhindern. Ich wusste, dass du total austicken würdest!«

»Wieso hast du es denn überhaupt gemacht, verdammt?«, ruft er über die Schulter.

»Weil ich es wollte!«

»Und deshalb soll es besser sein?« Er bleibt stehen und dreht sich zu mir um. Mit einer Hand gestikuliert er in Richtung Astons Zimmer. »Er wird dir nur das Herz brechen, Megan! Das tut er immer. Er vögelt mit den Frauen, dann lässt er sie fallen.«

»Du kennst ihn nicht so, wie ich ihn kenne!«

»Das stimmt vielleicht, dafür gibt es aber jede Menge andere Mädels, die das tun.«

»Nein, tun sie nicht!«, schreie ich und stampfe wütend mit dem Fuß. »Sie kennen ihn eben nicht so wie ich. Genauso wenig wie ihr alle. Also steh nicht so da und erzähl mir, dass es eine schlechte Entscheidung war, obwohl du nichts – einfach *nichts* – über meine Entscheidung weißt! Du weißt nichts über uns. Du weißt *nichts* über meine Gefühle – oder über seine!«

»Na, dann los, Megs. Wenn es so ein großes Ding ist, wenn es die wahre Liebe ist, dann erzähl mir doch davon. Was sind denn deine Gefühle?«

Ich starre ihn an, öffne den Mund, um etwas zu sagen.

»Ich liebe sie«, kommt mir Aston zuvor. »Ich kann nicht für sie sprechen, aber für mich schon. Und die Antwort ist, dass ich sie liebe.«

Ich schlucke schwer, mein Herz rast in meiner Brust. Das hat er noch nie gesagt. Und jetzt offenbart er es einfach so. Gegenüber Braden. Und jedem, der sonst vielleicht noch zuhört.

»Liebst du *sie* oder liebst du das, was sie dir gibt?«, fragt Braden. In die Wut seiner Stimme hat sich ein Hauch Unsicherheit gemischt.

Aston kommt zu mir und nimmt meine Hände in seine, er verschränkt unsere Finger. Als er mich in den Arm nimmt, spüre ich seine Verletzlichkeit. Der einzige Mensch, dem er sich je geöffnet hat, bin ich; und jetzt muss er es auch noch vor jemand anderem tun.

»Ich liebe alles an ihr, sogar ihre Eigenarten, und ich liebe es, dass ich durch sie so sein kann, wie ich bin. Alles, was Maddie dir gibt, finde ich in Megan. Sie ist die Richtige, Braden. Keiner von euch kennt mich so, wie sie mich kennt. Sie weiß alles über mich – sogar die Dinge, die ich nie jemandem erzählen wollte. Sie kennt meine Vergangenheit und ist trotzdem noch hier. Ich liebe sie für alles, was sie mir gibt, für jede Berührung, jedes Lächeln – ich liebe einfach alles an ihr.

Du kannst mir jetzt gern die Seele aus dem Leib prügeln, wenn dir danach ist. Ich werde dich nicht davon abhalten, weil ich es verdient habe. Denn ich hab dich hintergangen, aber ich werde mich nicht entschuldigen. Ich werde mich nicht dafür entschuldigen, dass ich sie liebe. Und erwarte ja nicht von mir, dass ich sie in Ruhe lasse, denn das kann ich nicht. Und das werde ich nicht.«

Er drückt meine Hand, ein Schauer läuft mir über den Rücken. Leichte Schritte auf der Treppe kündigen Maddie an. In ihrem Gesicht entdecke ich weder die Wut noch den Ärger, mit denen ich gerechnet hatte. Stattdessen liegt Verständnis in ihrem Blick.

»Und du, Meggy?«, fragte Braden etwas atemlos.

Ich nicke leicht. »Ich liebe ihn, Bray. Es tut mir leid, dass ich es dir nicht gesagt habe, wirklich. Wir wollten beide nicht lügen, aber es ist so gekommen. Es tut mir nur leid, dass wir dich dabei verletzt haben.«

Maddie berührt Braden am Arm und stellt sich neben ihn.

Er seufzt tief. »Wisst ihr, was am meisten weh tut?« Er schaut mich an, die Wut ist aus seinem Blick gewichen. »Du bist meine beste Freundin und hast nicht gedacht, dass du es mir erzählen kannst. Nicht für eine Sekunde hast du in Erwägung gezogen, es mir zu erzählen. Vielleicht ist das meine eigene Schuld, aber das ist jedenfalls das Schlimmste an der Sache für mich. Bin ich angepisst, weil ihr mich angelogen habt? Aber hallo, ich bin so was von angepisst. Aber ich kann dir nicht böse sein. Egal, wie gern ich Aston gerade eine reinhauen würde, egal, wie gern ich dich anschreien würde, ich kann es nicht.«

»Wieso nicht?«, hakt Aston nach. »Ich hab es verdient.«

Bradens Blick wandert über meine Schulter zu Aston. »Weil ich in Megans Augen dieselbe Liebe sehe, die ich in Maddies Augen sehe, wenn sie mich anschaut. Du hast nicht eine Sekunde gezögert, mir zu eröffnen, dass du sie liebst – obwohl du es ihr selbst noch nie gesagt hattest, das hab ich an ihrer Reaktion gemerkt. Ich wäre ein übelst arrogantes Arschloch, wenn ich dir dafür böse bin. Aber nur, weil ich nicht sauer sein kann, heißt das nicht, dass ich gerade hier sein will.«

Er schüttelt Maddies Arm ab und stapft die Treppe runter.

Maddie schaut uns an, ein leises Lächeln umspielt ihre Lippen. »Das hat aber lange gedauert, bis ihr damit rausgerückt seid«, meint sie dann.

»Du hast es gewusst?« Aston zieht mich näher an sich.

Ihr Lächeln wird breiter, sie streicht sich eine Haarsträhne hinters Ohr. »Natürlich hab ich es gewusst. Ich kenne Schmerz, Aston, und ich sehe dir an, dass du tief in dir drinnen einen großen Schmerz vergraben hast. Ich weiß zwar nicht, was es ist, aber dass es so ist, sehe ich. Und Megan ist die zärtlichste, mitfühlendste Person, die ich kenne. Ihr beide habt euch zueinander hingezogen gefühlt, weil sie deine Wunden heilen kann. Ich wusste in dem Moment, wo wir von dem Wochenende zurückgekommen sind, dass da was zwischen euch läuft.«

»Wieso hast du mich nie danach gefragt?« Ich lege fragend den Kopf schief.

Sie macht Anstalten, Braden zu folgen, dreht sich aber auf der obersten Stufe noch einmal um. »Weil …« Sie grinst. »… Wenn Braden etwas geahnt hätte und mich gefragt hätte, ob du mir was erzählt hast, hätte ich ihn nicht anlügen können.«

Ich kann nicht anders, ich muss einfach lächeln. Stück für Stück fällt die Anspannung von mir ab.

Aston legt die Arme um mich, vergräbt das Gesicht an meinem Hals. »Das war … merkwürdig«, meint er trocken.

»Das lief doch gut«, erwidere ich ernst. »Ich hätte echt erwartet, dass dir Braden sofort eine reinschlägt und erst später Fragen stellt. Normalerweise ist das nämlich seine Vorgehensweise.«

»Vielleicht war er so geschockt, dass du tatsächlich bei mir im Zimmer warst, dass er vergessen hat, mich zu vermöbeln.«

Ich lache kurz auf. »Da könntest du recht haben.«

Er lässt mich los und schiebt mich zurück zu seinem Zimmer. Als er die Tür hinter uns schließt, reibe ich mir erschöpft übers Gesicht.

»Was machen wir denn jetzt?« Ich schaue zu ihm hoch.

Aston kommt grinsend auf mich zu. »Wir können aufhören, uns zu verstecken. Und ich kann mich endlich wie der eifersüchtige Freund verhalten, der ich bin. Ab jetzt darf ich den Arschlöchern, die dich angraben, zeigen, wo der Hammer hängt.«

Ich grinse ihn schief an. »Klingt nach nem Plan.«

Er nimmt mein Gesicht in die Hände und küsst mich zärtlich auf den Mund. »Allerdings. Wir müssen nur erst noch was klarstellen.«

»Was denn?«

Seine grauen Augen sind plötzlich ganz klar und ernsthaft. »Es tut mir leid, dass ich dir nie gesagt habe, wie stark ich für dich empfinde.«

»Na, ich weiß es ja jetzt«, erwidere ich.

Er schüttelt den Kopf. »Nein, das tust du nicht. Du weißt nicht, wie schon die kleinste Berührung deiner Hand die Schmerzen meiner Vergangenheit wegwischt; du weißt nicht, wie du nur durch deine bloße Anwesenheit in meinem Bett die Albträume verhinderst; du weißt nicht, dass du der erste Mensch bist, der mich wirklich zum Lachen bringt; und du weißt ganz sicher nicht, dass ich dich so sehr liebe, dass ich nicht mehr klar denken kann. ›*Umsonst habe ich mich bemüht. Es wird nichts werden. Meine Gefühle lassen sich nicht unterdrücken. Du musst mir erlauben, dir zu sagen, wie brennend ich dich verehre und liebe.*‹«

Den britischen Akzent imitiert er beinahe perfekt. Ich lächle ihn selig an, lege meine Hände an seine Hüfte und drücke mich an ihn. Seine Finger fahren durch meine Haare und bleiben an meinem Hinterkopf liegen.

»Auch, wenn ich versucht habe, es nicht zu tun, so ist es doch passiert«, sagt er leise und legt seine Stirn an meine. Meine Nase streift seine, und ich schließe die Augen, höre ihm einfach nur zu. »Ich habe die Grenze überschritten und mich in dich verliebt. Und ich werde es nicht bereuen. Ich weiß nicht, wie du es machst, Baby, aber mit dir ist alles leichter.« Aston streift mit seinen Lippen über meinen Mund, eine federleichte Berührung.

Ich lasse meine Hände über seinen Rücken nach oben gleiten. »Die Rede war wirklich eines Mr Darcy würdig«, murmele ich lächelnd. Er zieht den Kopf etwas zurück und grinst mich an, seine Augen funkeln. Ich erwidere diesen besonderen Blick. »Ich liebe dich, Aston. Ich weiß nicht, wie oder warum, ich weiß nur, dass es so ist. Was andere über dich denken, was du selbst von dir hältst, all das ist mir egal. Du bist alles für mich – alles. Okay? Und ich verspreche dir, hier und jetzt, dass ich dich nicht verlassen werde.«

Er atmet tief ein, in seinen Augen liegt etwas sehr Verletzliches, was mich rührt. Anstatt etwas zu erwidern, senkt er den Kopf und küsst mich wieder. Arm in Arm stehen wir da, und unsere Körper passen perfekt aneinander.

»Du hast gar keine andere Wahl«, flüstert Aston, sein Atem an meinem Mund. »Weil ich dich niemals wieder loslassen werde. Außerdem, was mir gerade einfällt, wir hatten noch gar keinen ersten Kuss.«

»Klar, hatten wir einen ersten Kuss. Da an der Wand, wenn ich mich richtig erinnere.«

»Das war kein Kuss. Das war Sex.«

»Ähm, da war auf jeden Fall auch Küssen dabei«, erinnere ich ihn.

Er verzieht den Mund leicht zu einem Grinsen. »Aber das war kein Kuss – kein richtiger zumindest.«

»Du hast mich schon hundertmal geküsst, Aston.«

»Ich weiß. Aber trotzdem hatten wir nie einen richtigen ersten Kuss.«

Ich seufze, irgendwie amüsiert. »Wieso ist dir das auf einmal denn so wichtig?«

»Weil du der romantischste Mensch bist, den ich kenne, und ich weiß, dass es dir wichtig ist.«

»Na ja, so wichtig jetzt auch nicht.« Ich schaue in seine rauchgrauen Augen. »Es ist doch nur ein Kuss.«

»Bei dir ist nichts einfach *nur etwas*«, murmelt er. »Es ist immer mehr, als es scheint. Deswegen will ich dir den ersten Kuss geben, den du verdienst.«

»Dass wir uns haben, ist mehr als genug.«

»Megan …«

»Oder gibst du die Idee vom perfekten zweiten ersten Kuss schon wieder auf?«

Aston schüttelt lächelnd den Kopf. »Ich geb gar nichts auf, wenn es um dich geht. Also, lass mich machen, okay?«

»Na gut«, flüstere ich.

Er rückt mit seinem Gesicht ganz nah an mich, unsere Nasenspitzen berühren sich. Ich schließe die Augen.

»Ich hoffe, du bist bereit für den besten ersten Kuss deines Lebens«, haucht er. »Weil es nämlich auch dein letzter erster Kuss sein wird.«

Seine Hände legen sich um meinen Kopf, unsere Münder treffen sich, erst sanft und vorsichtig, dann immer fordernder. Seine Lippen liebkosen meine, ich lasse mich fallen, gebe mich ihm hin. Wie er schmeckt, wie er sich anfühlt, wie er riecht – das alles ist so intensiv. Mit jeder Berührung seiner Lippen fühle ich, wie ich mich noch mehr in ihn verliebe.

Ich spüre, wie ich mich völlig in ihm verliere, mit allem, was ich habe. Denn die Romantikerin in mir will alles, und die Romantikerin in mir wird nicht lockerlassen. Niemals.

*

Mein Herz ist von zwei Gefühlen bestimmt. So wie ich hier in Astons Armen liege, bin ich einerseits erleichtert, dass das Versteckspiel endlich vorbei ist. Andererseits ist mein Herz auch schwer, als ob ein Bleigewicht es runterziehen würde.

Ich bewege mich ein wenig, und Aston lockert seinen Griff. Ich fahre ihm mit den Fingern durch die Haare, streiche sie ihm aus der Stirn. Er sieht gerade so friedlich aus. Die Falten auf seiner Stirn sind ausnahmsweise mal ganz entspannt, sein Mund ist leicht geöffnet, er atmet gleichmäßig und ruhig.

Was mich bedrückt, ist Folgendes: Seinen Frieden hat er mit dem Schmerz eines Freundes bezahlt – der wahrscheinlich gerade in seinem Zimmer ein Stockwerk höher wach liegt. Er wird sich wahrscheinlich schuldig dafür fühlen, dass ich Angst hatte, es ihm anzuvertrauen. Er wird sauer über die Lügen sein und sich gleichzeitig freuen, dass ich Liebe gefunden habe. Wenn ich's mir recht überlege, ist er wahrscheinlich doch eher nicht in seinem Zimmer. Ich weiß genau, wo er ist.

Ich klettere aus dem Bett, im selben Moment klopft es leise an die Tür. Mist. Ich schnappe mir eins von Astons T-Shirts, das über einem Stuhl hängt, schlüpfe eilig hinein und öffne die Tür einen kleinen Spalt. Lila steht vor mir.

»Ich war bei uns im Wohnheim, um dir ein paar Klamotten zu holen. Ich wusste, dass du nichts dabeihaben konntest.« Sie streckt mir eine Tasche entgegen.

»Danke«, erwidere ich verdutzt.

»Hey – nichts zu danken. Ich wäre jetzt nicht gern an deiner Stelle. Braden muss ja ziemlich getobt haben. Er ist nicht mal hier im Moment, hat Maddie 'ne SMS geschrieben, dass er 'ne Stunde Zeit braucht. Sie versteht ihn zwar, macht sich aber auch ein bisschen Sorgen.«

»Ah, deshalb hast du mir die Klamotten gebracht.«

Sie lacht leise. »Ja, irgendwie schon. Es bringt ja nichts, wenn wir jetzt alle ausschwärmen, um ihn zu suchen – er könnte immerhin überall sein, oder? Aber du kennst ihn am besten und …«

Ich nicke. »Ich denke, ich weiß, wo er ist. Sag Maddie, dass sie sich keine Sorgen machen soll. Ich finde ihn auf jeden Fall. Und danke, dass du mir die Sachen gebracht hast, Li.«

Sie lächelt und geht dann zu Ryans Zimmer, das ein paar Türen weiter den Gang runter liegt. Ich schließe die Tür hinter mir. Als ich mich umdrehe, schaut mich Aston an. Ich ignoriere das Kribbeln, das mir sein Blick verursacht, und hebe die Tasche hoch.

»Lila hat mir Klamotten gebracht.«

»Wenn ich nicht gerade gehört hätte, dass Braden verschwunden ist und du nach ihm schauen sollst, würde ich ihr die blöden Klamotten wieder zurückbringen.« Er stützt sich auf dem Ellenbogen ab, die Augen hat er auf meine nackten Beine geheftet.

»Echt, wieso denn?«, frage ich unschuldig und gehe zu ihm.

»Aber hallo.« Er streckt die Hand aus und zieht mich am Arm zu sich ran. Ich lande halb auf ihm, halb auf dem Bett. Seine Hände schieben sich unter das T-Shirt, mit den Fingern fährt er den Rand meiner Unterwäsche entlang. »Ich würde ja sagen, du solltest unbedingt in meinem Shirt schlafen, das Problem ist nur, dass wir dann wahrscheinlich kaum Schlaf bekommen würden.«

»Ich kann mir nicht vorstellen, dass ich mich da beschweren würde«, murmele ich, während wir uns küssen.

Er vertieft den Kuss, und ich spüre seine Erektion an meinem Oberschenkel, obwohl noch die Decke dazwischen ist. Widerwillig löse ich mich aus dem Kuss.

»Ich muss Bray finden.«

»Ich weiß«, sagt er leise. »Es ist nicht fair Maddie gegenüber. Fuck. Wir haben da echt was angerichtet, oder?«

Ich setze mich auf, fahre mit den Fingerspitzen seinen Arm entlang. Er fängt meine Finger mit seiner Hand und drückt sie fest.

»Ja. Das haben wir wohl. Aber ehrlich gesagt, der Zeitpunkt hätte keine Rolle gespielt, er wäre immer wütend geworden und hätte sich erst mal wieder beruhigen müssen. Klar, wir wissen beide, dass wir es nicht so lang hätten geheim halten dürfen, aber das können wir ja jetzt nicht mehr ändern. Es war ein Fehler, und jetzt muss ich ihn finden und mit ihm reden.«

»Braden ist ein alter Dickkopf, woher willst du denn wissen, dass er überhaupt mit dir redet?«

Ich lächle und zucke mit den Schultern. »Wenn er nicht mit mir hätte reden wollen, dann wäre er wohl kaum an einen Ort geflüchtet, von dem nur ich weiß.«

*

»Ich hab mich schon gefragt, wie lange ich wohl noch warten muss.«

Der Wind, der vom Meer heraufweht, wirbelt mir die Haare um den Kopf, so dass ich sie mir permanent aus dem Gesicht streichen muss.

»Länger, als du solltest«, erwidere ich und springe mit einem Satz auf den großen Felsen, auf dem Braden sitzt.

Er zuckt wortlos mit den Schultern und lässt den Blick über das unruhige Wasser gleiten. Er spielt nervös mit den Daumen herum und wippt mit den Füßen wie zu einem lautlosen Beat. Ich kenne ihn gut genug, um zu wissen, dass er darüber nachdenkt, was er als Nächstes sagen soll. Also warte ich ruhig ab, bis er so weit ist.

»Ich verstehe, wieso du es getan hast«, sagt er schließlich. »Ich meine, warum du es geheim gehalten hast. Wieso du mit diesem Arsch ins Bett steigen musstest, verstehe ich allerdings nicht.«

Ich schaue ihn an und bemerke, wie seine Lippen zucken. »Ähm … Vielleicht, weil er heiß ist?« Mühsam unterdrücke ich ein Grinsen und senke den Blick.

Braden beißt sich auf die Lippe und wendet das Gesicht ab. »Na ja, ich hätte mir nur gewünscht, dass du mit jemandem zusammenkommst, den ich gut finde.«

»Du würdest niemanden gut finden, mit dem ich zusammenkomme.« Ich lehne den Kopf an seine Schulter, und er legt den Arm um mich – so, wie er es immer getan hat, bevor wir aufs College gegangen sind, bevor die Spiele begonnen haben.

»Wahrscheinlich hast du recht«, gibt er zu. »Aber Aston kann ich nicht mal richtig hassen, weil ich ihn ja eigentlich mag, also hab ich ein Problem. Auch wenn ich zugeben muss, dass ich mir dich nie mit ihm hätte vorstellen können. Hab immer so einen reichen Schnösel vor Augen gehabt, der dich in seinem schicken Cabrio abholt und dann mal eben mit dir von L.A. nach New York düst, nur für ein teures Abendessen.« Braden schüttelt sich neben mir vor Lachen.

Ich pruste los und halte mir die Hand vor den Mund. »Klar – weil ich auch voll der Typ für so was bin, ne? Also, bitte, Bray, du müsstest mich doch besser kennen.« Ich stupse ihn in die Seite. »Weißt du nicht mehr, wie wir mal mit deiner Mutter zu diesem Wohltätigkeitsdinner gehen sollten und vorher googeln mussten, wie man die Gabeln richtig benutzt?«

»Und als ich nach Berkeley gekommen bin, musste ich googeln, wie man sich bei Dates verhält«, meint Braden nachdenklich. »Verdammt, wir haben echt unsere Macken, oder?«

»Ich glaub, es war aber meistens so, dass du Ärger gemacht hast und ich zufällig mit reingerutscht bin.« Ich lächle und setze mich auf. »Es tut mir wirklich leid, Bray, ich hatte nie vor, dir etwas zu verheimlichen. Am Anfang dachte ich, es wär nur für dieses eine Mal, und dann ist irgendwie alles aus dem Ruder gelaufen. Plötzlich war es zu spät, um es dir noch einfach so zu erzählen. Ich wusste irgendwann nicht mehr, wie.«

»Ich versteh das schon, Megs. Irgendwie. Glaub ich. Ich fühl mich auch schlecht, denn an deiner Stelle hätte ich mich wahrscheinlich genauso verhalten. Nur, ich hätte mich nicht erwischen lassen.« Er grinst mich an.

»Vielleicht wollte ich ja erwischt werden«, entgegne ich achselzuckend. »Zumindest muss ich mir so nicht mehr überlegen, wie ich es dir beibringen kann, du hast es ja selbst gesehen.«

»Du warst schon immer ein Feigling.«

»Hey!«

»Aston kann echt ein Idiot sein, Megs, das weiß ich, aber er liebt dich. Ich hätte zwar nie gedacht, dass der Kerl zu so was fähig ist, aber er tut es offensichtlich.« Braden hält inne. »Andererseits liegt das vermutlich an dir. Du könntest auch einen schwulen Mann zum Hetero machen, wenn du das wolltest.«

»Na ja … ich könnte es ja mal probieren.«

»Viel Glück damit, Aston wird ihn trotzdem umbringen, egal ob schwul oder hetero. Wenn er auch nur ansatzweise so tickt wie ich, wird er keine anderen Männer dulden.«

»Du meinst wie ein übereifersüchtiger Neandertaler? Ja, da seid ihr euch ziemlich ähnlich.«

Braden lacht kurz und seufzt dann schwer. »Es tut mir leid, Meggy.«

»Was denn? Ich bin doch diejenige, die dich angelogen hat.«

Er schaut mich ernst an. »Aber nur, weil ich mich so sehr darin verstrickt habe, das Beste für dich zu wollen. Ich dachte, ich weiß, was das Beste ist. Dabei hab ich ganz vergessen, dich mal zu fragen, was du eigentlich selber willst. Ich war so verdammt darauf konzentriert, dich von den ganzen notgeilen Idioten im Verbindungshaus fernzuhalten, dass ich gar nicht bemerkt habe, dass das Beste für dich direkt vor unserer Nase war.«

»Er hat es dir aber auch nicht gerade einfach gemacht«, erwidere ich leise. »Einer der Gründe, wieso ich es dir nicht gesagt habe, war, dass Aston dich und Ryan echt braucht. Obwohl er das bestimmt nie zugeben würde. Er braucht die Freundschaft zu euch, weil sie ihm Sicherheit gibt. Ich kann dir nicht mehr sagen – das muss er schon selbst tun –, aber eins ist sicher, der Aston, den du kennst, ist nicht der Aston, den ich kenne. Du musst mir also einfach vertrauen, wenn ich dir sage, dass er das Beste für mich ist. Du weißt, dass das Herz nicht lügt, Bray, und mein Herz sagt mir, dass er das Beste für mich ist. Mein Herz sagt mir, dass er alles ist, was ich je brauchen werde, egal, wie schwer es wird.«

»Und das ist genau der Grund, weshalb ich dir nicht böse sein kann. Auch wenn ich es sein müsste. Ich vertraue dir, Megs. Manchmal weiß ich selbst nicht genau, wieso, aber es bringt ja nichts, mit dir zu streiten. Du bist viel zu dickköpfig.«

»Das stimmt. Ich hab ja auch vom Besten gelernt.«

»Ja, allerdings.« Er streckt sich und steht dann auf. Er zieht mich hoch und legt den Arm um meine Schultern. »Na los, komm. Ich hab heut meine Freundin versetzt, und jetzt muss ich wahrscheinlich erst mal irgendeinen Idioten verscheuchen, der denkt, er müsse die Chance nutzen.«

Ich schüttle lächelnd den Kopf, während wir vom Felsen klettern. Es hilft alles nichts. Er ist und bleibt ein Macho.

20. Kapitel

Aston

Ich spüre die raue Rinde des Baums, an dem ich lehne, durch mein T-Shirt. Abgesehen von Megan gibt es nichts, was mir so viel Frieden gibt wie die Natur. Sogar jetzt, wo ich auf Braden und unser unausweichliches Gespräch warte.

Es wird ein Gespräch, in dem ich ihm gestehen muss, wieso ich Megan in meinem Leben brauche. Und ich bin bereit dazu. Wegen ihr. Sie hat mir geholfen, mich zu öffnen, was meine Vergangenheit angeht.

Ich bin so in Gedanken versunken, dass ich ihn erst nicht bemerke.

»Na, wovon träumst du denn?« Er grinst mich an und setzt sich zu mir.

»Wie, keine Faust in meinem Gesicht?« Ich grinse zurück.

Er zuckt mit den Schultern. »Hab drüber nachgedacht. Ziemlich lange. Dann ist mir eingefallen, dass mich unsere verdammten Frauen vermutlich dann so richtig in die Mangel nehmen würden, und das ist es mir nicht wert.«

Damit hat er wahrscheinlich recht.

»Aber sei gewarnt, du wirst es so was von mit mir zu tun bekommen, wenn du ihr das Herz brichst.«

»Alter, ich hab das ernst gemeint, als ich gestern gesagt hab, dass ich sie liebe«, erkläre ich mit fester Stimme. »Sie versteht mich, Mann. Ich kann ihr alles erzählen, und sie kommt mit der ganzen Scheiße klar. Megan ist einfach nicht von dieser Welt, und ich hab fast das Gefühl, sie nicht zu verdienen.«

»Mann, keiner von uns hat diese Frauen verdient, aber

aus irgendeinem Grund stehen sie auf uns.« Er zwinkert mir zu. »Ich werd dich nicht anlügen – ich bin ziemlich sauer, dass du mir das verheimlicht hast und ihr das hinter meinem Rücken abgezogen habt. Andererseits versteh ich euch auch irgendwie: Ihr habt das vor mir geheim gehalten, weil sie mir so verdammt viel bedeutet … Deshalb bin ich auch nur halb sauer.«

Ich ziehe fragend eine Augenbraue hoch, ermahne mich dann aber selbst. »Ach, Fuck.« Ich fahre mir mit der Hand durch die Haare. »Ich hab ja nicht mal 'ne Ahnung, was ich bin, verdammt.«

Über Bradens Schulter hinweg entdecke ich Megan, die in der Tür zum Verbindungshaus auftaucht und sich an den Türrahmen lehnt.

»Bis ich sechs Jahre alt wurde, war mein Leben ein einziges Chaos aus Drogen, Alkohol, Sex und Missbrauch. Ich musste ständig irgendwelche blauen Flecken verstecken, die mir Moms aufgepumpte Freunde verpasst hatten, und hatte immer Angst vor der nächsten Prügelattacke. Als kleiner Junge musste ich mit anhören, wie sie im Nachbarzimmer benutzt wurde, jede Nacht weinte und schrie. So ging das immer weiter, bis sie die Drogen schließlich umgebracht haben und mein Großvater mich zu sich genommen hat. Ich hab die ganze Zeit mit der Scheiße gelebt und Sex dazu benutzt, alles zu verdrängen – wahrscheinlich in etwa so, wie sie das auch gemacht hat. Sex war für mich etwas, was die Gefühle betäubt hat. Bis Megan kam. Mit ihr wurde es plötzlich real. Sie hat mich daran erinnert, wie ich mich eigentlich fühle, und die Erinnerungen langsam aus mir hervorgeholt. Als ich es ihr erzählte, hab ich alles noch mal durchlebt, und dann hat sie mir die Last irgendwie abgenommen. Einfach nur dadurch, dass sie für mich da war.

Die Scheiße in meinem Kopf, der ganze Lärm – sie machte das irgendwie alles still. Mann, ich hab keine Ahnung, wie, aber ich wünschte, ich wüsste es.« Ich schüttle den Kopf und bemerke, dass Megan langsam zu uns rüberschlendert. »Tja, und das ist also meine Scheißvergangenheit, die niemand von euch kennt.« Mein Blick wandert wieder zu Braden. »Das bin ich. Ich hab es satt, so zu tun, als wäre ich jemand anderes. Ich will einfach ich selbst sein – und zwar, weil Megan das verdient hat.«

»Na, ihr habt euch ja noch gar nicht umgebracht?« Megan streicht sich die Haare hinters Ohr und bleibt zwischen uns stehen.

Ich streck die Hand aus und zieh sie zu mir auf das Gras. Sie quietscht, und ich fange sie und platziere sie zwischen meinen Beinen, so dass sie sich an mir anlehnen kann. Ich lege die Arme um sie und schmiege mich an ihren Hinterkopf, dann küsse ich sanft auf ihre Schläfe. »Nein, haben wir nicht. Noch ein paar Minuten länger, und es wäre vielleicht dazu gekommen.«

Sie drückt ihr Gesicht an meins, und ich spüre, dass sie grinst. »Das ist gut. Ich hätte es ungern mit euch beiden aufgenommen.«

»Siehst du?« Braden zuckt die Achseln. »Ich hab schneller Ärger mit ihr als du mit mir. Ich werde dich trotzdem im Auge behalten und sichergehen, dass du meine beste Freundin gut behandelst.«

»Neandertaler«, kommentiert Maddie und lässt sich neben ihm auf dem Rasen nieder.

»Ich mein's ja nur gut, Engel.«

»Das wissen wir.« Sie lehnt sich nach vorn und gibt ihm einen Kuss auf die Wange. »Und ich glaube, Aston ist sich dessen auch bewusst.«

Braden schnaubt, und Maddie schenkt ihm ein süßes Lächeln, bevor sie den Kopf an seine Schulter legt.

»Das ist das Arschloch, mit dem du die ganze Zeit heimlich ins Bett steigst?«, ruft eine empörte Kay quer durch den Garten. »Du willst mich doch verarschen, oder?«

»Äh, Überraschung«, versucht es Megan wenig überzeugend und zuckt die Schultern.

»Überraschung? Fuck, das ist aber hallo 'ne Überraschung!« Kay bleibt vor uns stehen und stemmt die Hände in die Hüften. Dann schaut sie Braden an. »Warum ist Aston noch nicht in einem Ganzkörper-Gips?«

Braden zuckt mit den Achseln.

»Reg dich mal ab, Missy!«, ruft Lila. »Sie gehen doch nur miteinander aus, ist doch kein Ding.«

»Du wusstest davon, stimmt's?« Kay dreht sich zu ihr um, fixiert dann Megan. »Wie konntest du es ihr erzählen und nicht mir?«

Ich muss grinsen.

»Genau genommen hat sie es mir nicht erzählt«, klärt Lila auf. »Ich hab es selbst rausgefunden.«

»Und wieso hast du es mir dann nicht erzählt?«

»Ging es um Leben und Tod, Kayleigh? Wirst du jetzt auf der Stelle tot umfallen, nur weil du ausnahmsweise einmal die Letzte bist, die was mitbekommt?«

»Nö.«

»Dann ist das der Grund, wieso ich es dir nicht erzählt hab.« Lila grinst zufrieden.

»Du wusstest es also die ganze Zeit …«, nimmt Braden zur Kenntnis. Dann schaut er Ryan an. »Wusstest du es etwa auch?«

»Wieso hab ich das Gefühl, dass wir in einer Vorführung vom Schultheater sind?«, flüstere ich Megan ins Ohr.

Sie kichert in sich hinein. »Vielleicht, weil Kay, Braden und Ryan sich so benehmen, als wären sie noch in der Schule?«

»Ich, äh, Fuck«, murmelt Lila währenddessen.

»Schau mich nicht so an, Mann. Dass Lila davon wusste, ist mir genauso neu«, besänftigt Ryan Braden schnell.

»Wusste ... wusste nicht ... wusste ...«, Maddie blinzelt verwirrt. »Ähm, kann ich mal kurz zusammenfassen? Mir schwirrt hier langsam der Kopf.«

»Das könnte auch an dem Schnaps liegen, den wir gestern Nacht zusammen weggekippt haben«, merkt Kay an.

»Nee, das kommt eindeutig von dem Durcheinander hier.« Maddie schüttelt den Kopf. »Okay, Megan und Aston hatten einen heißen One-Night-Stand, woraufhin sie sich unbedingt wiedersehen wollten und am Ende in einer geheimen Beziehung gelandet sind, während Megan weiter auf die von Lila eingefädelten Dates gegangen ist, um den Schein zu wahren. Davon hatte sie irgendwann die Schnauze voll und hat Lila gesagt, dass diese mit der Kuppelei endlich aufhören soll, und dabei kam die Wahrheit ans Licht. Lila hat dann geholfen, die beiden zu decken, bis Braden die zwei gestern ertappt hat. Jetzt wissen wir es aber alle, und alle sind glücklich. Braden und Megan können unzählige weitere One-Night-Stands haben, ohne befürchten zu müssen, dass sie erwischt werden, wie sie im Dunkeln an einem Baum Sex haben.«

Megan schnaubt: »Wir hatten nie an einem Baum Sex.«

Ich muss grinsen. »Hey, was nicht ist, kann ja noch werden.« Ich drücke ihre Hand.

»War das soweit richtig zusammengefasst?« Maddie schaut uns fragend an.

»Ähm, ich schätze, schon ... Vielleicht ein bisschen zu

dramatisch ausgeschmückt, aber ja, im Großen und Ganzen«, antwortet Megan für uns beide.

»Da wär ich mir nicht so sicher. Ich fand's schon dramatisch, wie lange ich warten musste, bis ich dir endlich an die Wäsche gehen durfte, nachdem ich mich so lange nach dir verzehrt habe«, meine ich grinsend.

»Nur an meine Wäsche?«

»Na ja, ich hätte auch ›flachlegen‹ sagen können, aber ich wollte nicht so direkt sein.«

Sie zwinkert mir zu.

Braden räuspert sich: »Okay, normalerweise bin ich ja bei Sex-Gesprächen voll dabei, aber die Frau ist wie meine Schwester. Also haltet euch gefälligst zurück mit den Bettdetails, die keine Sau hören will.« Drohend erhebt er den Zeigefinger. »Zumindest solange ich dabei bin, verdammt!«

»Weißt du was, Braden?«, flötet Maddie. »Aston flucht nur noch halb so viel, seit er mit Megan zusammen ist. Vielleicht solltest du dir daran mal ein Beispiel nehmen.« Sie tippt ihm mit dem Zeigefinger an die Brust.

»Natürlich, Engel, mach ich«, erwidert er mit Unschuldsmiene.

Ich muss grinsen.

»Ich komm nicht drauf klar, dass ihr zwei die ganze Zeit am Vögeln wart, und ich wusste davon nichts.« Kay schaut uns an.

»Dass wir eine Beziehung hatten«, korrigiert Megan. »Das ist ein Unterschied, weißt du.«

»Ach Quatsch, Sex war es ja wohl auch. Ihr könnt uns nicht für dumm verkaufen. Ich kann es trotzdem nicht fassen, dass ich nix, nada, niente davon wusste.«

Ich widerstehe dem Drang, die Augen zu verdrehen. »Du lässt echt nicht locker, oder?«

»Nö«, entgegnet Kay und legt sich auf den Rücken. »Nicht so schnell.«

*

»Wo willst du hin?«, frage ich Megan, als sie mich zielstrebig zu meinem Auto führt.

»Es ist Sonntag«, lautet ihre knappe Antwort. »Wir besuchen deinen Großvater.«

»Okay, aber das erklärt noch nicht den riesigen Picknickkorb, den du mit dir rumschleppst.«

»Na gut – wir besuchen deinen Großvater und machen mit ihm einen Ausflug. Besser?« Sie zieht genervt eine Augenbraue hoch.

Grinsend drehe ich den Autoschlüssel im Zündschloss. »Viel besser. Wo soll's denn hingehen?«

»Wirst du schon sehen.« Sie lehnt sich im Beifahrersitz zurück und lächelt zufrieden in sich hinein.

Ihre Kleidung lässt leider auch keinerlei Rückschlüsse auf ihren mysteriösen Plan zu. Sie trägt wie meistens Jeans, eine Jacke und kurze Stiefel. Vielleicht verrät die Tatsache etwas, dass sie ihre Haare zusammengebunden hat? Ich hab allerdings keine Ahnung, was das bedeuten könnte ... Außer, dass ich ihr am liebsten den nackten Hals küssen würde.

Wir parken vor dem Haus und steigen aus. Als ich die Haustür öffne, schlägt mir nicht der übliche Zigarrenrauch entgegen. Es riecht zwar nach Zigarren, aber nur ganz leicht.

»Opa?«, rufe ich ins Haus, noch während sich eine böse Vorahnung in mir breitmacht. Diese verstärkt sich, als ich den leeren Sessel am Fenster erblicke. Er sitzt immer am Fenster. Wo steckt er nur? »Opa!«, rufe ich jetzt viel lauter, mache auf dem Absatz kehrt und laufe zu den Treppen. »Opa?«

»Mit deinem Geschrei weckst du ja Tote auf, Junge«, erklingt seine grummelige Stimme aus Richtung der Hintertür.

Ich renne durch die Küche und finde ihn in der offenen Tür zum Garten. Er wischt sich gerade die Hände an einem Tuch ab. Ich stutze. »Hast du etwa im Garten gearbeitet?«

»Musst gar nicht so überrascht tun.« Er kichert. »Das soll schon mal ab und zu vorkommen.«

»Aber das hast du seit Jahren nicht mehr gemacht.«

»Das liegt daran, dass ich faul geworden bin, mein Junge!« Er lässt das Tuch auf den Tisch fallen. »Ich hab diese Büsche eingepflanzt, die ich vor ein paar Wochen gekauft hab, weißt du noch? Die Hortensien – für deine Oma.«

»Ich dachte, du wärst noch nicht bereit dafür«, wende ich vorsichtig ein.

»War ich auch nicht. Aber dann hatten du und ich unsere kleine Unterhaltung neulich, und danach hatte ich plötzlich das Gefühl, ein unglücklicher alter Sack zu sein. Deshalb hab ich beschlossen, aus dem verdammten Sessel aufzustehen und etwas dagegen zu unternehmen. Du solltest dir mal den Gemüsegarten anschauen. Im Moment wächst da zwar noch nicht viel, aber warte nur bis zum Frühling, dann geht es ab!« Er strahlt mich auf eine Weise an, wie ich es bei ihm ewig nicht mehr gesehen habe. Als sein Blick auf Megan fällt, erhellt sich sein Gesicht noch mehr. »Und du hast Megan mitgebracht! Gartenarbeit und ein gutes Gespräch über Literatur – das ist der beste Sonntag, den ich seit langem hatte.«

Megan lacht leise. »Ich hatte, ehrlich gesagt, gehofft, dass Sie heute nicht in Ihrem Sessel sitzen. Ich wollte sie nämlich zu einem Ausflug einladen.«

Ich räuspere mich amüsiert. »Du lädst ein? Und wer fährt hier, bitte?«

»Okay, du bist der Fahrer, aber ich bin trotzdem diejenige, die Sie einlädt, Mr Banks.« Sie wirft mir einen gespielt vorwurfsvollen Blick zu, ihre hübschen blauen Augen funkeln amüsiert.

»Und die schöne junge Dame möchte mich also ausführen?« Mein Großvater reibt sich freudig die Hände. »Dann hol ich mal besser meine Jacke. Aston, pass auf, dass ich dir nicht dein Mädchen ausspanne!« Er gibt Megan einen kleinen Kuss auf die Wange, als er mit tänzelndem Schritt an ihr vorbeigeht.

Megan lächelt ihn an.

»Keine Chance, alter Mann!« Ich gehe zu ihr, stelle mich dicht neben sie.

»Ja?« Sie schaut zu mir hoch.

Ich umfasse ihr Kinn, fahre ihr sanft mit dem Daumen über die Unterlippe. »Ach, nichts.« Ich lächle und küsse sie zärtlich.

»Ich will hoffen, dass du mir nicht mein Mädchen verführst!«, ruft mein Großvater aus dem Flur. »Ich bin nämlich mit ihr verabredet.«

Ich muss lachen, nehme Megan an der Hand und verlasse mit ihr das Haus.

Opa folgt uns. Während er läuft, nimmt er seinen Stock und zeigt damit auf mein Auto. »Wenigstens ist das Ding sauber.«

»Natürlich ist es sauber. Glaubst du wirklich, ich würde mein Baby dreckig werden lassen?« Ich schaue ihn von der Seite an.

Er knurrt in sich hinein. »Schätze nicht.«

Ich grinse und helfe ihm ins Auto. Dann lass ich mich auf dem Fahrersitz nieder, Megan hat bereits Platz genommen und lächelt auf diese triumphierende Art.

»Erzählst du uns jetzt, wo wir hinfahren?«

Sie schüttelt den Kopf, ihre Augen funkeln. »Nö. Ich geb dir nur Anweisungen. Es ist immer noch eine Überraschung. Also, erst mal geradeaus, bis zum Ende der Straße.«

Während der Fahrt werfe ich ihr immer wieder verstohlene Blicke zu. Sie sagt mir an jeder Kreuzung, wo ich abbiegen muss, daher passe ich gar nicht wirklich auf, wo wir hinfahren. Ich bin echt fasziniert von ihrer kindlichen Begeisterung, die irgendwie ansteckend ist. Plötzlich werde ich aufgeregt, ohne zu wissen, weshalb.

»Der Yachthafen!«, ruft Opa plötzlich vom Rücksitz. »Wir fahren zum Yachthafen.«

Megan grinst und dreht sich nickend zu ihm um. »Genau richtig.«

»Was, wieso das denn?« Ich runzle misstrauisch die Stirn und schiele kurz zu meinem Großvater nach hinten. Dieser tippt sich mit dem Finger an die Lippen.

Megans Lächeln wird immer breiter. »Wieso geht man denn normalerweise zum Yachthafen?«, fragt sie.

»Wegen der Boote«, antworte ich. Sie schaut mich an und strahlt von einem Ohr zum anderen. Ihre Wangen sind gerötet, aber in ihren leuchtenden Augen entdecke ich auch einen Funken Nervosität. Aber wieso?

»Zum Angeln!«, ruft Opa, als hätte er den Jackpot geknackt. »Wir gehen angeln!«

Megan nickt heftig. »Erraten. Ich wollte etwas für euch beide machen. Meine Eltern hätten eigentlich dieses Wochenende zu Besuch kommen wollen, aber mein Dad hatte dann irgendwas Geschäftliches. Er hatte aber schon ein Boot gemietet, um mit Braden angeln zu gehen, und da hab ich ihn gefragt, ob wir es nicht stattdessen nutzen können.«

Ich parke das Auto auf dem Yachthafen-Parkplatz und

drehe mich zu Opa um. Seine Augen sind glasig, ich hab plötzlich einen Kloß im Hals.

»Danke«, flüstert Opa an Megan gewandt. »Danke dir.« Sie lächelt ihn an, Opa erwidert ihr Lächeln. »Ich werd dann mal da rüber in das Angelgeschäft gehen und uns Köder besorgen. Megan, angelst du auch?«

Sie schüttelt den Kopf. »Gott, nein. Mein Vater hat Braden das Angeln beigebracht und seine Mom mir das Shoppen.« Sie grinst. »Das hat immer gut funktioniert.«

»Aston, dann sorg dafür, dass es auf dem Boot drei Angelruten gibt. Wir bringen ihr das Angeln bei!«, verkündet Opa freudig.

»Oh, ich, ähm …«

»Keine Widerrede! Du gehst mit uns auf das Boot, also angelst du auch mit uns. Nur danebensitzen und hübsch aussehen, gilt nicht. Du kannst auch beim Angeln hübsch aussehen, weißt du.« Er zwinkert und öffnet die Autotür. Ich löse meinen Gurt.

»Warte mal, Opa.« Ich beeile mich auszusteigen.

»Ich kann schon noch selbst aus einem Auto aussteigen, Junge. So alt bin ich jetzt auch wieder nicht«, fährt er mich an. Er schnappt sich seinen Stock und richtet sich auf. »Ich hol jetzt die Köder. Ihr könnt ja schon mal vorgehen und euch um das Boot kümmern.«

Er humpelt über die Straße, ich öffne die Beifahrertür und ziehe Megan aus dem Auto. Im Stehen umarme ich sie stürmisch.

»Danke«, flüstere ich und küsse sie auf den Kopf. »Danke für alles. Du weißt gar nicht, wie viel ihm das bedeutet.«

Sie schaut mich an und lächelt zaghaft. »Wahrscheinlich ungefähr so viel, wie es dir bedeutet?«

Ich nicke und stelle fest, dass sie recht hat. »Wir waren

nicht mehr zusammen angeln, seit ich das Studium begonnen habe.«

Sie fährt mit der Hand über meinen Bauch und hoch bis zu meinem Hals. »Ich muss eigentlich gar nicht unbedingt mit, weißt du? Es ist dein Tag. Du und dein Opa, ihr könnt auch gern zu zweit rausfahren, wenn –«

Ich bringe sie mit einem Kuss zum Schweigen. »Nein, kommt nicht in Frage. Angeln war zwar immer *unser* Ding, aber wenn es irgendjemanden auf dieser Welt gibt, mit dem ich das gern teilen würde, dann bist du das.« Und es stimmt. Sie ist der einzige Mensch, den ich beim Angeln mit meinem Opa dabeihaben möchte.

»Dann lass uns mal das Boot klarmachen. Ich wette, dein Opa ist mit der Angelrute genauso geschickt wie mit seinem Gehstock.«

*

Das Wasser in der Bucht ist ruhig heute, die kleinen Boote schaukeln sanft auf den Wellen. Megan hat den Picknicktisch so gedeckt, dass er keine Wasserspritzer abbekommen kann. Jetzt beäugt sie die Angelruten misstrauisch. Ihr Blick wird noch kritischer, als er auf den Eimer mit Würmern fällt, den Opa gekauft hat, und sie rümpft die Nase. Ich muss lachen.

»Das sind nur Würmer«, meine ich und stecke einen an meinen Angelhaken.

»Ja, genau«, murmelt sie, den Blick immer noch starr auf den Eimer gerichtet. »*Würmer.* Wenn ich gewusst hätte, dass wir lebende Würmer benutzen, dann …« Sie erschaudert. »Ich hasse Würmer.«

Ich grinse. »Baby, die brauchst du, um Fische anzulocken.«

»Das weiß ich auch.« Endlich hebt sie den Blick. »Ich wünschte nur, wir könnten ohne sie fischen.«

Opa reicht ihr eine Angelrute. »Der Köder ist aber nötig.«

Sie atmet tief ein, ich halte ihr amüsiert den Eimer entgegen. Ihre Finger zucken in Richtung der Würmer, doch dann zieht sie die Hand schnell zurück und schüttelt sich. Insgesamt braucht sie fünf Anläufe, um sich endlich einen aus dem Eimer zu fischen. Und als sie den hat, lässt sie ihn fallen.

»Schnapp dir den verdammten Wurm und spieß ihn auf den Haken!« Opa klatscht ungeduldig in die Hände. »Diese Fische warten nicht den ganzen Tag darauf, bei uns auf dem Teller zu landen!«

»Ich … iiiiih!« Sie quietscht laut auf, als sie sich schnell den nächsten Wurm schnappt und auf den Haken steckt. Sofort hält sie die Angelrute möglichst weit von sich entfernt und wischt ihre Finger hastig an einem Tuch ab. »Igittigittigittigitt!«

Mein Großvater und ich brechen in lautes Gelächter aus. Ich verschließe den Eimer wieder und stelle ihn ab.

»Komm, wir fangen uns jetzt ein paar Fische!« Opa nimmt seine Rute, befestigt einen Köder am Haken und wirft ihn gekonnt aus.

»Okay …« Megan scheint noch nicht überzeugt von der Sache. »Ich hab keinen Plan, wie das funktionieren soll.«

Ich lege meine Angelrute beiseite. »Ich bring's dir bei.«

»Er hatte den besten Lehrer der Welt!« ruft Opa von der Reling.

Ich zwinkere Megan zu und positioniere mich hinter ihr. Dann lege ich ihr meine Arme um den Bauch. »Der Wind kommt von hinten, also müssen wir in diese Richtung auswerfen. Wenn du gegen den Wind auswirfst, weht dir die Schnur nur wieder entgegen.«

»Okay. Aber wie werfe ich aus?«

Ich grinse. »Nur Geduld. Du musst erst mal die Rute richtig halten.«

»Ähm, klar.«

Ich umfasse ihre Finger mit meiner Hand. »Die Rolle muss nach unten zeigen; und sie sollte zwischen deinem Mittelfinger und deinem Ringfinger liegen, damit du sie gut balancieren kannst. Genau so.« Ich bewege ihre Finger. »Wenn es nicht bequem ist, dann probier' ein bisschen rum, bis alles gut in der Hand liegt.«

»Ich denke, das passt so«, sagt sie ein bisschen atemlos.

»Dann«, ich senke meinen Mund ganz nah an ihr Ohr, »rollst du die Schnur ab, bis etwa anderthalb Meter abgerollt sind. Der Griff muss so ausgerichtet sein, dass die Rolle genau unter deinem Mittelfinger liegt.« Ich helfe ihr, es richtig hinzubekommen. »Jetzt hältst du die Angelschnur an die Rute gepresst und benutzt die andere Hand, um den Köder freizugeben.«

Ich nehme ihre freie Hand und lege sie an den Haken.

»Und jetzt?« Sie lehnt sich leicht an mich.

»Jetzt streckst du die Arme und zielst du mit der Rute dahin, wo du den Köder haben willst.« Ich helfe ihr dabei, sich auszurichten. »Was wir dafür brauchen, ist eine ruhige, flüssige Bewegung. Du spürst, wenn sich die Rute durchbiegt, und sobald sie das tut, müssen wir nach vorn schieben. Etwa auf halber Strecke lässt du erst die Schnur und dann den Köder los.«

»Hoch, spannen, nach vorn, loslassen«, murmelt sie. »Ich glaub, das bekomm ich hin.«

»Klar, tust du das.« Ich knabbere sanft an ihrem Ohrläppchen. Sie zuckt zusammen und zieht die Luft ein.

»Wenn du das machst, kann ich mich aber nicht konzentrieren.«

Ich lächle in ihre Haare. »Also, bist du bereit für den ersten Versuch?«

»Nein.«

»Na los, also eins, zwei, drei.« Ich helfe ihr dabei, die Rute aufzurichten, als ich spüre, wie sie sich durchbiegt, lasse ich sie nach vorn schnellen. »Lass los!«

Megan quietscht aufgeregt. Sie löst den Finger von der Schnur, und der Köder fliegt in hohem Bogen ins Wasser. Ein Grinsen huscht über ihr hübsches Gesicht. »Ich hab's geschafft!«

»Das hast du. Jetzt musst du nur noch warten, bis ein Fisch anbeißt.«

»Wie lang dauert das so?«

»So lange, wie es dauert.«

»Willst du mir damit sagen, dass ich den ganzen Tag hier stehen könnte, ohne einen einzigen Fisch zu fangen?«

Mein Großvater lacht laut auf. »Genau das will er dir damit sagen!«

Megan dreht entsetzt den Kopf zu mir. »Was? Ich kann nicht glauben, dass ich mich auf so was eingelassen habe.«

»Hey.« Ich lasse die Angelrute los und vergrabe mein Gesicht an ihrem Hals, mit der Nase schiebe ich ihren Jackenkragen beiseite. »Das war deine Idee, weißt du noch?«

»Ja, schon …«

Ich atme den köstlichen Geruch an ihrem Hals ein. »Du hast dich auf gar nichts eingelassen, was dir nicht von vorneherein klar gewesen sein muss.«

»Mhmm.«

»Also, wieso bist du dann überrascht?« Meine Nase streicht über ihr Ohr, und sie erschaudert. Ich lasse meine Hände über ihre Hüfte gleiten, stecke sie vorne in ihre Hosentaschen.

»Bin ich ja gar nicht«, flüstert sie.

»Dann beschwer dich nicht.« Ich lächle und streife mit den Lippen über ihre Wange. Ihre Augenlider flattern. »Megan?«, flüstere ich in ihr Ohr.

»Mm?«

»Immer schön die Schnur im Auge behalten, ja?«

Sie reißt die Augen auf und schaut mich vorwurfsvoll an. »Das hast du absichtlich gemacht! Mich abgelenkt.«

Ich stehle mir einen Kuss und grinse sie an. »Und wenn schon?«

Sie verengt die Augen zu Schlitzen und richtet den Blick aufs Wasser. »Das ist nicht –«

»Juchhuuu!«, ruft mein Großvater plötzlich aus. »Wir haben einen Fang!«

»Halt gut fest, okay?«, weise ich Megan an, bevor ich zu meinem Großvater rübergehe. Auf dem Weg hole ich noch schnell ein Netz.

»Los, hilf mir mal. Bin schließlich nicht mehr der Jüngste«, meint mein Großvater aufgeregt, als ich bei ihm ankomme. Ich stelle mich hinter ihn, helfe ihm die Rute zu halten, während er den Fisch einholt.

Als ich sehe, wie weit sich die Rute durchbiegt, pfeife ich anerkennend. »Das scheint ein ordentlicher Brocken zu sein, Opa.«

»Musst gar nicht so überrascht klingen«, knurrt er. »Ich bin immerhin ein erfahrener Anglermeister.«

Bedächtig holt er den Fang ein. Sobald der Fisch auf der Oberfläche sichtbar ist, angle ich ihn mit dem Netz aus dem Wasser und lasse ihn auf den Boden des Schiffes fallen.

»Ein Lachs!«, ruft er begeistert aus und geht in die Hocke, um den Fisch genauer zu betrachten. »Und … hast du ein Maßband dabei?«

»Im Picknickkorb«, erwidert Megan. »Mein Dad hatte auch immer eins dabei, wenn er mit Braden angeln gegangen ist.«

»Mädchen, du bist ein Genie!«

Ich hol das Maßband und kehre damit zu dem zappelnden Fisch zurück.

»Und, ist es lang genug?«, fragt Opa.

»Ich glaub schon ...« Ich rolle es neben dem Fisch aus. »Halt ihn mal still.«

Opa stellt den Fuß darauf, und ich messe noch mal nach.

»Und?«

»Ach, der ist nur ...« Ich spanne meinen Großvater auf die Folter. »... Zehn Zentimeter länger als die Standardgröße.«

Er klatscht aufgeregt in die Hände. »Das ist unser Abendessen, Kinder!«

»Oh«, ruft Megan plötzlich aus. »Da ist was!«

Mein Großvater nimmt einen Stock und tötet den Fisch mit einer schnellen Bewegung.

Ich stelle mich wieder hinter Megan und helfe ihr, die Rute festzuhalten. »Hat er angebissen?«, erkundige ich mich.

»Wie soll ich das denn wissen? Ich seh ihn doch nicht!«

Ich seufze theatralisch. »Das wird ein langer Tag.«

21. Kapitel

Megan

Gut, dann bin ich eben nicht fürs Angeln gemacht. Damit kann ich leben. Ich bin eh kein Fan von den Würmern. Oder von Schrimps. Würmer gehören in den Garten und Schrimps in die Pfanne. Wer die Dinger fangen und mit ihnen angeln will, von mir aus. Ich kann drauf verzichten.

Auch wenn ich zugeben muss, dass ich mir das noch mal anders überlegen könnte. Wenn sich Aston nämlich so eng an mich drückt wie heute beim Rute einholen, dann … Selbst in der kühlen Seeluft wurde mir heiß, als er so dicht hinter mir stand. Ich hab seinen Körper an meinem gespürt und absolut nichts mehr davon verstanden, was er mir übers Angeln erzählt hat. Wie sollte ich auch, wenn ich die ganze Zeit von seinen Händen an meiner Jeans und seinem Mund an meinem Hals abgelenkt war. Als er mir dann noch so ins Ohr gehaucht hat, hätte ich einfach nur dahinschmelzen können.

Jetzt sind wir wieder in seinem Zimmer, nachdem wir mit seinem Opa den Lachs gegessen haben, den er gefangen hat. Astons Hände streichen über meine Beine, seine Daumen wandern über die Innenseite meiner Oberschenkel. Ich schaue ihm in die grauen Augen, und unsere Nasenspitzen berühren sich.

»Du hättest das heute nicht machen müssen«, murmelt er, während seine Finger meinen Po erkunden.

»Ich weiß, aber ich wollte es gern. Euch hat es doch Spaß gemacht.«

»Dass du dabei warst, hat am meisten Spaß gemacht.«

Seine Nase drückt sich in meine Wange, ich lege den Kopf zurück.

»Du hast dich eigentlich die ganze Zeit an mich gedrückt, wenn man es mal genau nimmt.« Ich fahre ihm mit den Fingern durch die Haare, und er küsst mich auf die Schulter. »Ich bin mir sicher, das war kein normaler Anglertag für dich.«

»Stimmt. Es war viel besser.«

Er tastet mit der Zunge mein Schlüsselbein ab und schiebt gleichzeitig die Hand unter mein Shirt. Ich drehe den Kopf und küsse ihn auf den Hals. Sein Atem geht schwer, und er schaudert leicht.

»Du musst doch nicht gehen, oder?« Seine Stimme ist leise und verletzlich.

Ich schüttle den Kopf. »Nein«, flüstere ich. »Ich bleib so lange, wie du mich brauchst.« Und das meine ich genau so. Selbst wenn er mich für immer bei sich braucht, hier in seinen Armen, würde ich bleiben.

»Das ist gut.« Seine Finger graben sich in meinen Rücken, er presst die Kiefer aufeinander, während sich sein Körper versteift.

Ich streichle ihm beruhigend über den Rücken. Seine Muskeln sind angespannt, steinhart. Astons Atem geht flach, er umfasst mich noch fester. Seine Hände zittern. In meinen Augen brennen Tränen, während ich dort sitze und hilflos mit ansehen muss, was mit ihm passiert. Vielleicht durchlebt er wieder irgendwelche Erinnerungen, und ich kann es nicht verhindern. Ich hab das jetzt schon so oft erlebt, und jedes Mal zerreißt es mir das Herz.

Aber ich werde nicht gehen. Liebe ist stärker als Hass. Was auch immer für ein Hass in ihm eingeschlossen ist oder sich in sein Gehirn gebrannt hat, ich weiß, dass unsere Liebe ihn verdrängen kann. Ich glaube an die Macht der Liebe.

Und deshalb bin ich bereit, dies alles mit ihm zu durchleben. Auch wenn es erst mein Herz zerreißen muss, damit seins heilen kann.

»Geh nicht weg.« Die Worte sind ein ersticktes Flehen in meinen Haaren.

»Ich gehe nirgendwohin«, verspreche ich ihm. »Ich bleibe genau hier, solange du mich brauchst.«

»Ich hasse …«

»Du bist hier sicher.« Meine Stimme ist sanft und stark zugleich. Ich streiche ihm über den Kopf, während ich damit beschäftigt bin, meine eigenen Tränen hinunterzuschlucken. »Du bist bei mir sicher.«

Sein Körper zuckt und entspannt sich dann merklich, sein Atem beruhig sich wieder. »Megan.«

»Ich bin hier.« Ich muss mich zusammenreißen, um mich von seinem Zittern nicht anstecken zu lassen. »Ich bin immer hier.«

»Geh nicht weg. Bitte geh nie wieder weg.« Seine Stimme ist so leise, dass ich ihn kaum verstehen kann, und doch geht sie mir durch Mark und Bein.

Jetzt kann ich es nicht mehr verhindern, dass mir eine Träne über die Wange läuft. »Ich bleibe hier. Ich verspreche es. Ich gehe nirgendwohin.« Wieder streiche ich ihm über den Kopf.

»Ich erinnere mich, wie ich mit Opa und Oma angeln war. Ich war vier – es war kurze Zeit vor dem Tod meiner Großmutter. Die Erinnerung ist verschwommen, aber es ist die letzte, die ich an sie habe. Sie war in ihre Lieblingsdecke gewickelt und saß auf dem Boot. Opa wollte eigentlich nicht, dass sie mitkommt, aber sie hat es sich nicht nehmen lassen, weil sie so gern auf dem Wasser war. Sie ist die Einzige, die jemals mit uns mitgekommen ist.«

Außer mir. Sein Opa hat mich also bereitwillig aufgenommen in ein Ritual, das für ihn, seinen Enkel und seine verstorbene Frau reserviert war. Ich kneife die Augen zusammen.

»Nach dem Tag auf dem Meer hat mich Opa nach Hause gebracht. Ich hatte einen Fisch dabei. Mom war da und wies mich an, den Fisch in die Tiefkühltruhe zu legen. Sie selbst musste zur Arbeit, und ich sollte mir Toast machen. Es war das Einzige, das sie dahatte. Dann ist sie zur Arbeit. Beim Essen stieß ich gegen meinen Teller, der scheppernd zu Boden fiel und zerbrach. Der derzeitige Mann war wütend, die Störung nervte ihn ungemein. Also packte er mich am T-Shirt und drückte mich an die Wand, mit dem Gesicht voran. Der Wichser hat mir die Nase gebrochen. Wegen eines verfickten Tellers!«

Er will sich von mir lösen, aber ich halte ihn fest.

»Megs –«

»Nein.«

Er reißt den Kopf hoch und starrt mich an, sein Blick ist hart und kalt.

Ich schlinge die Beine um ihn, drücke ihn an mich. Die Hände lege ich ihm zur Beruhigung an sein Gesicht. »Ich lasse dich nicht los.«

»Ich hab dich nicht gefragt, Megan.«

»Ich weiß«, erwidere ich ruhig, ohne den Blickkontakt zu unterbrechen.

»Ich –«

Und da wird es mir bewusst. Er hat Angst. Er hat Angst davor, so zu sein, wie sie es ihm prophezeit haben. »Du bist so nicht!«, schreie ich ihn an. »Du bist mehr als das. Du bist nicht wie sie«, fahre ich etwas leiser fort.

»Du … Ich … Du musst nicht.«

»Ich liebe dich.«

Er schließt fest die Augen, atmet schwer durch die Nase und schüttelt den Kopf.

»Doch, ich liebe dich. Jedes einzelne, zerbrochene Teil von dir. Ich liebe alles an dir, auch in solchen Moment wie jetzt. Du kannst wütend sein und Angst haben, und ich werde dich trotzdem noch genauso lieben wie an glücklichen Tagen. Hör mir zu und glaub mir, Aston. Ich liebe alles an dir, so wie du alles an mir liebst.«

Er schlingt die Arme um mich und legt sich mit mir auf das Bett. Jetzt hält er mich fest an sich gedrückt und schlingt unsere Beine umeinander. Sein ganzer Körper bebt. Ich streiche ihm mit dem Daumen über die Wange, seine Augen sind geschlossen. Zärtlich küsse ich ihn auf die Lippen.

»Aston, ich werde dich nicht verlassen. Du musst mich auch nicht wegschieben, das haben wir doch schon hinter uns. Ich weiß alles von dir, und das kannst du nicht mehr ändern.«

»Ich hab Angst, dass ich eines Tages … Dass ich eines Tages der Mensch sein werde, den sie aus mir machen wollten. Verstehst du das nicht? Ich hab Angst … dich irgendwann zu verletzen. Ich hab so verdammt Angst.«

»Das wirst du nicht.«

Er reißt die Augen auf, und sein Gehirn scheint verzweifelt nach einer Antwort zu suchen. »Das weißt du doch gar nicht.«

»Unsere Liebe macht den Unterschied«, stelle ich fest. »Du hast etwas, was sie nicht hatten. Du hast Liebe. *Wir* haben Liebe. Jedes Mal, wenn du diesen Hass spürst, denk an mich, und ich werde dir Liebe geben. Immer.«

Er bewegt sich nicht, seine Augen blinzeln nicht einmal.

Das Einzige, was sich bewegt, ist sein Brustkorb, der sich hebt und senkt. Ich streichle ihm über die Wange, als könnte ich seinen Schmerz wegwischen. Ein langer, schmerzvoller Seufzer entfährt ihm, und er drückt sein Gesicht an meins. Mit jeder Sekunde wird sein Blick wieder klarer.

»Und das ist der Grund, wieso ich dich brauche«, flüstert er. »Es kann noch so stockdunkel sein, dein Licht bricht immer durch.«

»Ich bin vielleicht dein Licht, aber wenn du es nicht zulassen würdest, könnte ich noch so sehr leuchten.«

Er schüttelt den Kopf, ich nicke.

»Ich gebe dir das Licht. Es liegt an dir, ob du es durchdringen lässt oder nicht.«

»Das ergibt keinen Sinn.«

»Was ergibt keinen Sinn?«

»Dass du mich liebst.«

»In der Liebe gibt es keine Logik.« Ich streiche ihm eine Haarsträhne aus der Stirn.

*

Alles ist einfacher, seit das Geheimnis raus ist. Jetzt muss ich nicht mehr ständig aufpassen, Aston nicht zu auffällig anzuschauen oder was Falsches zu ihm zu sagen. Ich kann ihn einfach berühren, wenn mir danach ist. Und ich liebe es, dass es so ist. Ich liebe es, dass wir einfach zusammen sein können.

Es ist mir egal, dass Leute außerhalb unseres Freundeskreises über uns tuscheln. Und es ist mir egal, dass andere Frauen ihn komisch anschauen. Alles, was zählt, ist, dass ich mich in seine Arme fallen lassen kann – so wie jetzt, als er vor meinem Klassenraum auf mich wartet.

»Shakespeare hat dich also nicht umgebracht«, begrüßt er mich lächelnd und nimmt meine Hand.

Ich schaue zu ihm hoch. »Nö, noch nicht, aber es besteht eine gute Chance, dass es bald so weit ist.«

»Auf keinen Fall.«

»Woher willst du das denn wissen? Hast du überhaupt jemals ein Shakespeare-Stück von vorne bis hinten gelesen?«

»Weil ich dich wiederbeleben würde, bevor du stirbst.«

»Und wie genau würdest du das anstellen?«

Er schiebt mich gegen die Wand und drückt sich an mich. »So in etwa.« Ein Grinsen geht dem leidenschaftlichen Kuss voraus.

Mir wird heiß. Okay, das hätte mich sicher wiederbelebt, wenn ich gerade sterben würde. Ach was, das hätte mich wiederbelebt, wenn ich schon *tot* gewesen wäre.

»Meinst du, das würde funktionieren?«, murmelt er.

»Ja, denk schon«, schnurre ich zurück.

Er lacht und schiebt mich wieder in den Gang. Den Arm um mich gelegt, führt er mich nach draußen Richtung *Starbucks*. Ich drücke mich an ihn und seufze selig. Es ist schon seltsam, dass wir uns noch vor einem Monat nur gestritten haben.

Wir bestellen Kaffee und setzen uns an einen Tisch am Fenster.

»Ich nehme an, du fährst nächstes Wochenende heim? Wegen Thanksgiving?«

Ich zucke mit den Schultern. »Ja, wahrscheinlich schon.«

»Du klingst aber nicht gerade begeistert.«

Bin ich auch nicht. »Ich denke, das liegt daran, dass mir meine Mom dann wieder ständig im Nacken sitzen und alles kommentieren wird, was ich tue. Die letzten drei Monate hab ich meine Freiheit zu schätzen gelernt. Außerdem machen wir normalerweise immer was mit Bradens Familie an

Thanksgiving, aber der ist dieses Jahr nicht dabei.« Ich rühre in meinem Kaffee. »Ich bin mir ziemlich sicher, dass es ohne ihn total langweilig wird.«

»Fährt er denn nicht heim?«

Ich schüttle den Kopf. »Er fährt mit Maddie nach Brooklyn. Es ist eine Überraschung für sie. Sie denkt nämlich, sie fahren zu seiner Familie.«

Aston grinst. »Der Typ ist echt gut.«

»Bei so was war er schon immer gut.« Ich lächle. »Aber leider bedeutet das, dass ich das Thanksgiving-Dinner allein durchstehen muss.« Ich seufze. »Du kannst natürlich gern mitkommen und mit mir leiden, wenn du magst«, biete ich an. »Mom würde sich total freuen.« Wenn ich ihr erst mal von uns erzählt habe.

»Mmh, weiß nicht.« Er hält inne und nimmt meine Hand. »Ich will Opa eigentlich nicht allein lassen.«

»Das müsstest du ja nicht. Nimm ihn einfach mit. Meine Oma wird auch da sein, und die ist echt 'ne Nummer für sich. Ehrlich gesagt, das würde wie die Faust aufs Auge passen. Wahrscheinlich überredet sie ihn gleich, mit ihr freitags zum Bingo zu gehen. Außerdem raucht sie wie ein Schlot.« Ich verdrehe die Augen.

»Klingt nach nem perfekten Paar«, erwidert er trocken. »Was ist mit deinem Opa?«

»Der ist im Vietnamkrieg gefallen. Er war bei der Air Force, und sein Flugzeug wurde abgeschossen. Ich hab ihn nie kennengelernt, deshalb ist es ein bisschen schwierig, richtig um ihn zu trauern. Meine anderen Großeltern – die Eltern meines Vaters – sind vor ein paar Jahren nach Kanada gezogen.«

»Nach Kanada?« Aston zieht die Augenbrauen hoch. »Ist das nicht ein etwas seltsamer Ort, um dort seinen Ruhestand zu verbringen?«

»Schon … Aber ich hab ja nie behauptet, dass meine Familie normal ist.« Ich grinse ihn an. »Ich hätte auch eher erwartet, dass sie, mhm, keine Ahnung, auf die Bahamas ziehen oder so. Oder nach Kalifornien, um näher bei uns zu sein. Aber nein, sie mussten ins verdammte Kanada ziehen. Und jetzt müssen wir jedes Jahr im Winter unsere Sachen packen und sie dort besuchen. Dabei ist es arschkalt in Kanada!« Ich friere schon beim Gedanken daran.

»Du bist echt 'ne kalifornische Prinzessin, oder?« Er lacht.

»Na gut, ich bin eben in Südkalifornien aufgewachsen und mag die Sonne. Da kann ich auch nix dafür.«

»Du bist jedenfalls im richtigen Teil Kaliforniens aufgewachsen.«

»Deshalb solltest du und dein Großvater mit zu uns kommen. Er kann sich dann mit meiner Oma verbünden und ein bisschen die Party aufmischen; meine Mom kann die Alleinunterhalterin spielen, wie sie es so gern tut; und du und ich können das ganze Wochenende abtauchen.« Ich zucke mit den Schultern. »Also, ich finde, das klingt nach nem guten Plan.«

»Klingt verlockend, aber ich muss erst mit Opa reden.«

»Was würdet ihr denn sonst machen?«

»Ähm …« Aston kratzt sich nachdenklich am Hinterkopf. »Fastfood essen, Fernsehen gucken und Bier trinken?«

Meine Lippen verziehen sich zu einem Schmunzeln. »Okay, ihr kommt auf jeden Fall mit zu uns.«

*

»Das war ein traumatisches Erlebnis.« Ich lasse mich kopfschüttelnd neben Braden aufs Sofa plumpsen. Er grinst, und ich weiß genau, was er als Nächstes sagen wird.

»Sie hat es also gut aufgenommen?«

»Das kann man wohl sagen«, entgegne ich. »›Du hast einen *Freund*? Einen echten Freund? O Megan, das ist ja wunderbar! Auch wenn ich doch sehr hoffe, dass ihr verhütet. Du brauchst auf jeden Fall eine Ausbildung, ein Haus und einen Job, ehe du dich schwängern lässt.‹« Ich schüttle den Kopf, als ob das die Kopfschmerzen verscheuchen könnte, die mir die nervigen Belehrungen meiner Mutter verursacht haben.

»Sie macht sich doch nur Sorgen.«

»Oh, das weiß ich. Ich finde es ja schön, dass sie sich so um mich sorgt, aber es ist echt nicht nötig, mich ständig an Verhütung zu erinnern. Wir haben grad erst vor ner Woche darüber gesprochen. So vergesslich bin ich jetzt auch nicht.«

»Sie meint es nur gut.«

»Ach ja?« Ich schaue ihn stirnrunzelnd an. »Und wieso, bitte, kannst du dann nicht aufhören zu grinsen?«

Er zuckt die Achseln und versucht, sein Lachen zu unterdrücken. »Sorry, Meggy. Ich wünschte nur, ich könnte bei dieser Episode von *Meet the Parents* dabei sein.«

»Oh, es ist auch ein Kennenlernen der Großeltern. Weißt doch, ich mach keine halben Sachen.«

»Immer kopfüber rein, stimmt's?« Er grinst. »O Mann, ich glaub, ich werde meine Mutter alle paar Stunden anrufen, damit sie mich auf dem Laufenden hält. Um was wollen wir wetten, dass sich deine Mom neben Aston setzt und ihm das Schwangerschafts-Gespräch aufdrückt?«

Ich reiße entsetzt die Augen auf. »Das würde sie nicht wagen.«

Bradens Grinsen wird breiter, seine Augen funkeln belustigt. »Oh, ich würde fast meine Hand dafür ins Feuer legen, dass sie genau das tut.«

Ich schnappe mir ein Kissen und vergrabe stöhnend mein Gesicht darin. »Das wird ein Albtraum.«

22. Kapitel

Aston

»Das wird ein Albtraum«, murmelt Megan kaum hörbar, als sie in eine Straße einbiegt, die von Häusern gesäumt ist. Die meisten haben zwei Stockwerke, eine Einfahrt mit Garage und einen perfekt gepflegten Vorgarten, und alle sind mehr wert, als ich je besitzen werde.

Ich rutsche unruhig auf meinem Sitz hin und her. Eine leise Stimme in meinem Kopf flüstert mir zu, wie unterschiedlich unsere Leben doch sind, wie anders es gewesen sein muss, hier aufzuwachsen. Ich schiele zu Megan rüber und befehle der Stimme in meinem Kopf, die Klappe zu halten. Meine Vergangenheit bestimmt nicht, wer ich bin. Das Hier und Jetzt zählt.

Opa pfeift anerkennend durch die Zähne. »Wow, habt ihr auch einen Pool und so?«

»Hoffentlich hast du deine Badehose eingepackt«, kommt es fröhlich zurück.

»Na, zum Glück hab ich das.« Mein Großvater tätschelt sich den Bauch. »Eine Runde schwimmen tut mir bestimmt gut.«

Megan biegt in eine Einfahrt ein, die zu einem zweistöckigen Einfamilienhaus führt. Der Vorgarten ist von runden Büschen gesäumt, Winterblumen blühen dazwischen. Ich schaue mir das Haus genauer an. Es ist weiß gestrichen und erinnert mich an einen Hollywoodfilm. Es ist eins dieser Häuser, in denen die reichen, unerreichbaren Leute immer wohnen.

Du bist nichts wert. Ich beiße die Zähne zusammen und

verdränge die Stimmen. Ich werde nicht zulassen, dass sie mir das Wochenende ruinieren.

Megan springt in diesem Augenblick aus dem Auto. Die Haustür geht auf, und im Türrahmen erscheint eine Frau, die aussieht wie eine zwanzig Jahre ältere Megan. Wenn ich mir ihre Mom anschaue, ihre blonden Haare und ihre schlanke Figur, dann ist es kein Wunder, dass Megan so verdammt hübsch ist.

Wieder pfeift es vom Rücksitz. »Das ist mal 'ne heiße Mom«, raunt mir mein Opa zu und lacht in sich hinein.

Ich verdrehe die Augen und steige aus. Als ich ihm aus dem Auto helfen möchte, winkt er ab. Ich rolle wieder mit den Augen. Alter Dickkopf.

Er steigt aus und wischt sich die Hände an der Hose ab. »Ich treff gleich ein paar edle Damen«, erklärt er. Auf seinen Stock gestützt, humpelt er die Einfahrt hoch, um sich an der Tür angekommen, direkt Megans Mom vorzustellen.

Ich muss grinsen, als er ihr dafür einen Kuss auf die Wange gibt, was sie anscheinend ein wenig überrumpelt. Aber sie nimmt es mit Humor, und auch Megan lacht und dreht sich zu mir um. Mir ist ein bisschen schlecht, und im Kopf wiederhole ich immer wieder mein Mantra: Meine Vergangenheit bestimmt nicht, wer ich bin. Meine Vergangenheit bestimmt nicht, wer ich bin.

»Mom, das ist Aston. Aston, das ist meine Mom, Gloria«, stellt Megan uns einander vor.

»Wie schön, dich kennenzulernen, Aston.« Glorias Augen drücken ehrliche Freude aus. Sie streckt mir die Hand entgegen, und ich schüttle sie möglichst selbstbewusst.

»Die Freude ist ganz meinerseits.«

Megans Mutter strahlt mich an und sagt dann an ihre Tochter gewandt. »Und er ist höflich! Ich mag ihn jetzt schon.«

Opa zwinkert mir zu, und ich unterdrücke ein Grinsen, als uns Gloria ins Haus führt. Megan nimmt meine Hand, ich drücke sie sanft.

»Roger?«, ruft Gloria. »Wo bist du?«

»Im Garten, Schatz«, antwortet eine tiefe Stimme.

»Er schmeißt schon den Grill an«, erklärt sie, während sie mit uns durchs Haus geht.

Es sieht gar nicht so aus, wie ich es erwartet habe. Ich hätte gedacht, dass alles piekfein und makellos wäre, vollgestellt mit wertvollen Antiquitäten oder so. Aber es ist ganz anders. An den Wänden hängen Urkunden mit Megans Namen darauf, vom Schwimmen oder vom Reiten, dann sind da noch Bilder von ihr und Braden und Familienfotos. Mein Blick wandert von einem Bild zum nächsten, gierig sauge ich die Eindrücke der glücklichen Familie in mich auf.

»Du warst echt ein süßes Kind«, bemerke ich, als wir an einem Foto vorbeigehen, das Megan mit Zahnlücke und zwei Zöpfen zeigt.

»Ach, halt die Klappe«, raunt sie mir zu.

Ich grinse.

Der Garten hat etwa dieselbe Fläche wie Opas Haus. Er pfeift wieder, und ich muss mich beherrschen, es ihm nicht gleichzutun. Vor uns liegt eine Holzterrasse, auf der ein Grill, ein großer Tisch und Stühle stehen. Ein paar Pflanzen begrenzen die Terrasse. Am Ende des Gartens steht ein kleines Haus neben einem nicht gerade kleinen Swimmingpool. Drum herum ist eine riesige Grünfläche. Ich wusste ja, dass Braden und Megan aus wohlhabenden Familien stammen, aber trotzdem – meine Fresse!

»Megs!«, ruft der Mann am Grill freudig, als er seine Tochter erblickt.

»Dad!« Megan stöhnt auf.

Ich weiß sofort, warum. Auf der Schürze ihres Vaters ist das Bild eines nackten, muskulösen Mannes mit Sixpack, der sich einen Hamburger vor den Intimbereich hält. Ich lache leise in mich hinein.

»Was denn?«, fragt er unschuldig.

»Musste es unbedingt diese Schürze sein? Erinnerst du dich? Gäste?« Sie fuchtelt mit den Händen in unsere Richtung.

Er schaut erst mich und dann meinen Großvater an und grinst. »Zu spät, liebste Tochter, jetzt haben sie die Schürze schon gesehen.«

»Nicht ganz so wie meiner …« Mein Opa lacht kehlig und klopft sich auf den runden Kugelbauch. Er geht auf Megans Dad zu und stellt sich vor.

Megan seufzt und legt kurz ihren Kopf an meine Schulter. Ich küsse sie auf den Scheitel.

»Und das muss der Junge sein, der meiner Megan den Kopf verdreht hat.« Lächelnd wendet sich ihr Vater mir zu.

»Jawohl, Sir.« Ich zwinkere Megan zu.

Sie durchbohrt ihren Vater mit bösen Blicken.

»Roger«, stellt er sich vor und schüttelt mir die Hand. »Nett, dich kennenzulernen, Junge. Wir hatten nie die Ehre, Megans Freunde von der Highschool kennenzulernen. Braden hat sie wahrscheinlich alle vergrault, wenn ihr einer zu nahe gekommen ist.«

»*Dad!*« Megan schnappt entsetzt nach Luft. »Wovon redest du denn da?«

»Er redet davon, dass du mir nie was Nettes zum Anschauen mit nach Hause gebracht hast«, meldet sich eine kratzige Stimme aus dem Haus zu Wort. »Wurde also Zeit, dass das mal passiert. Er hat einen netten Hintern. Sieht er von vorne genauso gut aus?«

»Mutter, also bitte«, warnt sie Gloria.

Megan steht mit weit aufgerissenem Mund da. Sie errötet, und wir starren beide die alte Frau an, die gerade auf die Terrasse stolziert kommt.

»Was denn? Ich hab doch nur von dem netten Gentleman hier am Tisch gesprochen.« Sie nimmt meinem Großvater gegenüber Platz und mustert mich unverhohlen. »Ich muss sagen, dass du eine gute Wahl getroffen hast, Megan, er ist ein Hübscher.«

»Und er hat sogar was im Kopf«, fügt Megan hinzu.

»Kaum ist sie auf dem College, wird sie auch schon anspruchsvoll. Wobei ...« Ihre Oma grinst. »Ich wäre wohl auch anspruchsvoll, wenn er zur Auswahl stünde.«

»Und das Aussehen und der Verstand kommen nicht von ungefähr«, merkt mein Opa an.

»Das muss er von Ihnen haben.« Megans Oma strahlt ihn an.

Die beiden älteren Herrschaften kommen sofort ins Gespräch, und ich lächle zufrieden. Es war eine gute Idee, ihn mitzubringen.

»Du hattest also in der Highschool nie einen Freund?«, necke ich Megan.

Sie öffnet den Mund, schließt ihn dann aber wieder, ohne etwas zu sagen.

»Jedenfalls keinen, den sie mit nach Hause gebracht hätte«, schaltet sich Gloria ein. »Braden hat sie wahrscheinlich wirklich alle verscheucht. Deshalb kannst du dir meine Überraschung vorstellen, als sie mir von dir erzählt hat! Ich war mir ziemlich sicher, dass du hier mit einem gebrochenen Arm oder zumindest einem blauen Auge auftauchen würdest.«

»Mit einem gebrochenen Arm?«, ruft Roger und stochert in der Kohle rum. »Ich dachte, er kommt hier im Rollstuhl an. Dieses Mädchen, das er jetzt hat, scheint Braden wirklich gutzutun.«

»Maddie«, korrigiert Megan. »Nicht ›das Mädchen‹, Dad. Ihr Name ist Maddie.«

»Ach, genau. Ich wusste, ihr Name fängt mit ›M‹ an.«

Gloria lächelt. »Megan, wieso zeigst du Aston nicht ein bisschen das Haus? Es sieht so aus, als wäre sein Großvater für den Moment erst mal beschäftigt.« Sie beugt sich nach vorn. »Ich hab die Gästezimmer fertiggemacht, weil ich mir nicht sicher war …«, flüstert sie uns zu. »… wenn ihr in einem Zimmer schlafen wollt, dann macht das ruhig. Ihr seid immerhin erwachsen. Denkt nur an die –«

»Ja, danke, Mom«, unterbricht sie Megan. »Schon verstanden.«

Eilig zieht sie mich ins Haus, das Gelächter ihres Vaters verfolgt uns bis ins Treppenhaus. Ich muss schmunzeln.

»Meine Güte«, seufzt Megan drinnen. »Das war ja was.«

»Hey – deine Eltern haben dich bloßgestellt, und deine Oma hat mich abgecheckt. Ich würde sagen, das lief bisher ganz gut.«

Sie stutzt. »Ja, stimmt. Eigentlich alles wie immer.«

»Keine Ahnung. Läuft das normalerweise so? Ich hab noch nie von jemandem die Eltern kennengelernt.«

Sie läuft die Treppen hoch und bleibt dann stehen. »Echt?«

»Ja. Wieso überrascht dich das?«

»Na ja, so eben.«

»Wieso denn? Du weißt doch, dass ich noch nie eine richtige Freundin hatte. Da war nie was Ernstes.«

Sie geht weiter. »Also … Dann ist das was Ernstes?« Ich höre ihr an, dass sie mich aufziehen will.

»Ich könnte mir vorstellen, dass eventuell die Möglichkeit besteht …«

Sie grinst, und ich ziehe sie auf dem Treppenabsatz in meine Arme. »Ja?« Sie klimpert mit den Wimpern.

Ich lächle. »Hast du jemals daran gezweifelt, dass ich es ernst meine?«

»Nein«, erwidert sie und küsst mich. »Nicht wirklich.«

»Nicht wirklich?« Ich hebe eine Augenbraue.

»Nein«, korrigiert sie und zieht mich zu einer Tür. »Ich hab dich lieb.«

Bei ihren Worten rieselt es warm durch meinen Körper, und die Stimmen verstummen.

»Ich hab dich auch lieb«, flüstere ich zurück und küsse sie auf die Nasenspitze.

»Voilà, mein Zimmer.« Sie öffnet die Tür hinter sich, und ich folge ihr hinein.

Wow. Auf der Kommode sitzt eine Reihe Stofftiere, der weiße Teppich ist mega plüschig, und die Wände sind in einem hellen Lila gestrichen. Zwei Türen an der rechten Wand führen wahrscheinlich zu einem begehbaren Kleiderschrank, und über dem Bett hängen bunte Lichterketten.

»Ich glaube, das ist mit Abstand das kitschigste Mädchenzimmer, das ich je gesehen habe.«

»Und wie viele Mädchenzimmer hast du schon so gesehen, wenn ich fragen darf?«, entgegnet sie stirnrunzelnd.

»Eins. Nur das hier.«

»Dann ist deine Aussage ja wohl ein bisschen sinnlos«, meint sie lachend.

»Also, hier soll ich schlafen?« Misstrauisch beäuge ich die vielen Kuscheltiere.

»Dich zwingt niemand.«

»Ich will schon.« Ich zeige auf die Stofftiere. »Aber die müssen sich dann umdrehen. Ich hab keine Lust, von ausgestopften Tieren angeglotzt zu werden.«

Ihre blauen Augen funkeln belustigt, und sie lehnt sich an eine Wand. »Sag nichts gegen meine Stofftiere.«

»Und wenn ich es doch tue?«

»Willst du damit sagen, ich muss mich zwischen dir und meinen Tieren entscheiden?«

»Ja, genau, das will ich sagen.«

»Ich glaube, dann haben wir ein Problem, Mr Banks.«

»Ach, wirklich, Miss Harper?« Ich gehe auf sie zu und fahre ihr mit den Fingern durch die Haare. Sie legt ihren Kopf in den Nacken, und ich streife mit den Lippen über ihren Mund. »Können deine Stofftiere das etwa auch?« Ich streiche mit der Nasenspitze über ihre Wange, überziehe ihren Hals mit Küssen. Sie zieht scharf die Luft ein. »Oder das?« Ich umschließe mit den Händen ihren Arsch und ziehe ihre Hüfte an mich ran. Mein erigierter Schwanz reibt an ihrem Körper und wird dabei noch härter. Sie stöhnt auf. »Oder das?« Ich senke den Kopf und lasse meine Zunge über ihren Ausschnitt und in ihren BH gleiten.

»Nein«, haucht sie atemlos. »Nein. Das können sie nicht.«

Ich wandere mit meinen Küssen wieder nach oben bis zu ihrem Ohr. »Also, warum ist die Entscheidung dann so schwer? Oder hast du ein Problem damit?«, flüstere ich.

»Problem? Wer hat denn was von einem Problem gesagt?« Sie fährt mir mit den Fingern leidenschaftlich durchs Haar. »Ich hab kein Problem.«

Mein Mund zuckt. »Also, darf ich die Tiere umdrehen?«

Sie nickt. »Verdammt, wenn du so weitermachst …« Sie drückt ihren Körper an mich. »Dann können sie von mir aus auch ins Gartenhaus umziehen.«

»Oh, ich mach so weiter, darauf kannst du wetten.«

*

Wir liegen im Bett. Megan streicht mir mit der Hand über den Bauch und gleitet hinab zu meiner Leiste. Ich seufze, ziehe sie näher an mich ran und sauge den Vanilleduft ihrer Haare ein. Egal, wo sie war oder was sie gerade gemacht hat, sie riecht irgendwie immer nach Vanille.

»Was machen wir denn heute?«, frage ich, meine Fingerspitzen fahren ihre Wirbelsäule bis zu ihrem Po entlang.

Sie schaudert wohlig. »Ich dachte, wir könnten reiten gehen.«

»Wir reden hier aber nicht von Bettsport, oder?«

Sie hebt den Kopf, ihre Haare sind verstrubelt. »Nö. Pferdereiten. Seit ich auf dem College bin, war ich nicht mehr reiten, und ich vermisse es schrecklich.«

»Wie jetzt? Aber ich bin noch nie auf einem Pferd geritten …«

»Ich bring es dir bei.«

»Ähm.«

»Du hast mir auch das Angeln beigebracht«, erinnert sie mich. »Du hast mich gezwungen zu angeln!«

»Ich nehme an, ich komm aus der Nummer nicht mehr raus, oder?«

Sie schüttelt vehement den Kopf und rollt sich auf mich drauf. Ihre Knie fixieren meine Hüfte, ihre Haare fallen mir ins Gesicht. Sie saugt an meiner Unterlippe und nagt sanft daran. Ich streichle ihr über die Oberschenkel, die Daumen gefährlich nah an der nackten Hitze zwischen ihren Beinen. »Keine Chance«, flüstert sie.

»Wirklich? Kannst du nicht stattdessen mich reiten?«

»Ich …« Sie hält inne, als ich mit dem Daumen sanft über ihre Klitoris streiche. »Ich glaube nicht.« Sie nimmt meine Hände und zieht sie nach oben.

»Wird das wieder einer dieser Tage?«, frage ich seufzend.

Sie steht auf und kramt eine weiße Spitzenunterhose und einen passenden BH aus der Kommode. Mein Blick folgt jeder ihrer Bewegungen. Ich schwinge die Beine aus dem Bett und schnappe mir ein paar frische Boxershorts aus meiner Tasche. Das Vorbeugen ist wegen meiner Morgenlatte ziemlich unbequem. Schnell ziehe ich die Shorts an.

Megan kommt wieder aus ihrem begehbaren Schrank. Sie trägt jetzt ein paar Reithosen und ein weißes Shirt. *Fuck*. Sie könnte genauso gut keine Hose anhaben, so eng, wie die anliegt. Die Reithose passt ihr wie eine zweite Haut.

»Sag mal, muss ich dir beim Reiten zusehen, während du so eine Hose anhast?«, frage ich vorsichtig. Noch habe ich die Hoffnung, dass sie eine weitere Hose drüberziehen wird.

Sie bindet sich die Haare zu einem losen Dutt zusammen und dreht sich dann lächelnd zu mir um. »Jawohl.«

Ich stehe auf und ziehe mich mit einem tiefen Seufzer weiter an. »Bitte sag mir, dass es kein Problem ist, mit einem Riesenständer reiten zu gehen.«

Sie hält sich prustend die Hand vor den Mund, ihr Blick schnellt zu meinem Schwanz. »Da, ähm, hab ich leider keine Erfahrungswerte.«

Ich schlüpfe in mein T-Shirt. »Das wird bestimmt übelst unangenehm.«

*

Megan parkt vor einem alten Stallgebäude am Stadtrand von Palm Springs. Dahinter liegt nichts außer weitem Land, und ich kann gut verstehen, wieso der Stall genau hier gebaut wurde.

»Hier habe ich reiten gelernt. Ich hab heut Morgen schon mal angerufen, damit sie uns die Pferde fertigmachen.« Sie lächelt mich an.

»Klar.« Ich mustere den Stall zweifelnd.

»Na los, komm!« Sie steigt aus, und ich folge ihr zum Stalltor. »Oh, und, ähm, keine Neandertaler-Aktionen, bitte.«

»Warum sollte ich denn Neandertaler-Aktionen vorhaben?«

»Na ja, der Sohn des Besitzers ist vielleicht so ein winziges bisschen in mich verliebt.«

Ich starre sie verblüfft an.

»Er ist erst sechzehn«, fährt sie ungerührt fort. »Er ist schon in mich verliebt, seit er laufen kann oder so.«

»Klar.« Ich muss mit meinem Ständer auf einem Pferd reiten *und* noch mit einem Sechzehnjährigen klarkommen, der meiner Freundin schöne Augen macht. Wer hatte eigentlich die Idee zu dieser bescheuerten Tagesaktion?

»Ach, komm schon, Aston.« Sie lacht und nimmt meine Hand. »Sei nicht sauer. Er ist ganz süß.«

»Süß?«

»Ja, so niedlich-süß, nicht sexy-süß.«

»Bin ich sexy-süß?«

»Du bist so was von sexy-süß.« Sie küsst mich auf die Wange. »Das ist was total anderes.«

Ich muss grinsen und lasse mich von ihr zu den Stallungen führen. Vor einer Box sind zwei braune Pferde festgemacht. Ihr Gesicht hellt sich auf, und sie rennt auf eins der Pferde zu. Mit einem seligen Lächeln auf dem Gesicht umarmt sie den Hals des Pferdes und streichelt ihm die Nase.

»Hey, mein Junge«, gurrt sie. »Hast du mich vermisst?«

Sie drückt ihre Nase an den Hals des Pferdes, und ich muss schmunzeln. Okay, das ist auf jeden Fall niedlich-süß. Ich halte vorsichtshalber mal Abstand, ich bin nämlich wirklich kein Pferdemensch. Ehrlich gesagt, frage ich mich, was ich hier eigentlich mache.

Megan dreht sich zu mir um, ihre Augen leuchten, sie strahlt übers ganze Gesicht. Ach ja, stimmt. Ich weiß genau, was ich hier mache. Ich bin hier, weil es sie glücklich macht. Und wenn es irgendwas in meinem Leben gibt, was ich gerade möchte, dann ist es, diese Frau glücklich zu machen. Egal, was ich dafür tun muss. Ich werde echt alles daransetzen, dieses Lächeln so oft wie möglich auf ihr Gesicht zu zaubern.

Sie löst die Trense und führt das Pferd den Gang hinunter. Als sie bei mir ankommt, tätschelt sie dem Tier den Hals. »Das ist Storm. Er ist mein Baby.« Sie schielt zu mir hoch. »Ich hab ihn zum sechzehnten Geburtstag bekommen. Die anderen haben alle ein Auto bekommen, ich wollte aber ein Pferd. Für das Auto hab ich dann ein Jahr bei meinem Dad in der Firma arbeiten müssen.«

»Ist ein Pferd nicht billiger als ein Auto?«

»Kommt drauf an, mein Junge hier ist ein Rassepferd und mehr wert, als ich in einem Jahr hätte verdienen können. Außerdem ist ein Auto nur ein Auto. Storm dagegen ist mein Freund.«

»Ich dachte mir doch, dass ich deine Stimme gehört habe«, ruft jemand, und eine Frau betritt den Stall. »Schön, dich zu sehen, Megs. Dein Baby hat dich vermisst.« Die Frau tätschelt Storm.

»Ich hab ihn auch vermisst.« Megan lächelt die Frau an. »June, das ist Aston, mein Freund. Aston, das ist June. Sie ist die Besitzerin des Stalls, und sie sorgt für Storm, während ich weg bin.«

»Freut mich, Sie kennenzulernen«, sage ich.

»Also, du bist der Grund, weshalb sie vorhin angerufen hat. Du willst reiten lernen?«

»Ja, Ma'am.«

Sie nickt zustimmend. »Gute Wahl, Megan. Er ist süß.«

Megan hält sich prustend die Hand vor den Mund. »Das höre ich öfter.«

»Passt schon.« Ich grinse.

»Dann lasst uns mal hoffen, dass dich Poppy auch süß findet. Sie ist eigentlich sehr gut für Anfänger, und wenn du ihr den da gibst …« Sie wirft mir einen Apfel zu, den ich in ihrer Hand gar nicht bemerkt hatte. »… wird sie dich für immer lieben.«

»Dann werde ich sie wohl mal bezirzen.« Ich zwinkere Megan zu, werfe den Apfel in die Luft und fange ihn lässig wieder auf.

»Das ist Poppy.« June öffnet eine Box und führt ein weißes Pferd mit grauen Punkten heraus. »Sie ist die Ruhigste von allen. Ich hab sie jetzt seit drei Jahren, und du wirst sicher gut mit ihr zurechtkommen.«

Vorsichtig gehe ich auf das Pferd zu und streichle ihm den Hals. Dann biete ich Poppy den Apfel an. Sie nimmt das Geschenk sofort an und verspeist es innerhalb kürzester Zeit. Als sie fertig ist, stupst sie mich mit der Nase an die Schulter.

»Du bekommst nicht mehr«, ermahnt sie June. »Sei nett zu Aston, altes Mädchen. Megan hat ihn gern.«

Megan streckt den Arm aus und streichelt Poppys Nase. »Hey du. Bereit für einen Ausritt?«

Poppy schnaubt, was ich mal als Zustimmung deuten würde, und die Frauen führen die Pferde nach draußen. Ich folge ihnen mit Sicherheitsabstand. Reiten. Ich hätte nie gedacht, dass ich das mal erleben würde – vor allem nicht einer Frau zuliebe. Ich schüttle über mich selbst den Kopf.

»Also, dann.« June winkt mich zu sich rüber.

Megan steigt währenddessen gekonnt aufs Pferd. Diese Hose ist echt super eng. Fuck.

»Schon da.« Ich stelle mich neben Poppy und starre den Sattel an.

»Nimm die Zügel in die eine Hand und stell den linken Fuß in den Steigbügel. Dann hältst du dich da am Sattel fest«, weist mich June an. »Dann nur noch hochdrücken, und das Bein über den Pferderücken schwingen. Dabei musst du aufpassen, dass du sie nicht in die Flanke trittst.«

»Und was, wenn mir das aus Versehen passiert?«

»Dann macht sie einen Satz, und du landest auf deinem Hintern.«

Megan kichert, und ich werfe ihr einen warnenden Blick zu. »Okay, Pferd nicht treten. Verstanden.«

»Fertig? Dann los.«

Ich mach alles so, wie sie gesagt hat, und sitze zu meinem eigenen Erstaunen kurz darauf im Sattel.

»Nicht schlecht«, lobt mich June. »Jetzt lass mal die Beine hängen, damit ich die Steigbügel richtig einstellen kann.«

Sie fummelt an den Riemen herum und zeigt mir, wie ich die Füße richtig in die Steigbügel stelle. Einen Helm bekomme ich auch noch aufgesetzt. Sie zieht ihn unter meinem Kinn fest und tätschelt dann Poppys Hinterteil. Das Pferd bewegt sich vorwärts, und ich halte mich panisch an den Zügeln fest.

»Fuck –«

»Bleib grade sitzen!«, befiehlt June. »Megan, du übernimmst!«

»Danke, June!« Megan winkt ihr zu, und Poppy folgt Storm auf die Wiese. Megan dreht sich grinsend zu mir um. »Was auch immer du machst, press nicht die Beine zusammen.«

»Wieso denn nicht?« Ich wünschte, ich könnte mich nach vorn lehnen und mich am Hals des Pferdes festhalten. Ich gebe es ganz ehrlich zu: Ich hab eine Höllenangst vor den verdammten Biestern.

»Weil sie dann schneller läuft.«

»Na super. Hättest du mir das alles nicht schon auf dem Weg hierher erklären können?«

»Hast du mir etwa vorher erklärt, wie man angelt?« Sie funkelt mich an.

»Der Punkt geht an dich.«

Sie schnalzt mit der Zunge, und Storm legt einen Gang zu.

»Ich hoffe, du erwartest nicht von mir, dass ich auch schneller werde.«

»Nö, nö«, ruft sie. »Ehrlich gesagt, ich hätte nicht mal ernsthaft erwartet, dass du überhaupt in den Sattel steigst!«

»Schön zu wissen, dass du so ein Vertrauen in mich hast«, erwidere ich trocken.

Megan dreht eine Runde und kommt wieder zu mir zurück. Poppy trottet brav vor sich hin. Ich hab nicht vor, sie zu einem Trab anzuspornen. Auf keinen Fall. Wir verlassen die Wiese und reiten auf einem staubigen Pfad weiter, die Sonne steht hoch am Himmel.

»Wo reiten wir denn hin?«, rufe ich Megan zu.

»Wirst du schon sehen.«

23. Kapitel

Megan

Ich lasse mich von Storms Rücken gleiten und streichle ihm liebevoll den Hals. Danach führe ich ihn an den Zügeln zu ein paar Bäumen und binde ihn im Schatten an. Es ist heiß, und ich bin froh, den Helm abnehmen zu können. Erleichtert schüttle ich die Haare aus. Unter einem der Bäume suche ich nach dem Korb, den June in meinem Auftrag dort hingestellt hat. Ich gebe Storm ein bisschen Wasser und breite eine Picknickdecke auf dem Boden aus. Darauf lasse ich mich nieder und warte, bis Aston aufgeschlossen hat.

Der Palm-Canyon-Pfad ist mein Lieblingsweg für Ausritte – das war er schon immer. Bevor ich nach Berkeley gegangen bin, war ich einmal pro Woche hier und hab eine Weile am Fluss gesessen, während sich Storm ausgeruht hat. An den anderen Tagen bin ich auch mal woanders hingeritten, aber der Samstag war für diesen Ort reserviert.

Und jetzt weiß ich auch wieder, wieso. Das Grün der Pflanzen ist wie eine Oase im Kontrast zu der kargen Wüste, die dahinterliegt. Die Felsen, die den Fluss säumen, haben gerade die richtige Größe, um sich bequem darauf niederlassen zu können. Es ist wunderschön. Und sehr friedlich – besonders im Winter, wenn sonst niemand herkommt.

»Wie komm ich da wieder runter?«

Ich drehe mich lachend um, Aston kommt auf mich zugeritten. »Schnalz dreimal mit der Zunge, dann hält sie an. Absteigen tust du auf die gleiche Weise, wie du hochgekommen bist.«

»Ohne sie zu treten, stimmt's?«

»Genau.«

Er schnalzt mit der Zunge, und Poppy bleibt stehen. Sein Abstieg ist flüssig, und es sieht fast so aus, als wäre er schon sein Leben lang geritten.

»Ein Picknick?« Er bindet Poppys Zügel um denselben Ast, an dem ich auch Storm festgemacht habe.

»Überrascht?« Ich schaue zu ihm hoch, er zieht den Helm ab und lässt sich neben mir auf der Decke nieder.

»Ja, schon. Aber du überraschst mich schließlich immer.« Er küsst mich auf den Mund, und ich nehme sein Gesicht in beide Hände.

»Du hast gesagt, du würdest gerne Palm Springs sehen. Und auf der anderen Seite ist nicht viel, was es nicht auch in anderen Städten gibt. Aber hier, das ist mein absoluter Lieblingsplatz von allen Orten auf der ganzen Welt.« Ich senke die Hände und lasse den Blick über die Landschaft schweifen. »Ich hab es vermisst, hier zu sein. Wie sehr, ist mir gerade erst wieder bewusstgeworden.«

»Es ist echt verdammt schön«, meint Aston anerkennend. »Du bist schon in deiner Kindheit hier gewesen?«

»Ja. Meine Mom hat ihr Pferd auch in dem Stall. Du hast ihn nicht gesehen, aber Midnight ist –«

»Schwarz?«

»Ja, stell dir vor.« Ich grinse ihn an. »Meine Mom ist sogar schon hier aufgewachsen. Von ihr habe ich auch das Reiten gelernt. Bis zu meinem vierzehnten Lebensjahr hab ich jedes Wochenende hier mit ihr verbracht, danach durfte ich auch allein herkommen.«

»Hast du mal drüber nachgedacht, in Berkeley reiten zu gehen?«

Ich schüttle den Kopf. »Ich glaub nicht, dass ich dafür Zeit hätte. Außerdem kann ich wohl kaum erwarten, dass meine Eltern mir das auch noch bezahlen, wo sie schon meine Collegegebühren übernehmen. Ich könnte mir zwar einen Job suchen, aber dann hätte ich ja erst recht keine Zeit mehr zum Reiten. Ziemlich blöde Zwickmühle.« Ich zucke mit den Schultern.

Aston kramt im Picknickkorb. »Wenigstens kannst du immer reiten gehen, wenn du nach Hause fährst ... Auch, wenn das nur ein paarmal im Jahr ist.«

»Stimmt.« Ich lächle.

Aston holt die Erdbeeren hervor. Er nimmt eine aus der Schüssel und führt sie zu meinem Mund. Ich beiße vorsichtig von der Erdbeere ab. Sie ist so saftig, dass mir etwas Flüssigkeit am Mund runterläuft. Aston grinst und wischt es mit dem Daumen weg. Er hält mir erneut das Obst hin, und ich beuge mich nach vorn, beiße langsam und genüsslich in die süße Frucht. Seine Augen sind auf meinen Mund gerichtet. Als ich langsam kaue, legt er mir eine Hand an den Rücken und beugt sich über mich.

»Du hast da ein bisschen ...«, flüstert er mit rauer Stimme und führt einen Finger zu meinem Mund.

Ich schließe die Augen, während er sanft über meine Unterlippe fährt. Dann öffne ich den Mund. Sein Atem ist heiß auf meinen Lippen und vermischt sich mit meinem. Mein Herz pocht schnell, als er so über mir schwebt, nur Millimeter davon entfernt, mich zu berühren.

Dieser Moment scheint ewig zu dauern, ein Moment voller Hoffnung, Erwartung und – *Liebe*. Hoffnung für die Zukunft. Erwartung, dass die Beziehung hält. Liebe für alles, was wir haben und was wir noch teilen werden. Und als er mich schließlich küsst, ist dieser Moment einfach perfekt.

*

Der Ritt zurück zum Stall ist einfach – hauptsächlich, weil Aston gemerkt hat, dass er nicht sofort vom Pferd fällt, wenn es lostrabt. Auf dem Rückweg vom Stall lasse ich Aston das Auto fahren, was ihn ein wenig dafür zu entschädigen scheint, dass er die ganze Zeit hinter mir auf einem Pferd sitzen und meinen Arsch in engen Hosen betrachten musste. Na ja, es entschädigt wohl nur ein bisschen.

Als wir das Haus betreten, ist niemand da. Ich wette, Mom hat sie alle zum Einkaufen mitgenommen. Heute ist immerhin ihre jährliche berühmte Thanksgiving-Party.

»Du warst schon ein bisschen krass unterwegs als Kind, oder?«, meint Aston, als wir die Treppe hochgehen.

»Was meinst du?«

»Na ja. Schwimmen, Reiten, Turnen … Sonst noch was?«

»Hmm. Getanzt hab ich auch mal 'ne Weile. Aber nur sechs Monate oder so. Dann hab ich aufgehört. Ich war nicht leicht genug für eine Ballerina.« Ich grinse. »Turnen hat viel von Tanzen, aber offenbar hat Tanzen nichts von Turnen.« Ich zucke mit den Achseln und gehe ins Bad, wo ich die Dusche aufdrehe.

Schnell schlüpfe ich aus meinen verschwitzten Klamotten, werfe sie gesammelt in den Wäschekorb und stell mich unter das dampfende Wasser. Genüsslich lasse ich es über meine schmerzenden Muskeln laufen. Meine Beine sind ganz steif vom Reiten, und ich weiß aus Erfahrung, dass es morgen noch schlimmer sein wird. Aber das war es auf jeden Fall wert. Schon allein deswegen, weil Aston jetzt auch mal etwas aus meinem Leben kennt, nachdem er mir so viel von sich offenbart hat.

Mein Herz hängt natürlich noch an Palm Springs, aber Astons Leben ist in San Francisco steckengeblieben. Er braucht noch einen kleinen Schubs, um sein Herz von den Fesseln zu lösen, die es gefangen halten. Er hat es für mich zwar ein bisschen geöffnet, aber er muss es für sich selbst noch tun. Ich hoffe, dieses Wochenende kann ihm dabei helfen.

Leise vor mich hin summend wickle ich mich in ein Handtuch, die Melodie von *Cry With You* von Hunter Hayes hallt von den Badezimmerwänden wider. Ich öffne ein Schränkchen und greife zielstrebig nach einer Vanille-Bodylotion, die zu meinem Shampoo passt.

Der Text des Songs spukt mir im Kopf herum. Ich stelle meinen Fuß auf die Badewanne und verteile die Lotion auf der Haut. Das Lied erinnert mich an Aston, an seinen Schmerz und an die schmerzhaften Momente, die wir geteilt haben. Es erinnert mich daran, dass ich ihn nie verlassen will, und daran, dass ich ihm die Liebe geben möchte, die er braucht, um mit seiner schlimmen Vergangenheit klarzukommen. Genau wie Hunter Hayes fühle ich seinen Schmerz.

Ich lege das Handtuch beiseite und reibe mich am ganzen Körper mit der Creme ein. Plötzlich fassen mich zwei warme Hände an der Hüfte, und ein muskulöser Oberkörper drückt sich an meinen Rücken. Astons Lippen brennen auf meiner Haut, als er meine Schulter mit Küssen bedeckt.

»Hast du mich etwa beobachtet?« Meine Stimme zittert etwas.

»Fändest du es schlimm, wenn es so wäre?«, haucht er in mein Ohr. Seine Hände wandern nach oben zu meinen Brüsten.

»Nein«, erwidere ich atemlos.

»Dann also, ja, hab ich.«

Er küsst mich auf den Hals, seine Hände massieren mich auf eine Art, dass mein Bauch wie verrückt zu kribbeln anfängt und sich eine lustvolle Hitze zwischen meinen Beinen ausbreitet.

»Wieso?«

»Weil ich es mir nicht verkneifen konnte«, flüstert er. »Ich weiß nicht, ob dir klar ist, wie wunderschön du bist, so ohne Make-up, mit nassen Haaren und nur mit diesem winzigen Handtuch oder ganz nackt. Ich hab dich noch nie so gesehen, und ich hätte nicht gedacht, dass du noch schöner sein könntest. Aber du bist es.«

Er lässt die Hand zwischen meine Beine gleiten, reibt mir mit den Fingern über die Klitoris. Dabei schiebt er von hinten die Hüfte an mich, so dass ich seinen harten Schwanz zwischen meinen Pobacken spüre. Ich lasse den Kopf nach hinten fallen, und er küsst mich auf den Hals, während er die Finger kreisend bewegt und so meine Begierde stillt. Er macht immer weiter, hält mich fest an sich gedrückt, auch dann noch, als mich eine heiße Welle überkommt und meine Beine unter mir nachgeben. Mit seinen starken Armen hält er mich fest, bis das Beben nachlässt, und küsst mich zärtlich.

»Jetzt bist du dran«, flüstere ich und drehe mich in seinem Arm um.

Ich fahre mit den Fingern über seine Boxershorts, umfasse seinen Schwanz durch den Stoff. Er zieht mich zurück ins Schlafzimmer, ich taste mit der Hand in seine Unterhose. Er ist steinhart, meine Finger reichen gerade so um ihn herum, als ich anfange die Hand in einem schnellen Rhythmus auf und ab zu bewegen.

Die Hitze zwischen meinen Beinen kommt zurück, und ich drücke den Rücken durch, strecke mich ihm entgegen. Er stöhnt meinen Namen. Ich bearbeite ihn weiter mit der Hand, ohne die Reaktionen meines Körpers zu unterdrücken.

Es dauert nicht lange, bevor er sich ein Kondom holt, es überstreift und sich auf mir positioniert. Er schaut mir in die

Augen und stößt in mich hinein. Meine Muskeln ziehen sich um ihn zusammen. Es gibt so vieles, was ich ihm in diesem Moment sagen könnte, aber es fühlt sich einfach nur gut an. Es ist das erste Mal, seit wir uns geoutet haben. Das erste Mal, seit wir das Wort Liebe benutzt haben.

Danach duschen wir gemeinsam und machen uns für Moms Party fertig. Mein Kleid schwingt mir um die Knie, als ich vor dem Spiegel stehe. Aston stellt sich hinter mich, nimmt meine Hände und lächelt.

»Wir sind ein ganz schön heißes Paar.« Er zwinkert, und ich lache.

»Und ein intelligentes. Wobei ich immer gedacht habe, dass ich die Intelligentere bin«, ziehe ich ihn auf.

»Oh, du bist auf jeden Fall die Intelligentere.« Er gibt mir einen Kuss auf die Schläfe. »Du hast mir im letzten Monat so vieles beigebracht, was ich ohne dich nie gelernt hätte.«

Ich berühre sein Gesicht und schaue ihm über den Spiegel in die Augen. »Das weißt du doch gar nicht.«

»Doch, das weiß ich. Als wir heute ausgeritten sind, hast du mir zum Beispiel beigebracht, wie ein Ort, der eigentlich öde und leer ist, doch voller Leben und Schönheit sein kann.«

Ich lächle zaghaft. »Der Canyon war aber verlassen und leer«, erinnere ich ihn.

»Aber er war voller Leben durch dich«, erwidert er ernst. »Du hast ihn schön gemacht und zum Leben erweckt. Genau wie du es mit mir gemacht hast. Ich hab immer gedacht, ich wäre innerlich abgestorben. Ich konnte nicht fühlen, und ich konnte mich auch nicht erinnern. Aber plötzlich warst du da. Du hast mich dazu gebracht, mich zu erinnern, und mir gezeigt, wie es ist, zu leben.«

»Aston …« Ich hole tief Luft. »Aber nichts von alledem ist von Bedeutung, wenn du es nur für mich tust.«

»Zuerst war es nur für dich. Alles war für dich. Doch jetzt? Jetzt ist es ein bisschen von beidem. Du hast mir beigebracht, wie ich liebe, und ich bin mir ziemlich sicher, dass ich mich inzwischen auch selbst wieder ein bisschen mag.«

Ich blinzle gegen die Tränen an, weil er unmöglich verstehen könnte, wie viel mir seine Worte bedeuten. Er kann nicht verstehen, wie sehr ich mir gewünscht habe, dass er sich selbst akzeptiert und wertschätzt.

»Wirklich?«, flüstere ich.

»Wirklich, Baby. Ich lebe für mich, aber ich liebe für dich.« Er küsst mich wieder auf die Schläfe, und ich fühle jedes Wort.

Ihr Herz flüsterte, dass er es für sie getan hatte. Er war immer mein Mr Darcy. Und ich immer seine Elizabeth.

Epilog

Aston

Fröstelnd ziehe ich den Reißverschluss meiner Jacke hoch, als ein kalter Wind von der San Francisco Bucht hereinweht. Ich widerstehe dem Drang, zurück zum Hafen zu gehen. Ich werde nicht davonlaufen. Ich muss das hier tun, für mich.

Megan drückt meine Hand und kuschelt sich an mich. Arm in Arm gehen wir zu dem kleinen Friedhof rüber, auf dem meine Mom liegt. Mir ist schlecht. Die Gefühle wüten in meinem Körper – Hass, Selbstmitleid, Angst und Wut, alles ist dabei. Aber unter all dem vergraben, liegt auch ein bisschen Liebe für die Frau, die mir das Leben geschenkt und dann versagt hat.

Stumm gehen wir durch die Reihen von Gräbern zum hinteren Teil des Friedhofs. Ich halte die weiße Rose, die ich mitgebracht habe, fest an die Brust gedrückt und versuche, ruhig zu atmen. Ich werde ihr nie verzeihen, und ich werde sie auch nie vergessen können. Aber ich kann meinen Frieden mit ihr schließen.

Der kleine, schwarze Marmorgrabstein steht neben dem Grab meiner Oma. Megan legt einen kleinen Blumenstrauß auf dem Grab ab. Ich betrachte die eingravierten Buchstaben auf dem Stein, sie verschwimmen vor meinen Augen. Plötzlich muss ich auf die Knie sinken und lasse die Tränen kommen. Die Rose wirkt noch weißer auf dem schwarzen Marmor.

»Ich habe Frieden geschlossen, Mom«, sage ich leise in den Wind. »Was auch immer dich zu der Person gemacht hat, die du warst, ich bin froh, dass du davon erlöst bist. Es tut mir leid, dass ich damals zu klein war, um dir zu helfen. Ich hoffe nur, du hast deinen Frieden gefunden. Und ich … ich liebe dich.«

Es gäbe noch so viele Worte. Ich könnte das Grab anschreien, wenn ich wollte, aber es würde nichts bringen. Sie wäre immer noch weg, und nichts würde das ändern. Sie zu hassen kann die Vergangenheit nicht ungeschehen machen, das habe ich endlich eingesehen.

Ich drehe mich um und schaue in Megans blaue Augen. Sie nimmt meine Hand und hält sie fest. Gemeinsam verlassen wir den Friedhof. Ich hatte gedacht, ich würde nie nach San Francisco zurückkehren. Tief in mir drinnen wusste ich aber wohl immer, dass ich irgendwann zurückkommen muss. Jetzt habe ich es getan. Es hinter mich gebracht. Ich habe den Blick in die Vergangenheit gewagt, und jetzt kann ich zu meinem Leben auf dem College zurückkehren.

Und ich kann jeden Tag in die himmelblauen Augen der Frau schauen, die ich liebe, und mit ihr das Leben führen, das ich mir immer gewünscht habe.

Ende

Und so geht es weiter …

Der dritte Band der Love-Games-Serie – noch frecher, noch heißer!

Emma Hart

Love Games – Mit dem Feuer spielt man nicht

Roman

Aus dem Amerikanischen von Tanja Hamer

Was würdest du tun, wenn du dich in den besten Freund deines großen Bruders verliebt hast, der in dir immer nur die kleine nervige Schwester sah? Was, wenn er dir seine Hilfe anbietet, weil du den Tod deines Bruder nicht verkraftet hast? Was, wenn es plötzlich mehr als eine Schwärmerei ist? Was, wenn aus dem Knistern ein Feuer wird?

Der dritte Band erscheint im März 2015.